JE T'ATTENDAIS

JE REVIENDRAI #3

CORINNE MICHAELS

Je t'attendais

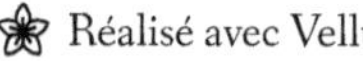 Réalisé avec Vellum

INTRODUCTION

L'autrice à succès du New York Times, Corinne Michaels, dévoile une nouvelle histoire d'amour.

Je me suis imposée deux règles dans la vie :

1. Pas de relations. Interdiction de tomber amoureuse ou de s'attacher
2. Interdiction de coucher avec les clients de mon entreprise de décoration d'intérieur.

Puisque le dernier mec que j'ai eu s'est avéré être marié, il n'a pas été très difficile de les respecter.
Jusqu'à ce qu'il arrive.

Callum Huxley est un Anglais terriblement sexy et je suis terrifiée par la connexion qui se crée entre nous dès l'instant où nos regards se croisent. Dieu merci, j'ai retrouvé mes esprits avant de le rejoindre dans sa chambre d'hôtel, où j'aurais probablement terminé nue, essoufflée et incapable de l'oublier.

J'ai été suffisamment bête pour croire que j'étais sortie indemne de cette soirée.

Évidemment, je suis attendue pour la réunion la plus importante de ma carrière par le PDG de Dovetail Enterprises... et qui n'est autre que lui.

C'est probablement le moment le plus embarrassant de toute ma vie professionnelle. Cependant, enfreindre ma propre règle « jamais si c'est un client » se révèlera peut-être le moment le plus torride de ma vie personnelle.

Il n'a jamais été aussi plaisant de réapprendre à faire confiance, mais la chute n'a jamais été aussi brutale.

CHAPITRE UN

NICOLE

— Tu n'aimerais pas te marier et avoir des enfants ? me demande ma mère pour la millionième fois.

— Non, pas vraiment.

Je lève les yeux au ciel et tapote mon stylo sur la tablette posée face à moi.

— Tu m'exaspères, Nicole !

Je te retourne le compliment, maman.

Toi non plus, tu n'es pas très tendre.

À chaque fois que nous avons cette discussion, elle tient les mêmes putains de propos. Je me demande pourquoi elle ramène constamment le sujet sur la table.

Je suis sûre que cela est difficile à entendre pour elle, dans un certain sens. Pour mes parents, je suis un enfant miracle. Après que ma mère a tenté de procréer pendant des années, et fait des dizaines de fausses couches, sans parler du fait que papa collectionnait les maîtresses, j'ai fini par arriver au monde. Maman a prié pour avoir une jolie petite fille qui les comblerait de bonheur, papa et elle, et elle a fini par m'avoir.

Moi, la gamine à problèmes.

Cela ne lui importe guère que je sois gérante de l'entreprise de décoration d'intérieur la plus en vogue de Tampa, en Floride.

Elle n'en a absolument rien à faire que je sois satisfaite de ma vie, heureuse et que je n'aie besoin de rien d'autre. Non. Pour elle, je ne suis qu'une traînée célibataire qui ne lui donnera jamais de petits-enfants. Une fille tout à fait décevante en laquelle il ne faut avoir aucun espoir.

— Maman, je siffle les dents serrées dans le combiné téléphonique. Tu ne peux pas savoir comme j'aimerais poursuivre cette conversation, qui a déjà duré beaucoup trop longtemps, mais je dois à tout prix m'occuper de cette proposition.

J'ai une énorme commande pour un client dans deux jours, et je suis encore loin d'être prête. Depuis que j'ai viré mon autre décorateur d'intérieur, j'ai perdu beaucoup de clients. Cela n'a pas été de la tarte, mais au moins j'ai réussi à garder mes propres clients. L'inquiétude que j'éprouve au sujet de mon entreprise, me met, moi, Nicole, extrêmement à cran.

Heureusement, la réunion ne se fera pas à l'improviste. J'ai rencontré le patron de l'entreprise il y a quelques semaines lors d'une conférence, donc nous nous connaissons déjà un peu. Avec un peu de chance, ma proposition sera retenue.

— Promets-moi seulement qu'un jour tu arrêteras avec ces trucs stupides que tu fais – peu importe comment tu les désignes.

Elle soupire et baisse la voix avant de reprendre :

— Faire ça avec plein d'hommes différents. Ce n'est pas normal, il faut que tu te cases.

— Tu ne me verras pas casée de ton vivant, dis-je dans une tentative de l'achever. Écoute, les femmes n'ont plus besoin de se marier, aujourd'hui, maman. Le mariage, c'est une transaction commerciale et je ne suis pas à vendre, merci bien.

— Tu n'es vraiment pas ma fille.

Ah... si seulement je pouvais être à son image, doit-elle penser.

— Non, je suis la fille de papa.

Je regrette immédiatement ce que je viens de dire à peine les mots sortis de ma bouche. Ma mère a vraiment été une super maman, un peu lourde à supporter et intrusive, mais elle m'aime. Mon père est plus du genre je-m'en-foutiste. La dernière fois que je l'ai appelé, ce devait être il y a six mois. Intérieurement, je me fais un mémo pour me souvenir de le rappeler. Le fait est que je lui ressemble un peu trop, toujours à vouloir faire ce que je veux avec qui je veux. Il s'est beaucoup laissé aller, et j'ai adopté le même comportement. La vie est faite pour être vécue donc cela ne sert à rien que je m'investisse dans une relation avec quelqu'un qui finira par me briser le cœur, de toute façon.

— Eh bien, me répond-elle d'un ton sarcastique, ce n'est pas quelque chose dont tu devrais être fière, chérie. À ta place, je réfléchirais à ce que je fais pour éviter de ressembler de près ou de loin à ce type.

Elle a vraiment toutes les raisons de le détester. Mon père ne sait même pas épeler le mot fidélité, il peut encore moins en comprendre le concept. Après avoir rompu avec sa douzième petite amie, il a décidé qu'il était temps de troquer toutes ses anciennes conquêtes contre un modèle plus récent. Ma nouvelle belle-maman n'a que six ans de plus que moi et elle est bourrée de silicone. Ma mère a récupéré la moitié de sa fortune après le divorce mais cela n'a pas suffi pour qu'elle retombe sur ses pattes.

— Ce n'est pas ce que je voulais dire, maman. Il faut vraiment que j'y aille, à moins que tu ne veuilles que je fasse faillite, que je me retrouve fauchée et que je sois forcée de revenir vivre avec toi ? Allez, je suis sûre que ça te manque qu'on vive ensemble.

Elle se met à rire.

— D'accord, très bien, va travailler. Je vais aller au club, ce serait sympa si on pouvait se retrouver là-bas pour dîner.

La pendule affiche deux heures de l'après-midi et même si je préférerais me couper un bras que d'aller au club, j'y suis allée un peu fort avec elle. C'est vrai que j'aime la faire tourner en bourrique mais je ne veux pas la blesser.

— Qu'est-ce que tu en dis, je peux te retrouver là-bas à sept heures ?

Je peux quasiment entendre son expression surprise à l'autre bout du téléphone.

— Vraiment ? Tu es sûre ?

— Si tu préfères...

— Non, non, me coupe-t-elle. On se voit ce soir. Sept heures, c'est parfait. Finis ton travail et on se retrouve sur place.

— Seulement si tu promets de ne pas essayer de m'arranger le coup avec qui que ce soit ! j'ajoute pour l'embêter encore un peu.

— Comme tu voudras, on se voit très vite.

Comme ma mère est une femme intelligente, elle raccroche avant de me laisser le temps de répliquer. Le club est plein de membres qui ont touché un héritage et qui ont des enfants, comme par hasard célibataires. Je ne compte plus le nombre de dîners où je me suis retrouvée assise à côté du fils de quelqu'un qui se trouvait être de retour d'un voyage d'affaires ou bien qui se rappelait m'avoir vue quand j'avais dix ans. Le pire dans tout cela, c'est que la plupart des types jouent le jeu. Ils ne souhaitent pas réellement me connaître ou sortir avec moi. Tout ce qu'ils cherchent, c'est que leur propre mère leur lâche la grappe.

J'en ai déduit que la réputation que je me traîne d'être... un sacré bon coup au lit me précède. Cependant, ce que je cherche à éviter plus que tout, c'est qu'un fils à maman avec la chemise rentrée dans le pantalon essaie pour la première fois de sa vie de me sortir des mots salaces. Non merci, je réserverai ce privilège aux petits agneaux qui n'en sont pas à leur coup d'essai. Aucun d'entre eux n'a la trempe d'un lion, mais moi, je suis une lionne à coup sûr.

Je continue à travailler énergiquement pendant les heures qui suivent et avant que je n'aie eu le temps de souffler, je me rends compte qu'il est déjà six heures et que je vais être en retard pour le dîner. J'ai vraiment passé une journée horrible aujourd'hui. Mon nouvel assistant a appelé pour dire qu'il était malade, les imprimés commandés pour les nouveaux rideaux des bureaux que je décore n'étaient pas les bons, et j'ai perdu une cliente que j'avais eu un mal de chien à décrocher. Comment aurais-je pu savoir que son ex petit ami l'avait quittée parce que lui et moi avons tiré notre coup ?

Je déteste ce genre de journée mais bon, une promesse est une promesse.

Comme je n'ai pas trop envie d'emmerder ma mère, je décide de porter quelque chose de sobre qui ne lui sortira pas par les yeux, comme c'était le cas la dernière fois. Je choisis une jupe crayon qui me descend jusqu'aux genoux, un chemisier rouge et j'assortis le tout d'un collier de perles que maman m'a offert pour mes seize ans. Franchement, qui a l'idée d'offrir un collier de perles à une gamine de seize ans ? Pas mon père en tout cas : lui m'a offert une voiture.

Ce n'est pas la joie d'avoir des parents divorcés, ne vous y méprenez pas, mais j'ai appris à les monter l'un contre l'autre dès mon très jeune âge.

Tandis que je monte en voiture, je me demande à quoi aurait ressemblé notre vie s'ils étaient restés ensemble. Je pense qu'aucun des deux ne serait encore vivant. Du moins, l'un de mes parents le serait encore, mais en prison.

Mon téléphone sonne et le nom de Kristin apparaît sur le système Bluetooth.

— Qu'y a-t-il, ma chérie ? je réponds en souriant.

Chaque jour je remercie le Seigneur que mes trois meilleures amies éprouvent toujours autant d'affection pour moi. Heather, Kristin et Danielle sont les meilleures personnes au monde. Les gens disent souvent que l'on ne peut avoir qu'un seul meilleur ami, mais moi je trouve que c'est une connerie monumentale. Je les connais depuis l'école primaire et nous sommes toujours restées proches après tout ce que l'on a traversé ensemble. Parfois je me sens plus proche de l'une d'entre elles, mais nous ferions tout les unes pour les autres. Je ne suis pas quelqu'un de très facile à vivre, mais mes amies ont réussi à voir la vraie personne derrière la façade d'emmerdeuse et à m'accepter pour ce que je suis.

— Je voulais savoir si tu pouvais toujours garder Aubrey ce

week-end, me dit-elle tandis que j'entends Aubrey hurler derrière le téléphone.

Elle reprend :

— Attends une seconde.

Elle pousse un grand soupir. Je sais qu'elle essaie de couvrir le téléphone, mais je peux tout de même l'entendre menacer son enfant de jeter toutes ses peluches au feu ou un truc dans le genre.

— Désolée, j'ai passé une sale journée.

— Noah n'est pas revenu de son tournage ? je lui demande.

— Non. Les ouvriers sont en train de déchirer tout le papier peint de la cuisine, Aubrey est en train de piquer une crise, Finn s'est enfermé dans sa chambre et je dois rencontrer l'écrivain potentiel dont je t'ai parlé.

Tout cela, c'est la meilleure contraception possible pour moi. J'adore mes amies et leurs enfants, mais je ne suis pas pressée d'en avoir à moi. Au point où j'en suis, si je peux tenir encore quelques années, je pourrai définitivement faire une croix sur les enfants, de toute façon.

— Tu veux que je passe après le dîner avec ma mère ?

Ce dernier mot, je le prononce comme un juron. Parfois je trouve que « mère » est le meilleur gros mot qui existe. « Enculé » et « fils de pute » sont tous deux des variantes de « mère » et ils sont presque aussi polyvalents que « putain » – presque.

Kristin se tait. Elle se doute que si je vais dîner avec maman, c'est qu'il s'est passé quelque chose ou qu'au contraire, quelque chose va se produire.

— Par pitié, dis-moi que tu vas dîner chez elle, dit-elle finalement.

— Non.

— Où est-ce qu'Esther a prévu de t'emmener cette fois-ci ?

— À ce putain de club de merde, je grogne.

— Oh, alors tu devrais absolument passer chez moi ensuite, dit-elle en gloussant. Je meurs d'impatience d'en savoir plus.

Je saisis fermement le volant tandis que je m'engage sur la route pour l'enfer.

— C'est moi qui me suis portée volontaire. Elle a dû me retourner le cerveau d'une certaine façon.

— C'est probable, me confirme Kristin. Elle a toujours été bonne pour ça.

Voyez-vous, même elle sait que ma mère est une professionnelle de la torture mentale. J'accepte quelque chose et ensuite je n'ai plus la moindre idée du pourquoi du comment de ce qui est arrivé. Je me suis souvent demandé si elle ne m'hypnotisait pas à mon insu, à un moment donné, pour que je ne puisse jamais déjouer sa torture.

— D'ailleurs, à propos d'Aubrey, pourquoi est-ce-que tu ne la fais pas garder par Trouduc ?

Nous désignons désormais Scott, l'ex-mari de Kristin, sous le nom de Trouduc. Il ne mérite aucunement que nous lui trouvions un surnom plus sympathique, car c'est le plus gros connard que j'aie jamais rencontré. Heureusement, Kristin a fini par s'apercevoir de sa vraie nature. C'est un trou du cul et elle l'a quitté.

Je le déteste.

Je le hais pour avoir fait du mal à Kristin car je la crois parfois suffisamment naïve pour confondre les chamallows avec des crottes de licorne. Elle en a toujours plein la tête. Il en a profité pour tout envoyer chier.

Les hommes comme lui mériteraient d'être castrés et je serais la première à me porter volontaire pour m'occuper de son cas, à lui.

— Parce qu'il est occupé peut-être, je ne sais pas... Tu sais comment il est maintenant que cette salope est partie. En plus, à chaque fois qu'on lui demande de l'aide, Noah ou moi, ce n'est pas la peine de compter sur lui, il a déjà quelque chose de prévu. Finn va chez son ami, au moins on s'occupera de lui correctement. Dans des circonstances normales, j'annulerais le rendez-vous, mais ça fait déjà deux fois que je reporte mon entrevue avec cette fille. Il me faut à tout prix une nouvelle rédactrice pour le magazine. Du coup, tu me filerais vraiment un sacré coup de main si tu pouvais garder Aub.

Elle n'a pas besoin d'en rajouter. J'adore Aubrey et je ferais tout pour cette gamine. C'est ma filleule et je suis en train de la modeler en un monstre de petite fille qui conduira sa mère à se réfugier dans l'alcool.

— Je suis ravie de la garder, ça fait un moment que je n'ai pas pu la corrompre un peu, je lui réponds.

— Oui, c'est justement ça qui m'inquiète. Tu as fait du bon boulot avec Ava.

Mon autre filleule, Ava, est la fille aînée de Danielle. Je ne sais pas à quoi elle a pensé le jour où elle m'a choisie pour être sa marraine. Franchement, je ne sais pas où toutes mes amies avaient la tête lorsqu'elles ont pris cette décision. Elles me connaissent depuis l'adolescence et m'ont vue faire des choses qui auraient dû les amener à se questionner sur mon sens moral, et pourtant... elles me laissent malgré tout rôder autour de leurs enfants.

Ava est géniale, elle a quatorze ans et elle m'adore. Je la laisse faire tout ce que sa mère lui interdit. C'est une super gamine, avec un bulletin scolaire au top et elle fait partie de l'équipe de danse de compétition de son école. Elle pense toujours que les garçons ne sont bons qu'à attraper des objets sur les étagères qui sont trop hautes pour elle.

Je me suis montrée un peu trop modérée avec Ava.

Je prévois évidemment de rectifier le tir avec Aubrey.

Je souris derrière l'écran.

— Comme si ça devait te préoccuper.

La ligne se met à grésiller juste avant que Kristin émette un juron.

— Merde, il faut que j'y aille. Je t'aime.

— Je t'aime aussi, amuse-toi bien.

— Ouais, je vais m'amuser comme pas permis, me répond-elle d'un air sarcastique avant de raccrocher.

Je ne sais pas comment elle fait. Avoir des enfants, c'est bien sur le papier, mais quand on en a, on perd toute son individualité. Votre maison se transforme en un vrai bazar avec leurs jouets éparpillés partout, impossible d'acheter de belles choses parce que les gosses fichent le bordel, et par-dessus le marché votre corps ne ressemble plus à rien à cause de la grossesse. Mon corps, lui, est une œuvre d'art que je ne voudrais pas voir ruinée par un enfant.

Le trajet n'est pas long jusqu'au club et j'aurais presque aimé avoir eu plus de temps pour me préparer et impressionner un quelconque idiot qui se pointerait à la table de ma mère. Le voiturier s'occupe de la voiture et je pénètre à l'intérieur en espérant une intervention divine.

Mais rien ne se passe.

— Nicole, tu es là ! me dit ma mère tandis que je m'avance vers elle.

Prends une grande inspiration et ne fais pas la maligne. Tout va bien.

Je souris, mais davantage parce que je pense à ne pas faire la maligne que parce que je suis heureuse.

— Salut, maman. Je me suis pointée ici sur mon trente-et-un, rien que pour toi.

Elle ignore mon ton sarcastique.

— Tu as mis les perles que je t'ai offertes.

Je les touche d'un geste automatique.

— Effectivement.

Je vois un éclair de joie traverser son regard, ce qui me rend heureuse d'avoir fait ce geste.

— Espérons que ton comportement reste aussi appréciable que ton apparence. Dieu seul sait ce que ta grande bouche peut déblatérer sans crier gare.

Mon comportement ne va jamais de pair avec mon apparence physique, ce qui n'est pas sans déplaire à ma mère.

— Tu m'as manqué à moi aussi, maman. Si je suis gentille, tu m'achèteras une glace ?

— J'aurais dû laisser la garde à ton père, me dit-elle en levant les yeux au ciel, puis elle se retourne.

Je me mords la langue et me dirige vers l'endroit où sont regroupées les tables. Parfois, c'est trop facile de la faire tourner en bourrique.

Le club est tout simplement magnifique. Tout est exactement à sa place. En tant que décoratrice d'intérieur, j'apprécie l'attention qui a été portée à tous les petits détails pour donner à cet endroit une allure cossue et décontractée à la fois. Les murs arborent des couleurs chaudes, la lumière est tamisée et de petits cristaux projettent des faisceaux de lumière partout à travers la pièce, l'illuminant de telle façon que vous avez envie de regarder autour de vous.

— Nicole, c'est bien toi ? me demande Mme Atkins comme si elle ne pouvait pas en croire ses yeux.

— Mme Atkins, vous êtes aussi belle que dans mon souvenir, lui dis-je d'un air sarcastique.

Elle n'est pas belle, on dirait plutôt une poupée en plastique. Cette femme est passée tellement de fois sous le bistouri du chirurgien que le résultat est effarant, et je n'ose même pas imaginer la fortune que son mari plein aux as a dû claquer làdedans. C'est la particularité de cet endroit : une fois que l'on regarde un peu au-delà des meubles, on ne voit plus qu'une couche de vernis sur une toile cirée.

— Vous faites si jeune, on dirait que vous n'avez pas pris une ride.

Elle étire sa bouche en une moue boudeuse et je reste plantée là à la regarder comme si elle était folle. Ses lèvres restent parfaitement immobiles, si bien que je ne sais pas si je lui ai lancé une tuile ou si elle essaie de sourire.

— Oh Nicole, tu es si gentille, je te trouve tout simplement craquante.

— Comme c'est adorable, lui dis-je en lui faisant un sourire. Vous n'êtes pas la seule. Dites-moi, vous vous êtes fait refaire la façade ou alors vous utilisez une crème magique ?

Ma mère pressent que les choses vont très rapidement déraper, alors elle tente de changer de sujet et commence à parler de ses enfants. Je reste plantée là tandis qu'elles papotent et je voudrais être n'importe où sauf ici.

Je balaye la salle du regard dans l'espoir de repérer un visage connu qui pourrait m'épargner la torture de devoir écouter leur conversation. C'est alors que mes yeux se posent sur lui. Un homme vêtu d'un costume noir agrémenté d'une fine chemise bleu ciel et d'une cravate bleu foncé tirant sur le bleu marine, est accoudé au bar et porte lentement un verre à ses lèvres. Il a de larges épaules, de gros bras et une légère barbe qui lui descend le long de la mâchoire.

Nom d'un chien, cet homme est canon.

Je me le ferais bien pendant des jours et encore plus après ça.

Je ne sais pas combien de temps je reste là à l'observer, mais ma mère finit par me tapoter le bras et je détache à contrecœur mes yeux de cet homme.

— Tu as entendu ce que j'ai dit ? me demande-t-elle.

— Désolée, je suis partie dans mes pensées un instant. Tu as commencé à parler des enfants et j'ai immédiatement décroché.

Ma mère me lance ce regard méchant que je connais bien, et qui me dit que je l'ai déçue une fois de plus. Un jour, je serai capable de mieux faire, j'en suis sûre. Ou pas, en fait.

— J'ai dit que notre table était prête.

— À toi l'honneur, je lui réponds.

Nous nous asseyons et je fais de mon mieux pour ignorer le mec sexy au bar, mais putain c'est presque impossible. Ma mère jacasse et parle de tous les projets dans lesquels elle s'est lancée tandis que moi je parle un peu de mon entreprise. Pendant toute la conversation, je le suis des yeux alors qu'il parcourt la pièce. Notre repas se déroule dans le plus grand calme et honnêtement, je passe un moment très agréable. Ma mère m'en dit un peu plus sur la construction de la nouvelle aile de l'hôpital lorsque nous sommes interrompues.

— Bonjour, mesdames, lance un homme que je reconnais tandis qu'il passe son bras autour du dossier de chaise de ma mère.

— Bonjour Ted, lui répond ma mère, dont le visage s'illumine.

Ted ? Est-ce que je compte un Ted parmi mes connaissances ? Je ne crois pas, mais il y a chez lui quelque chose de familier que je n'arrive pas à identifier. Mais je jurerais que je connais ce mec.

Je le fixe du regard en essayant de me remémorer l'endroit où nous aurions bien pu nous rencontrer. Je me creuse les méninges, mais aucune idée ne me vient à l'esprit.

— Je vous ai aperçue à cette table, Mme Dupree, et je voulais vous dire un petit bonjour. Je n'ai pas pu en croire mes yeux lorsque j'ai vu Nicole à vos côtés, ajoute-t-il, ses yeux fixés sur les miens. Elle est plus belle que jamais.

— Oui, répond ma mère qui lui sourit d'abord, avant de me sourire, à moi. Tu te souviens de ma fille, n'est-ce pas ? Vous êtes sortis ensemble une fois, il me semble.

Il me lance ce sourire si caractéristique et sa tête me revient en un éclair. Tête d'oignon, je me souviens maintenant.

— Vous aviez passé du bon temps, tous les deux, si je me souviens bien.

Elle continue de parler comme si je n'étais pas à deux doigts de lui donner un coup de pied sous la table, puis reprend :

— Je suis si contente que tu sois ici ce soir, histoire que vous puissiez vous retrouver.

Le regard de Ted croise le mien.

— Oui, je sais, je me souviens. Et toi Nicky, tu te souviens de moi ?

Personne ne m'appelle Nicky, bordel de merde, et certainement pas un pauvre con dans son genre qui a essayé de me faire payer non seulement ma part lorsque nous sommes sortis dîner ensemble, mais la sienne aussi.

— Non, je ne crois pas.

— Oh, bien sûr qu'elle se souvient de toi, Ted. Elle plaisante. Ma petite Nicole a toujours eu un sens de l'humour un peu particulier.

Je regarde l'arrière de la tête de ma mère, dans l'attente qu'elle se retourne et me regarde dans les yeux. Elle m'a promis qu'elle ne tenterait aucunement de me caser ce soir, mais j'aurais dû me douter qu'elle aurait un plan. C'est plus fort qu'elle.

Au bout de quelques instants, elle ne s'est toujours pas retournée, et c'est fini d'être gentille.

— En effet, dis-je en lui lançant un sourire chaleureux. Tu étais habillé comme un sac, et ton haleine puait l'oignon.

Ma remarque attire enfin l'attention de ma mère. Elle me fixe intensément, les flammes de l'enfer dansant dans son regard.

— Nicole, me lance-t-elle, la voix bouillonnante de colère.

— Quoi ? je rétorque en m'appuyant sur le dossier de ma chaise, et posant ma serviette sur la table.

— Ce n'est rien, Mme Dupree, réplique Ted. Nicole m'a bien fait rire pendant notre rendez-vous galant.

Si c'est en ces termes qu'il veut qualifier cette soirée immonde, ça ne me pose pas de problème. Mais ce n'était en aucun cas un rendez-vous galant. Je ne plaisantais pas, je me suis simplement montrée honnête avec lui.

J'ouvre la bouche pour rétorquer quelque chose mais l'inconnu que j'ai reluqué toute la soirée vient donner une tape sur l'épaule de Ted avec un grand sourire.

— Ted et moi devrions vous laisser manger tranquillement, nous avons des affaires importantes à régler.

Putain de merde, il a un accent anglais.

Par pitié, arrache ma culotte, là tout de suite.

Il est encore plus séduisant vu de près. Il est plus grand que Ted mais ce n'est pas seulement sa stature qui le rend imposant, c'est tout ce qui émane de lui. Je le vois bien plus nettement maintenant et je dois dire que je suis éblouie par la manière dont il remplit son costume. J'ai vu de loin qu'il était charpenté, mais maintenant que je l'ai en face de moi, je dois me rendre à l'évidence : j'ai sous-estimé sa taille. Je parcours son corps des yeux et pose mon regard sur sa main. Je vois qu'il n'a pas de bague au doigt.

Un bon point.

— Vous pouvez rester, si vous voulez, je propose à cet inconnu sexy car j'ai envie de discuter un peu plus. Personne dans ce club ne m'a jamais autant tentée.

Les hommes au physique avantageux sont tous des idiots. Leurs mères leur dictent leur vie, leurs pères leur dictent leur avenir, et leurs futures épouses leur serviront d'accessoires utiles à pondre des gosses.

Je ne suis pas un accessoire, mais un être humain à part entière.

Il émet un petit rire.

— Ce serait avec plaisir, mais j'ai bien peur que tous les détails de notre transaction commerciale soient du plus grand ennui pour vous. Toutes mes excuses.

— Quel dommage, lui dis-je en lui lançant un regard séducteur.

J'aimerais tellement faire affaire avec lui personnellement. Je continue :

— Je suis sûre que je ne vous ennuierais pas.

L'Anglais séduisant me sourit malicieusement.

— Je suis sûr qu'effectivement, je ne m'ennuierais pas en votre compagnie.

— Excusez ma fille, s'interpose ma mère. C'est le vin qui lui fait de l'effet.

Ted ignore l'inconnu sexy qui vient de décliner notre invitation et tire une chaise vers lui.

— Assieds-toi, Callum, un petit verre ne nous fera pas de mal.

— Oui, Callum, asseyez-vous, je vous prie.

Ce dîner au club ne sera peut-être pas si minable que ça après tout.

CHAPITRE DEUX

NICOLE

D'un verre à l'autre, nous en sommes bientôt à trois, et Ted n'a pas arrêté une seconde.

— Parle à Nicole de ton nouveau boulot, insiste ma mère.

Je réprime un grognement d'agacement. Je me demande si on peut s'exploser les tympans d'agacement, mais si c'est le cas, mes tympans sont à deux doigts de saigner.

La seule chose qui me retient de fuir, c'est Callum. Il est assis à côté de moi et ne dit pas grand-chose. Il se contente de siroter son verre de scotch avec un seul glaçon. Mais de temps à autre, ses yeux bleu roi fixent les miens, et je me sens perdue. Je n'ai jamais vu de regard plus hypnotisant auparavant. Le parfum de son eau de Cologne embaume l'air autour de nous et je me rapproche un peu plus de lui. Je veux qu'il me touche.

— Je gère des entreprises à l'étranger, et je les aide à s'implanter dans...

Il continue de parler, mais je décroche complètement.

Je fais tous les efforts possibles pour ne pas le fixer, mais je n'y arrive pas. Et cette voix... Ne voulant pas écouter une seconde de plus les histoires ennuyeuses de Tête d'Oignon, je pose ma main sur celle de Callum et tente de briser la glace.

— Dites-moi, Callum, qu'est-ce que vous faites dans la vie ? je demande, en coupant la parole à Ted.

Callum lance un sourire compatissant à Ted puis me regarde.

— Je possède une société d'investissements dans l'immobilier, et vous ?

— Nicole est décoratrice, répond Ted à ma place.

— Merci, mon petit Teddy, dis-je d'un ton amer. Mais oui, je suis effectivement décoratrice. Dans les faits, je possède ma propre entreprise de design, alors parfois je prête un œil attentif, disons, aux plus petits détails.

Je retire ma main de la sienne, laissant ma peau l'effleurer un peu plus longtemps que nécessaire. Je continue :

— Et parfois, c'est moi qui dirige.

Ted se racle la gorge.

— Ne te laisse pas impressionner par elle, Callum. Nicole est toujours celle qui dirige tout.

Si je pouvais le poignarder avec une fourchette, je ne m'en priverais pas, mais ma mère me collerait une raclée pour ça.

— Vous devez être très occupée, alors ? me demande Callum.

— Je réussis à trouver le temps de m'amuser un peu.

Cet homme exhale une odeur de péché, de sexe et de pouvoir. Je pourrais me noyer dans ce parfum et n'en avoir jamais assez.

— C'est ce que nous devrions tous faire.

Oui, on devrait effectivement s'amuser un peu, Callum. S'amuser en transpirant et en criant de temps en temps, histoire de maintenir le rythme.

— Dites-moi, allez-vous rester aux États-Unis pour longtemps ?

Il fait non de la tête.

— Non, je repars dans un jour ou deux. Je suis ici pour... des raisons personnelles, mais je dois assister à quelques réunions avant de retourner à Londres.

Je fais glisser le bout de mon doigt sur le le bord de mon

verre de vin.

— Comme c'est dommage, j'aurais tant aimé vous faire visiter le coin.

Callum se met à tousser et boit une autre gorgée de scotch.

— Soyez certaine que j'en aurais été ravi.

— Bien sûr, je n'en doute pas, dis-je en vidant le reste de mon verre de vin.

Ma mère se racle la gorge.

— Oh, Nicole, écoute, ils jouent un morceau...

Comme toujours, en somme.

— Oui, et alors ?

— Ted et toi devriez aller danser, insinue-t-elle.

Si la couleur orange des uniformes pénitentiaires ne m'allait pas si mal, je jure que je la tuerais. D'abord, elle m'avait promis de ne pas m'arranger le coup dans ce club à la noix. Maintenant, j'ai trouvé un mec dont j'aimerais volontiers faire la connaissance et elle me force à tomber dans les bras de Tête d'Oignon ?

Ça non, certainement pas.

Ted prend mon silence pour une acceptation tacite et se lève.

Bordel de merde.

— Ça aurait vraiment été avec plaisir, lui dis-je en vitesse tandis qu'il fait le tour de la table. Mais je me suis blessée à la cheville aujourd'hui et je ne pense pas que ce soit une bonne idée.

Il s'arrête et son sourire s'efface.

— Ça va ?

— Oui, tout va bien, mais il vaut mieux ne pas tenter le diable, tu comprends ?

Ted acquiesce.

— Oui, évidemment. Mme Dupree, ça vous dirait d'aller danser ? demande-t-il à ma mère.

— Oh, Ted ! dis-je en me posant la main sur la poitrine d'un air faussement dramatique, bien sûr qu'elle adorerait aller danser. Elle meurt d'envie de se trouver un cavalier. C'est si gentil de ta part de proposer !

Maintenant, c'est à mon tour de lui lancer un regard assassin. Il faut bien que nous échangions les rôles un peu, de manière juste et équitable.

Maman ne sait pas se montrer malpolie, alors quand Ted lui tend la main, elle la lui prend de bonne grâce. Si je ne la craignais quand même pas un peu, je serais là en train de me tordre de rire par terre. Bien fait pour elle, elle pourra humer de près son haleine de putois.

Je reste assise, mais j'ai un drôle de pressentiment. Je suis généralement très directe et ça ne m'a jamais posé problème de draguer un mec. Mais parfois le chasseur aime devenir la proie et dans certains cas, il vaut même mieux être la proie.

Je pense que le dilemme pour moi est de savoir si j'ai envie d'être une proie car Callum semble tout à fait être un homme dominateur.

C'est exactement mon type d'homme. Il n'habite pas dans le coin, il n'attend absolument rien de ma part, et je voudrais tellement qu'il me dise des mots coquins avec son accent charmant.

Callum se penche en arrière et entoure ma chaise de son bras.

— Vous pourriez quand même lui donner un peu d'espoir, me dit-il avec un petit rire.

Je me retourne et passe ma langue sur mes lèvres.

— Pourquoi est-ce que je ferais une chose pareille ?

— Ça fait salement mal au cœur de le voir tenter quelque chose, encore et encore, pendant que vous brisez tous ses rêves.

— Alors vous n'avez qu'à détourner le regard, je lui suggère.

— Mais alors je ne pourrais plus vous observer.

Ben voyons.

— Et ce serait bien dommage, n'est-ce pas ?

Callum se retourne et ses yeux d'un bleu profond me fixent intensément.

— Ça, pour être dommage, bon Dieu...

Nous nous fixons mutuellement du regard, et l'air se met à crépiter autour de nous. Je ne me rappelle pas la dernière fois que j'ai ressenti cela, d'être attirée à ce point par quelqu'un d'autre. C'est comme si tout avait disparu autour de Callum, ce qui est complètement dingue vu que je viens juste de le rencontrer. Mais il y a quelque chose d'unique chez lui, et sa présence semble plus vraie que nature. Un petit sourire moqueur se dessine sur ses lèvres comme s'il pouvait lire dans mes pensées, et je redescends sur terre.

Je passe mes cheveux blonds derrière mon oreille, remplis mon verre et le vide aussitôt.

Bon sang, c'était quand la dernière fois que j'ai rougi à ce point en présence d'un homme ?

Ça ne m'est pas arrivé depuis... lui.

Pas depuis que j'ai été suffisamment bête pour donner mon cœur à un homme pour qu'il l'écrase. Je n'étais qu'une jeune idiote et j'ai cru que l'amour se suffirait à lui-même. Mon monde tournait entièrement autour de lui, et lorsque j'ai appris la vérité, je me suis retrouvée irrémédiablement brisée

— Vous venez de quel quartier de Londres, je lui demande, préférant revenir en terrain neutre.

Sa main effleure la mienne.

— Piccadilly. Vous connaissez ?

— Un peu, oui. J'y suis allée une fois juste après l'université, mais on n'y était pas restés longtemps. Par contre, je me rappelle que ça m'avait bien plu.

Il acquiesce.

— Je m'en doute, me dit-il avec un sourire chaleureux.

— Pourquoi donc ?

— Oh, juste une simple intuition.

Callum finit son verre avant de le faire tourner sur lui-même.

— Votre intuition vous dit que Londres me plairait ?

Callum sourit.

— C'est une ville qu'apprécierait certainement une créatrice comme vous. Si vous aimez l'art, les panoramas et l'architecture, l'Angleterre est une destination idéale pour vous. Par ailleurs, vous êtes belle.

Je souris au compliment qu'il vient de me lancer

— Vous trouvez ?

Il acquiesce.

— Oui.

— Merci.

— Mais de rien. Dites-moi, vous avez prévu de rentrer avec Ted ce soir ?

Je lève les yeux et croise son regard.

— Non.

Il me sourit lentement et je tente de retenir un frisson. Je n'ai pas besoin de l'entendre dire les choses à voix haute pour deviner ce qu'il veut dire.

Je rentrerai chez moi avec lui s'il est partant.

— Est-ce que quelqu'un vous attend chez vous ?

La voix chaude de Callum me brûle jusqu'au plus profond de moi-même.

Mon cœur bat la chamade lorsqu'il me regarde. Je fais non de la tête au lieu de répondre. Mon corps tout entier – ma poitrine, mon ventre, mes muscles – se rigidifie. Lorsqu'il pose les yeux sur moi, je ne peux plus respirer.

Il faut que je trouve quelque chose à dire. Il faut que je comprenne la raison de cette attirance complètement folle ou du moins reprendre le contrôle de moi-même. Tout cela ne me ressemble pas du tout.

Avant qu'aucun de nous deux ne puisse reprendre la conversation, je sens une main se poser sur mon épaule.

— Nicole ? m'appelle ma mère.

— Oui, coucou.

Je me retourne pour la voir.

— J'étais en train de te parler, me dit-elle, son regard passant de Callum à moi. Tu ne m'entendais pas ?

— Désolée, dis-je en agitant la tête et en essayant de dissiper le brouillard qui s'était formé autour de moi. J'étais...

— Callum, dit Ted d'une voix un peu sèche, que je ne lui connaissais pas.

Sa voix m'en imposerait si je ne savais pas que c'était un misérable crétin.

— Tu peux me donner un coup de main avec les boissons ?

— Bien sûr, lui répond Callum, puis il me fait un clin d'œil. Excusez-nous.

Je les regarde s'éloigner en observant les différences notables entre eux deux. Callum marche d'une allure assurée, comme s'il tenait la pièce entière sous son contrôle, alors que Ted se contente de marcher dans son ombre. J'ai connu de nombreux hommes puissants, j'ai même couché avec une petite poignée d'entre eux, mais il y a quelque chose d'unique chez lui que je n'arrive pas à déterminer.

La plupart de mes amies fuieraient un homme comme lui, mais ce n'est pas mon genre à moi. J'aime être dans une position de pouvoir, à la fois au lit et au bureau. La bouffée d'adrénaline qui m'envahit lorsque je pars en chasse, c'est ce que je recherche. J'ai longtemps pensé qu'une vie bien rangée me conviendrait, mais ensuite j'ai vu les ravages provoqués par ce genre d'existence plan-plan une fois que les gens réalisent ce qu'induit le mariage. Mes deux meilleures amies ont divorcé et la troisième a failli passer aussi par la case divorce, bien qu'ils aient finalement recollé les morceaux après avoir passé une année infernale à se disputer. En quoi est-ce que c'est une belle vie d'être à la botte d'un type qui vous traite comme de la merde, vous infériorise et vous cloue à la maison avec une tripotée de gamins, si bien que vous vous sentez piégée ? Non merci, je préfère être heureuse.

— Nicole, quel est ton problème avec Ted, exactement ?

Elle ne va pas laisser tomber aussi facilement.

— Tu te fiches de moi, non ?

— Non, pas du tout, répond-elle avec colère.

Je ne sais pas ce qu'elle n'arrive pas à comprendre là-dedans. Ted n'est certainement pas le genre de mec avec qui je voudrais me mettre en couple.

— Si tu crois que je pourrais sortir avec un type comme ça, je crois que c'est la preuve que tu ne me connais absolument pas, je lui réponds d'un air indigné.

— Non, bien sûr, tu préférerais sortir avec un type comme ton père.

Ma mère détache son regard de moi, alors qu'une vague de tristesse la submerge peu à peu.

— C'est clair que tu penses ça.

Elle ne connaît même pas Callum, mais elle s'attend toujours au pire venant de moi. Ce qu'elle n'arrive pas à comprendre, c'est que je ressemble plus à mon père que n'importe quel homme avec qui je pourrais sortir. Mon père n'a jamais été blessé par personne. Il a construit une muraille autour de son cœur, et n'a jamais laissé personne pénétrer à l'intérieur. Que ce soit dans sa vie professionnelle ou personnelle, personne n'a jamais réussi à le toucher.

— Alors tu crois que Callum est comme papa ? Qu'est-ce qui te fait dire ça ? Pourquoi ? Aucune de nous ne sait vraiment qui il est, puisque nous venons de le rencontrer. Mais je me demande ce que tu as fumé pour t'imaginer que je pourrais sortir avec Ted. Je ne pourrais jamais être heureuse avec un type comme lui. C'est vraiment ce que tu attends de moi, maman ? Que je me marie avec un type comme lui ?

Ma mère s'agite sur sa chaise, en essayant de ne pas laisser paraître son malaise.

— Ce n'est pas ça, Nicole. Tout ce que je veux, c'est que tu sois heureuse, que tu te maries et que tu aies des enfants, mais tu ne veux rien de tout ça. Je ne te comprends pas.

C'est bien cela le cœur du problème. Elle s'en fiche complètement que je ne sois pas la fille modèle de ses rêves. Elle ne voit pas que je suis exactement qui je veux être.

Je suis le genre de fille qui veut vivre sa vie à fond.

Je suis le genre de fille qui veut être heureuse, peu importe la forme que prend ce bonheur.

Je suis le genre de fille qui cherche en vain quelque chose.

Je suis le genre de fille qui aspire simplement à être aimée.

Je suis le genre de fille qui ne montrera jamais qu'elle est brisée.

CHAPITRE TROIS

CALLUM

Bordel de merde. Elle est vraiment à couper le souffle.

Je ne suis pas venu en Amérique pour trouver quelqu'un. Si je pouvais faire les choses à ma façon, je continuerais à enchaîner les coups d'un soir et à vivre ma vie comme ça me chante. Et pourtant, elle est là, à me faire réfléchir à des trucs auxquels je n'avais pas pensé depuis longtemps. J'ai vraiment l'impression d'être un pauvre idiot à penser à Nicole comme ça. Je suis venu ici pour enterrer mon père, pas pour baiser une Américaine. Je dois garder la tête froide, me concentrer sur l'objet de ma venue, et rentrer chez moi vite fait.

Mais depuis que je suis entré dans cette salle, je ne peux plus penser à rien d'autre qu'à elle.

Je suis debout au bar, à essayer de ne pas regarder dans sa direction, mais j'échoue lamentablement. Qu'est-ce que cette fille a de si spécial ?

— Tu penses pouvoir régler toute la paperasse d'ici ce soir ? me demande Ted.

Oh, le contrat... je l'avais complètement oublié. Au lieu de m'assurer que les contrats de l'entreprise de mon père – ou plutôt la mienne – soient tous signés, j'ai passé mon temps à reluquer cette blonde avec un regard lubrique.

— Bon sang, je l'espère bien, dis-je en riant. Je suppose que les avocats vont s'occuper de régler tout le reste comme il faut.

Mes yeux la retrouvent ; ils l'ont cherchée sans que je ne m'en rende compte. Elle représente tout ce que j'ai perdu un jour, tout ce que j'espérais d'une femme.

J'aime les femmes qui s'assument. Nicole n'a pas l'air d'être une petite chose fragile.

— Bien, dit Ted en me donnant une claque dans le dos. Je ferais mieux de me concentrer sur la fille que j'ai laissée partir.

Il est vraiment con. Elle ne veut plus avoir affaire à lui, et il n'arrive pas à le comprendre, ou bien si c'est le cas, il refuse de croire que tout est fini.

— Ah ! lui fais-je remarquer avec un sourire. Tu as des vues sur Nicole ?

— Nous avons un passé commun, m'explique Ted. Ce n'est qu'une question de temps avant qu'elle ne revienne vers moi. Elle est plutôt coriace, si tu vois ce que je veux dire ?

Non, Ted, je ne vois pas ce que tu veux dire. Elle n'essaie pas de te résister, tu ne lui plais pas, c'est tout.

Cependant, il ne serait pas très correct que je le lui fasse remarquer dans un contexte professionnel. Je me contente donc de hausser les épaules.

La dernière fois que j'ai regardé une femme comme je regarde Nicole, c'était il y a cinq ans. Je ne saurais pas dire ce qu'il y a de spécial chez elle, je ne parviens pas à l'expliquer, mais elle m'attire. Il me suffit d'observer sa façon de mettre ses cheveux derrière ses oreilles, son sourire lorsque personne d'autre ne la regarde, sa manière de me suivre du regard dans la pièce, et son expression lorsqu'elle fait semblant de m'ignorer.

Je la veux et je sais qu'elle me veut, elle aussi.

— C'est intéressant, dis-je en souriant tandis que je prends une gorgée de scotch. Je ressens les choses différemment, les Américaines doivent être particulières.

Ted me regarde et a l'intelligence de la fermer, mais je vois la haine qui brûle dans ses yeux.

Tu as raison, tu peux bien me détester, parce que je vais obtenir ce que tu désires : elle.

— Comme je l'ai dit, nous avons un passé commun.

Une chose que Ted devrait savoir sur moi, c'est que je gagne toujours lorsque je décide de me battre pour une chose.

Le barman pose les autres verres sur le comptoir, et nous retournons à la table où sont assises Nicole et sa mère. Nos regards se croisent à travers la pièce, et nous nous observons tandis que je m'approche d'elle. Elle n'a pas besoin de prononcer le moindre mot ; je vois le désir, la passion, l'excitation brûler dans son regard...

Ted commence par servir sa mère, ce qui me permet de m'asseoir à côté de Nicole. Dès que je suis suffisamment proche d'elle, l'atmosphère autour de nous change, preuve que mon absence n'a pas amoindri notre attirance l'un pour l'autre. Au lieu de cela, elle est devenue bouillante.

— J'ai cru que vous vous étiez perdu, dit Nicole d'un petit sourire taquin.

Je passe mon bras autour du dossier de sa chaise et lui effleure la nuque du bout des doigts tandis que je me rapproche d'elle.

— Je crois que j'aurais bien fini par retrouver mon chemin jusqu'ici, d'une manière ou d'une autre.

Ce petit jeu du chat et de la souris va très vite se terminer. Elle va savoir bien assez tôt que je n'aime pas jouer avec la nourriture.

Elle tremble sur sa chaise, et un bien beau spectacle s'offre à mes yeux alors que, le regard plein de malice, elle se penche pour ramasser la serviette qu'elle a fait tomber.

Je sens sa main sur ma cuisse, et ma queue durcit à mesure qu'elle remonte.

— Désolée, j'ai fait tomber quelque chose, explique-t-elle par dessous la table.

Mais sa main se fraye un chemin jusqu'en haut de ma cuisse. Bordel de merde, cette fille est entreprenante. Je la sens caresser le tissu de mon pantalon tout près de ma queue et je manque de lâcher un grognement, avant de lui saisir le poignet pour l'empêcher de me caresser dans cette zone.

Je trace une ligne du bout du doigt à l'arrière de sa nuque, et lui murmure à voix basse, de sorte que personne d'autre ne puisse entendre :

— Tu me le paieras plus tard.

Elle me sourit en levant les sourcils.

— Justement, j'y compte bien.

CHAPITRE QUATRE

NICOLE

— Bon sang, mais qu'est-ce qui ne va pas chez moi ? je me demande en me regardant dans le miroir.

J'ai joué à ce petit jeu pendant tout le dîner dans l'espoir qu'il me propose justement ça et au lieu d'accepter, je me suis enfuie dans cette putain de salle de bain.

Aller chez Callum, c'est le Saint-Graal que j'attendais, mais je sais au fond de moi que les choses ne vont pas se dérouler comme je le voudrais.

Je ne fais qu'enchaîner les coups d'un soir. J'ai des relations sexuelles dénuées de tout sens et de toute émotion avec des hommes auxquels je ne penserai plus jamais ensuite.

Mon cœur bat la chamade rien qu'en pensant à lui. J'entends sa voix grave murmurer dans ma tête :

« *Viens avec moi dans ma chambre ce soir, Nicole. Rien ne me ferait plus plaisir que de te baiser jusqu'au matin* ».

Bon sang, cet accent... impossible d'y résister. Je me connais suffisamment bien pour savoir, avant même de l'avoir embrassé, que ce que je ressens pour cet homme est plus fort que ce que j'ai pu ressentir pour tous les hommes avec qui j'ai couché.

J'ai complètement perdu la raison, putain de merde.

Mais je ne cède pas à la panique. Ce n'est pas mon genre, je dois seulement élaborer un plan. Une fois que ce sera fait, je pourrai sortir d'ici en sifflotant.

Pour commencer, il faut que je sorte d'ici.

Je saisis mon petit sac et regarde par l'entrebâillement de la porte. La voie est libre.

Chaque centimètre carré de mon corps veut y retourner, lui faire face et lui dire que je ne suis plus intéressée finalement, mais je ne suis pas sûre que je ne finirai pas par le baiser sur la banquette arrière de sa voiture. Du coup, je vais jouer les garces et m'évaporer.

J'avance le long du couloir en direction du portier, mais alors que je m'apprête à disparaître dans un tournant, Callum me rattrape.

— Merde, me dis-je tout bas, tout en cherchant une issue à cette situation.

Nos regards se croisent et je sais que je suis foutue. Je peux le rejoindre, lui dire que je ne retournerai pas dans sa chambre et me laisser convaincre de le faire quand même, ou bien je peux agir comme toute femme qui se respecte et me rendre dans la cuisine.

Ce que je fais, bien évidemment.

Je n'ai pas trouvé d'autre alternative parce que je suis stupide.

— Mademoiselle ! m'interpelle l'un des serveurs.

— Ne faites pas attention à moi, dis-je en souriant et en continuant d'avancer.

— Mademoiselle, vous n'avez pas le droit d'être ici !

Ça, je le sais bien.

Je continue d'avancer comme si je ne l'avais pas entendu.

— M'dame ! m'interpelle quelqu'un d'autre.

Je suis en train de traverser une cuisine en courant pour échapper à un homme. Je crois qu'il faudrait vraiment me faire enfermer.

Je souris en faisant un petit signe de la main tandis que je continue de me diriger vers l'arrière de la cuisine. Il y a toujours une sortie quelque part dans les cuisines, il semble donc logique de penser que celle-ci en ait une aussi.

— Mademoiselle, dit un serveur en me prenant par le bras, vous n'avez pas la permission d'entrer ici, je suis sérieux.

— Oui, je comprends tout à fait, dis-je tout en lisant le nom inscrit sur son badge et en essayant de ne pas le brusquer... Ned... mais vous voyez, je dois absolument échapper à ma... ma mère, oui c'est ça, ma mère. Elle essaie de me rendre folle en me poussant dans les bras de cet homme horrible qui pue l'oignon, je lui explique rapidement. Ce serait vraiment gentil de votre part de me donner un coup de main, je vous en serais éternellement reconnaissante.

J'espère qu'il pourra sentir le désespoir dans mon appel à l'aide.

Il me fait non de la tête, et je crains de perdre la partie.

— Vous avez une mère complètement folle, vous ?

Ned acquiesce.

— Alors vous comprenez bien que si je la laisse faire, je n'aurai pas le choix et... vous voyez, j'essaie de faire tout mon possible pour éviter une situation ingérable. Je ne veux pas la contrarier, sinon je me sentirai coupable toute ma vie.

Ned soupire et jette un œil par-dessus mon épaule.

— D'accord, acquiesce-t-il. Je vais vous faire sortir par la porte de derrière.

Oui ! Ned est un as et Ted est un naze.

— Je pourrais vous embrasser pour m'avoir rendu un tel service, Ned.

Il se met à ricaner.

— Je ne pense pas que ma femme en serait ravie.

— Eh bien, elle a bien de la chance.

Ned me précéde, et nous traversons la grande cuisine qui s'étend sur plusieurs dizaines de mètres. Une serveuse portant un plateau de pâtisseries me regarde d'un air désapprobateur.

Vous permettez ?

J'en prends une et me la fourre dans la bouche, ce qui me vaut un regard assassin.

— Ce n'est pas pour vous.

Je hausse les épaules.

— Désolée, je compense sur la nourriture quand je suis angoissée, je marmonne, la bouche pleine de praliné enrobé de confiseries.

Miam, c'est bon.

Les yeux de Ned vont lui sortir des orbites, mais je hausse les épaules puis nous repartons.

Nous atteignons la porte de derrière et je laisse échapper un soupir de soulagement.

— Merci, dis-je en lui effleurant le bras.

— Bon courage.

La sortie côté cuisine est à l'arrière du bâtiment, loin du portier. Je n'y ai vraiment pas pensé et je ne sais pas comment revenir à l'entrée de l'hôtel, monter dans ma voiture et partir discrètement.

Si seulement mes amies pouvaient me voir en ce moment...

Je piétine les déchets éparpillés par terre, inquiète pour mes chaussures et légèrement dégoûtée de voir que ce club, pour lequel ma mère dépense je ne sais quelle fortune de frais d'adhésion, est doté d'une arrière-cour aussi sale. Bien sûr, elle ne le saura jamais parce qu'elle m'étranglera pour ce que je viens de faire, mais il faut absolument que je le dise à quelqu'un avant de mourir.

Je sors mon téléphone et envoie un message à Kristin.

Moi : Si je meurs, il faut que tu saches que l'arrière-cour du club est vraiment dégueulasse.

Kristin : Ah... Et qu'est-ce que tu fabriques dans l'arrière-cour du club ? Je ne pense pas qu'Esther soit trop du genre à te permettre de faire le tour du propriétaire. En plus, ce n'est même pas un truc auquel tu penserais spontanément. Qu'est-ce qui se passe, bordel ?

. . .

Ma mère est très nette et carrée. Tout dans sa vie est ordonné, sauf moi qui m'efforce d'y mettre le chaos. Je suis la petite rebelle qui lui fait garder l'esprit jeune, du moins c'est ce que je me dis. Mes amis savent bien que je ne lui ressemble pas du tout, mais du moins je ne fais pas de saloperies, pas de camping ou de grimpettes dans des endroits foireux.

C'est triste de penser qu'aujourd'hui, la peur de ressentir quelque chose pour un mec que je ne connais ni d'Ève ni d'Adam m'a obligée à marcher dans une espèce de décharge avec mes stilettos rouges Manolo Blahnik.

Moi : Je te raconterai peut-être toute l'histoire en arrivant chez toi. Du moins si je sors d'ici vivante.
Kristin : Je meurs d'impatience de t'écouter.

Oui, je suis sûre que mes amis prendront un malin plaisir à m'embêter avec cette histoire pour les années à venir.

J'avance jusqu'au parking, lisse ma jupe et essaie de me recoiffer un peu pour ne pas donner l'impression que je viens de faire une course d'obstacles.

— Oh hé ! je m'écrie en apercevant le portier.

— Mademoiselle ? me dit-il en regardant autour de lui, perplexe. Vous vous êtes perdue ?

Je laisse échapper un soupir.

— Écoutez, j'ai besoin de votre aide. Voici le ticket de ma voiture, voulez-vous bien vous comporter en portier exemplaire – je sais que vous l'êtes – et me donner mes clés ?

Ses yeux s'élargissent, ronds comme des soucoupes.

— Je pourrais être renvoyé pour ça.

— Mais j'ai mon ticket sur moi, c'est ma voiture.

— Oui, répond-il en regardant en direction de l'entrée, mais les membres du club ne sont pas autorisés à passer par ici, vous devez aller récupérer votre voiture en allant la demander à l'accueil.

Pourquoi diable est-ce que tout le monde ici fait les choses dans les règles ? J'essaie seulement de récupérer ma putain de bagnole pour partir d'ici sans devoir affronter Callum. Ce ne devrait pas être aussi difficile d'échapper à un homme qui m'a donné des courbatures aux cuisses.

Je me pince l'arête du nez et réfléchis à la meilleure stratégie possible pour sortir d'ici.

— Vous connaissez Ted Edwards ?

Il pince les lèvres, ce qui m'en dit long sur leur relation.

— Voyez-vous, il m'attend là, au rez-de-chaussée, et comme vous pouvez le voir, je fais tout mon possible pour l'éviter. Voudriez-vous bien m'aider ?

Je souris en m'approchant de lui et pose ma main sur son torse.

— Ce sera notre petit secret.

— Je suis ravie de constater que tu as survécu, me dit Kristin en ouvrant la porte.

— Oh, arrête. Tu veux bien me laisser entrer?

Cela me paraît toujours étrange d'appeler cet endroit « sa » maison. C'est la maison dans laquelle Heather a grandi et vécu jusqu'à ce qu'elle rencontre l'homme parfait et déménage dans le quartier cossu de la ville. Pour moi, ce sera toujours la maison d'Heather.

Kristin se recule et je franchis la porte de ma deuxième maison.

J'ai passé de nombreuses nuits ici lorsque j'étais enfant. C'est dans le jardin de cette maison que j'ai embrassé un garçon pour la première fois et c'est dans la salle de bain du premier étage que je me suis rasé les jambes pour la première fois. C'est à la table de la cuisine que j'ai trouvé un endroit chaleureux qui m'a permis d'échapper à la froideur de mon propre foyer.

— Eh bien, regardez-moi un peu qui est là !

Heather sort de la cuisine en souriant, une bouteille de vin à la main.

— Heather ! je m'écrie en courant dans sa direction. Ça fait tellement longtemps, petite salope !

Elle se met à rire et je me balance en la serrant dans mes bras.

— Tu m'as manqué toi aussi, petit trou du cul.

— Pourquoi vous ne m'avez rien dit ? je leur demande à toutes les deux.

Kristin hausse les épaules.

— C'était plus drôle comme ça.

— Je n'étais pas vraiment sûre de pouvoir venir, mais Eli m'a pratiquement virée de la maison à force de m'entendre me plaindre que mes amies me manquaient et que je détestais les siens, qui refoulent du goulot.

Je la caresse affectueusement et réprime les larmes qui me montent au coin des yeux. Cette journée a été un peu trop éprouvante pour moi. Cela fait des années que je n'avais pas pensé à... lui. Des années que j'avais gardé mon cœur étroitement enchaîné, que j'avais empêché ces chaînes ne serait-ce que de crisser. Il a suffi d'un regard de Callum pour que les chaînes lâchent et que tout se libère.

— Qu'est-ce qui t'arrive ? me demande Kristin de l'autre côté de la pièce.

— Rien, je lui réponds du tac au tac.

Elle lève un sourcil.

— Vraiment ? Tu veux bien me redire ça sans baratin ?

Ah, ces sacrées meilleures amies qui me connaissent trop bien.

— Je te raconterais bien, mais j'ai des mecs sur le feu qui m'attendent.

Je m'assieds sur l'accoudoir du canapé avant de reprendre :

— Je ne reste pas longtemps.

Heather et Kristin échangent un regard, puis Heather acquiesce.

Génial. Maintenant elles vont m'inclure dans leur petit

manège. En des circonstances normales, cela me plairait beaucoup, mais Kristin en sait beaucoup trop. Elle est la seule à connaître certaines petites choses que je cache depuis des années. Cela lui donne un avantage significatif.

— Alors, tu n'as aucune raison à nous donner pour expliquer ta présence dans l'arrière-cour du club ? me demande Kris d'un regard qui indique qu'elle en sait long.

— Je préfère ne pas en parler, je tente d'esquiver

— Oh, chérie, dit Heather en me touchant la jambe. C'est drôle que tu puisses encore croire que l'on va te laisser t'en tirer comme ça. Crache le morceau.

Je les fixe toutes les deux mais elles se contentent de me sourire. Je me demande parfois pourquoi je continue de leur parler. Elles sont fofolles, envahissantes et un peu bêtes, mais ce sont mes amies et je les aime plus que tout. Je suis sûre que ce sentiment est réciproque.

— Oui, raconte-nous tout, ajoute Kristin en croisant les bras sur sa poitrine.

Heather acquiesce.

— Tu sais que l'on va finir par appeler Esther si tu ne parles pas.

— Ça, c'est un sacré coup bas.

Elles haussent toutes deux les épaules.

— Et ce qui va se passer, c'est qu'elle va nous donner une version très différente de la tienne, glousse Kristin.

— Ce qui nous forcera à pousser notre enquête un peu plus loin, ajoute Heather.

— Et puis nous en tirerons nos propres conclusions après avoir longuement discuté avec des personnes que tu préférerais sans doute que l'on ne contacte pas.

Non mais quoi ? Ces deux nanas ne sont officiellement plus mes amies. Je vais en trouver d'autres qui ne soient pas des connasses à tendance harceleuses.

— Très bien, dit Kristin en attrapant son téléphone, tu ne me laisses pas le choix.

— D'accord, j'ai rencontré un mec ! je m'écrie en me dressant sur mes pieds. J'ai rencontré un mec et il m'a fait flipper comme pas possible. Je l'ai dragué toute la soirée et j'avais prévu de le baiser jusqu'à lui retourner le cerveau, mais quand l'occasion s'est justement présentée, j'ai couru dans la salle de bain. Je me suis cachée comme une idiote, j'ai couru à travers la cuisine jusqu'à la porte de derrière, et j'ai soudoyé le portier pour ne pas avoir à affronter le mec en question. Ça y est, vous êtes contentes ?

Toutes deux éclatent de rire. Elles ne s'arrêtent plus pendant un moment de glousser et de railler mon comportement ridicule.

— Oh bon sang, lâche Kristin dans une espèce de ronflement, tu es aussi folle que nous !

— Hmm, fais-je les mains sur les hanches en lançant à Heather un regard perçant. Non, je ne pense pas être folle, je n'ai pas escaladé de grille, moi.

Je fusille alors Kristin du regard et ajoute :

— Je ne suis pas non plus tombée dans une piscine en étant complètement torchée.

Heather se rassoit et boit son verre de vin à petites gorgées.

— Te connaissant, ça aurait très bien pu t'arriver, ma vieille.

Je n'ai pas couché avec Callum, j'ai juste pris peur et... oh, merde.

— Oh, bordel de merde, je viens de faire un coup à la Heather ! je balance. Je suis aussi ridicule que vous deux, putain !

— Un quoi ? s'écrie Heather.

Je lève les yeux au ciel puis me cache le visage avec les mains.

— Je n'ai pas escaladé de grille, mais j'ai pris peur et je me suis enfuie.

— D'accord, mais qu'est-ce que tu appelles un coup à la Heather, bordel ?

— Tu vois... le genre de scène qui consiste à baiser un type et partir en courant. Je trouve que ce nom est particulièrement adapté. Tu as baisé Eli et tu t'es barrée en escaladant une grille. Tout cela colle tout à fait avec la situation.

Heather me fait un doigt d'honneur et je me couvre à nouveau le visage. Je ne peux pas les regarder, ni supporter de me regarder moi-même.

Kristin se met à rire.

— Tu sais ce que ça veut dire ?

Je baisse lentement le bras et la regarde dans les yeux.

— Non...

— Tu as un cœur. Tu as eu peur. C'est clair que tu vas finir par épouser ce mec.

Elle a complètement perdu la tête.

— Je ne me marierai jamais. Absolument jamais. Je n'ai pas de cœur, il s'est brisé il y a des années. Et je n'ai jamais peur – surtout pas des hommes. Je les aime même tellement que j'en invite souvent deux chez moi.

Je sais qu'elles ne comprennent rien à tout cela, mais c'est comme ça que je fonctionne. Les relations durables et les plans culs réguliers, ce n'est pas ma tasse de thé. Cela dit, j'aime être au centre de l'attention. J'aime quand deux hommes se dévouent uniquement à mon plaisir. Lorsqu'ils repartent chez eux en me laissant rassasiée et comblée, je me sens même encore plus heureuse.

— Oui, il n'y a en effet rien de mieux que d'être prise en sandwich entre deux hommes comme un bout de viande, remarque Heather en se servant un autre verre de vin.

— Ne me juge pas.

Elle dit en souriant :

— Je ne te juge pas. Je pense seulement que tu es folle et que tu te protèges. Qu'est-ce que ce mec avait de si spécial qui t'a fait fuir et traverser une décharge ?

Tout chez lui me faisait de l'effet.

À commencer par sa façon de me regarder.

Le sentiment qu'il a provoqué au plus profond de mes entrailles.

Sa façon de prononcer mon nom.

Le fait que j'espérais davantage qu'une folle nuit de sexe.

Je pense que tout le monde fait des erreurs, mais lorsque l'on suit volontairement le mauvais chemin, c'est de la folie, or moi, je ne suis pas folle.

— Ce n'est pas seulement lui qui m'a fait paniquer, Esther y est aussi pour quelque chose.

Kristin me scrute attentivement. Je sais qu'elle ne me croit pas une seconde. Heather a toujours été la plus crédule d'entre nous.

— J'ai failli te croire, me lance-t-elle d'un air de défi. Mais tu ne fuis jamais Esther, tu ne cours pas, et tu n'aurais jamais fichu en l'air une paire de chaussures à mille dollars à cause d'elle, je pourrais le jurer sur ma vie. Trouve-nous une autre histoire.

Je baisse les yeux sur mes jolies chaussures, et les effleure en leur faisant toutes mes excuses. Mes amies me charrient et ne me comprennent pas toujours, mais je sais qu'elles m'aiment. Je n'en ai jamais douté, mais il y a certaines choses que je ne peux pas leur dire, et cette histoire en fait partie.

Au lieu de mentir, je fais un petit signe de tête à Kristin, je sais qu'elle comprendra.

Je vois dans son regard qu'elle a bien reçu le message, et elle se retourne vers Heather.

— Elle ne nous dira rien, c'est évident, remarque-t-elle en faisant une moue pincée. Dis m'en plus sur cette histoire de coup à la Heather, ça fait un moment qu'on n'a pas ri de tes bonnes vieilles histoires à propos d'Eli.

Lorsque Kristin me regarde à nouveau, je lui murmure des lèvres un « merci », auquel elle me répond d'un clin d'œil.

Je m'en suis peut-être tirée pour ce soir, mais il est évident que cette conversation n'est pas terminée.

CHAPITRE CINQ

— Kim, j'appelle mon assistante. Peux-tu t'assurer que tout est prêt pour la réunion avec Dovetail Enterprises dans la salle de conférence ?

La réunion doit commencer dans une heure et je suis loin d'être prête. Tout ce que Martin m'a dit, c'est qu'il a un gros budget et qu'il veut que le style de ses nouveaux appartements de standing soit exceptionnel.

Je lui ai assuré autour d'un verre que je pouvais faire quelque chose d'exceptionnel, mais maintenant je dois tenir parole.

Le problème, c'est que je n'ai obtenu que des informations partielles et une ébauche de plan de l'appartement. Cela complique le travail de design quand on ne sait pas si le plan de travail de la cuisine fait trois mètres ou un mètre vingt. Quoi qu'il en soit, je suis une super professionnelle, et je vais tout donner pour prouver que je suis à la hauteur.

Du moins, c'est le mensonge que je me répète comme un mantra.

Kim entre dans la pièce en reniflant. Je lui ai dit qu'il fallait absolument qu'elle vienne travailler aujourd'hui, peu importe qu'elle soit malade ou à moitié morte.

— Je ne sais pas si on est suffisamment prêtes.

Je soupire et m'avance vers elle, pose mes mains sur ses épaules et lui parle doucement.

— Je sais que tu ne te sens pas bien, mais aujourd'hui, c'est la journée du gros lot. Et tu sais ce que font les gagnants le jour J ?

Elle plisse les yeux, puis les rouvre aussitôt en grand.

— Ils gagnent ?

— C'est ça. Alors, est-ce qu'on est des gagnantes ?

— Je crois, oui.

— Non, il n'y a pas de *je crois* qui tienne, je lui réponds en poussant un soupir. On est des battantes, et on doit tout déchirer, d'accord ?

— Nicole, je suis en train de mourir, là.

Elle a effectivement mauvaise mine.

— Mais non, je la rassure. Tu as l'air fin prête à gérer la... euh... l'affaire.

Kim me fixe avant d'éternuer.

— Je suis surtout prête à faire une sieste.

— Bon, je te promets de refaire toute la déco de ton appartement si tu peux travailler encore trente minutes.

Ce n'est pas trop mon genre de soudoyer les gens, mais là je suis désespérée.

Avant-hier soir, j'ai lâché un peu de leste. J'avais prévu de travailler un peu en rentrant du club, mais je n'ai rien fait. Au lieu de ça, j'ai invoqué l'image d'un homme à la mâchoire bien dessinée, aux cheveux châtain clair et aux yeux bleus. Les contours de son visage sont absolument parfaits, et chacun de ses traits est gravé profondément dans ma mémoire. Puis il a fallu que je me soulage avec mon vibro.

Il était certain que je n'allais pas travailler ce soir-là.

Dix minutes plus tard, Kim revient et referme la porte derrière elle, l'air effaré.

— Qu'est-ce qui ne va pas ?

— Il est en avance, me dit-elle.

— Quoi ?

— Il est là !

Je regarde ma montre et commence à paniquer.

— Merde, je ne suis pas prête ! On est même loin de l'être.

Je me mets à ramasser des papiers pour donner un semblant d'ordre à tout cela.

— On ne peut même pas dire qu'il est en avance, j'ajoute, il est carrément venu une demi-journée plus tôt que prévu.

Il me restait normalement plusieurs heures devant moi... putain.

Kim se bouge et commence à ordonner un dossier.

— Je vais m'occuper des documents de présentation, tu peux le retenir un moment ?

— Je peux essayer.

— Oh, au fait Nic, il est super sexy, aussi.

Je lève les yeux au ciel.

— Il doit avoir, genre, cent ans ! Il est tout sauf sexy.

— Ben il est sacrément sexy pour un centenaire.

Jésus, Marie, Joseph.

— Ce n'est pas le sujet, et puis tu as de sérieux problèmes, je réponds d'un air énervé, en me saisissant de l'un des motifs tombé par terre.

Il se pourrait bien que je doive le proposer au client, or je déteste ce motif.

Bon sang, pourquoi y-a-t-il des gens qui se pointent si tôt ? J'ai l'air d'une pauvre couillonne maintenant, et je vais probablement perdre le projet.

J'ai une seule chance de prouver à Martin Dovetail que je suis capable de relever le défi. Je ne vais pas tout faire foirer. Ce n'est pas possible.

— As-tu besoin d'autre chose ? me demande Kim.

— Prends ça et installe-le dans la salle de conférence. Dis-lui que je suis au téléphone avec un autre client, je lui ordonne.

— Je vais essayer de le retenir autant que je peux.

— Parfait, laisse-moi au moins dix minutes. Vas-y, je la presse en la poussant vers la porte.

La conjoncture est déjà extrêmement fluctuante dans l'immobilier, mais pour les décorateurs, c'est encore pire. Certains mois, nous sommes tellement débordés que nous peinons à suivre le rythme des commandes, et à d'autres périodes, je me tourne les pouces. Soit je roule sur l'or, soit c'est la traversée du désert. J'espère en tous cas que ce client nous confiera plusieurs projets.

Dovetail vient de s'implanter à Tampa, mais l'entreprise est en Floride depuis quelques années déjà. D'après mes informations, le siège de l'entreprise serait basé en Géorgie et elle se développerait peu à peu sur d'autres marchés. J'ai rencontré Martin il y a quelques mois déjà, mais n'ayant pas eu de nouvelles de lui pendant longtemps, j'ai pensé alors qu'il m'avait oubliée. Il y a quinze jours, il m'a passé un coup de fil pour me dire qu'il passait en ville et souhaitait prendre rendez-vous avec moi.

Il m'a envoyé par fax tous les détails de ce qu'il désirait que je fasse et je n'en ai pas cru mes yeux. Martin serait une excellente référence pour l'entreprise.

Je saisis le reste de la paperasse et espère que ma proposition sera suffisamment convaincante pour qu'il décide d'un deuxième rendez-vous.

Kim revient, m'aide un peu et m'attrape par le bras tandis que nous sortons.

— Écoute, tout ce que tu fais est vraiment génial. Même au plus mal, tu assures mieux que tous les autres designers. Appelle-moi quand tu auras fini. Si je ne réponds pas, c'est que cet horrible rhume m'aura tuée. Sors-lui le grand jeu et prépare-toi à contempler un mec ultra sexy.

Je grommelle :

— Kim, tais-toi. Il est tout sauf sexy, ce type est un vieux croûton !

— Tu peux dire ce que tu veux, mais je suis prête à parier vingt balles que tu enlèveras ta culotte avant la fin de l'entretien !

Je suis d'une part un peu perturbée du fait qu'elle trouve ce vieux tromblon sexy, mais elle connaît d'autre part ma règle capitale dans le business : je ne couche pas avec les clients, jamais. Je l'ai fait une fois, ça a eu des conséquences désastreuses. J'ai fini par perdre le contrat et l'argent dont j'avais absolument besoin à l'époque.

— Ok, est-ce que j'ai quelque chose de coincé entre les dents ? je lui demande en lui exhibant toute ma dentition.

— Non. Bombe la poitrine.

Je lance aux filles un petit sourire narquois, secoue mes cheveux en arrière, redresse les épaules et sors de la pièce d'une démarche assurée.

Je repasse dans ma tête tous les motifs, les arguments de vente et les différents arrangements en regrettant de n'avoir pas pu appeler l'un de mes plans culs pour décharger un peu ma nervosité. Mais non, je ne pourrais pas me résoudre à faire ça.

Tout simplement parce que je suis une idiote en pleine crise (précoce) de la quarantaine.

J'ouvre la porte de la salle de conférence et mon sourire disparaît dès que je pose les yeux sur l'homme assis sur la chaise.

— Monsieur... Callum ?

Il se lève, un large sourire sur son visage et me tend la main.

— Bonjour, Mme Dupree. Je suis ravi de vous revoir.

— OK, mais...

Je suis si troublée. J'ai rencontré Martin et partagé un repas avec lui. Il ne parlait pas avec un accent anglais sexy, il n'avait pas de larges épaules musclées ni un corps de dieu grec. Au lieu de ça, il était petit, agaçant mais plein aux as, et il allait me payer une somme correspondant à deux ans de travail.

— Est-ce qu'on attend quelqu'un d'autre ? Je veux dire, vous n'êtes pas... Je suis censée avoir rendez-vous avec...

— Martin Dovetail ? Effectivement ce n'est pas moi. Je suis son fils illégitime, désormais propriétaire de son entreprise.

— Je ne comprends pas.

Callum coiffe ses cheveux en arrière et s'assied.

— Martin Dovetail est mort. Il va falloir que vous fassiez bonne impression maintenant si vous voulez obtenir ce projet.

Le sol s'effondre sous mes pieds.

Je me suis vraiment fait niquer sur ce coup, et pas dans le bon sens du terme.

CHAPITRE SIX

La seule chose à laquelle je parviens à penser, c'est : « Merci papa ». Ces mots tournent en boucle dans ma tête. C'est le seul truc sympa que ce salaud ait jamais fait pour moi. Je n'ai pas percuté l'autre jour lorsque j'ai entendu son nom. Bon sang, je venais de passer trois heures à écouter des employés pleurer mon père, cet homme extraordinaire.

Quelle bande de lèche-culs.

C'était juste un sale type impitoyable qui traitait tout le monde avec la même haine, y compris moi. D'accord, il m'a emmené en vacances aux États-Unis, notamment une partie des congés d'été, mais il l'a fait contraint et forcé. Il a toujours voulu que je l'appelle « Martin » ou « père », et pas « papa ». Il voulait s'assurer que je ne mélange pas les torchons et les serviettes, puisque maman s'est remariée. Nous n'avons jamais eu une relation père-fils normale. Il ne m'a jamais appris à conduire ou à lancer une balle. La seule chose qu'il m'ait apprise, c'est à décoder le jargon de la Bourse.

Je ne l'ai jamais vraiment aimé, et même si sa mort a été quelque peu inattendue, tout cela est pour moi plus une charge qu'autre chose.

La seule chose positive que j'en ai tiré, c'est l'acquisition totale des filiales de Dovetail Enterprises aux États-Unis et à Londres. Je peux revendre ma part, la garder, la faire fructifier, ou la regarder s'effondrer complètement.

Cependant, la seule chose dont j'ai envie, c'est de traiter avec Nicole.

Elle s'assied sur la chaise à côté de moi, en trifouillant dans ses papiers.

— Je voudrais tout d'abord vous dire que je suis désolée que vous ayez à traverser cette épreuve.

— Ne soyez pas désolée. Il n'y a absolument rien de triste là-dedans.

Elle entrouvre les lèvres et acquiesce.

— Très bien, j'ai un père moi aussi, et j'imagine que je serais dans le même état d'esprit que vous en ce moment, mais je vous réitère quand même mes condoléances.

— Votre père est-il un salopard égoïste qui a brisé le cœur de votre mère et passé son temps à cracher sur elle ?

Je ne sais pas pourquoi je lui pose cette question, c'est plus fort que moi, je veux en savoir plus sur elle. Nicole m'intrigue depuis notre rencontre, et sa fuite de l'autre soir après le dîner n'a fait qu'attiser un peu plus ma curiosité.

— C'est effectivement le cas. Mes parents éprouvent un degré de haine l'un pour l'autre, que les vôtres n'auraient jamais pu égaler.

— J'en doute, mais nous avons effectivement beaucoup de points communs.

Elle sourit mais baisse toutefois la tête à la façon dont un professeur céderait à un élève tout en conservant son autorité.

— C'est vrai.

— Bref, tout ça pour dire que c'est moi qui le remplace.

— Voulez-vous remettre le rendez-vous à plus tard ? me demande Nicole.

Absolument pas. Je veux rester ici, la forcer à rester près de moi et savoir pour quelle raison elle s'est enfuie sans dire un mot après avoir généreusement caressé ma queue, bon sang. La réunion se tiendra maintenant.

— Je suis obligé de faire cette réunion comme prévu. Je dois retourner à Londres dans quelques jours, et je n'ai pas d'autre créneau libre dans mon emploi du temps. À moins que vous ne soyez pas prête...

Nicole gigote sur sa chaise;

— Je suis prête. Y a-t-il des changements dans le projet ?

— Pour être honnête, je n'en ai aucune idée. Martin avait beaucoup de contrats en cours, alors je rassemble les informations nécessaires cette semaine avant de décider lesquels je garde et ceux dont je me rétracte. Et si vous me racontiez un peu ce qui est ressorti de cette réunion avec mon père ?

Elle me relate en détail les directives de mon père. C'est intéressant et cela rejoint ce que je fais déjà à Londres. Ma marge de manœuvre sur le marché de l'immobilier est limitée, donc pour me développer je fais monter mes immeubles en gamme. La vente de dizaines d'appartements luxueux dans un quartier en vue me rapporte beaucoup plus d'argent que la construction de dix maisons. Je constate que mon père avait adopté, sur ce coup là, une stratégie similaire à la mienne.

— Je ne veux pas vous faire perdre votre temps, Cal, commence-t-elle avant de se reprendre. Monsieur... ?

— Huxley.

— Mais vous m'aviez dit...

— J'ai pris le nom de mon beau-père. Il était comme un père pour moi, à de nombreux égards.

Elle me lance un petit sourire.

— Je vois.

Je me sens un peu mal à l'aise, comme toujours lorsque j'évoque mon père. Je recentre le sujet sur la décoration.

— Montrez-moi un autre échantillon. J'aimerais connaître toutes vos idées.

Nous poursuivons la réunion en nous concentrant sur sa proposition d'appartements dans un style industriel. Je dois admettre que j'ai des goûts un peu plus traditionnels pour la décoration, mais Nicole a l'œil en ce qui concerne les tendances.

Par ailleurs, elle est américaine et sait ce qui marche ici par rapport au goût anglais.

— Celui-ci vous plaît ?

Ce style est bien plus moderne que ce que j'aurais choisi.

— C'est un peu... brut.

Elle acquiesce.

— En effet. Ce style est sans doute trop masculin pour le goût des acheteurs que vous ciblez. J'en ai d'autres en stock.

J'essaie d'empêcher mes yeux de fixer son visage, mais je crois ne pas pouvoir m'en empêcher. C'est vraiment l'une des plus jolies femmes que j'aie jamais rencontrées. Ses yeux bleu-vert changent de couleur lorsqu'ils sont exposés à la lumière. Ses cheveux dorés lui retombent sur les seins en de grandes boucles lâches. Je dois éviter à tout prix de regarder son décolleté, sinon je ne pourrai pas finir la réunion sans que ma foutue queue ne se dresse toute droite.

Ma demi-érection est déjà assez gênante comme cela.

— Préférez-vous ces motifs-là ? me demande Nicole, la tête penchée.

— Ils me plaisent beaucoup.

Sauf que je ne parle pas des motifs.

C'est elle qui me plaît. Même si nous ne savons pas grand-chose l'un de l'autre, je sais que je veux tout connaître d'elle. Je n'ai jamais pris au sérieux les gens qui prétendaient avoir ressenti un truc spécial au premier regard. Cela me paraissait ridicule, pourtant c'est exactement ce que je ressens en cet instant même.

— Bien. Je peux vous proposer...

— Vous êtes engagée, je lance sans réfléchir.

— Quoi ?

Je ne peux plus me rétracter maintenant.

— Vous êtes engagée.

Elle émet un petit gémissement.

— Hum, à propos, je ne suis pas sûre que le projet convienne à Dupree Designs.

— Pourquoi dites-vous cela ?

Il y a beaucoup d'argent en jeu dans ce projet, ainsi que pour les futurs appartements que j'ai prévu de mettre en vente si tout se passe bien. Martin était ce qu'il était, mais il n'était pas imprudent. Il a dû flairer l'argent qu'il pourrait se faire pour accepter cet entretien.

Nicole se racle la gorge et commence à mettre de l'ordre dans ses papiers.

— Vous savez, ce n'est jamais une bonne idée pour deux personnes de s'engager en affaires quand il y a ce genre de... ce truc dans l'air.

— Qu'est-ce que vous appelez ce truc dans l'air ?

Elle émet un petit rire.

— Ce sentiment étrange.

— Il n'y a rien d'étrange dans tout cela. Vous me plaisez. Je vous aurais ramenée dans ma chambre, on aurait baisé jusqu'au lever du soleil, et ensuite on se serait retrouvés assis ici, à parler de vos motifs.

Elle se met à rire.

— Oui, c'est là-dessus que vous vous trompez. Si ça s'était produit, je ne serais pas là à discuter avec vous parce que je ne couche pas avec mes clients. Si j'avais su que c'était vous, mon rendez-vous d'aujourd'hui, je n'aurais jamais joué à ce petit jeu de séduction au club.

— Alors c'est une bonne chose que vous vous soyez dégonflée, je lui réponds avec un sourire narquois.

— Je vous demande pardon ?

Elle se dresse sur ses pieds puis reprend :

— Je ne me suis pas dégonflée ! J'étais dans la salle de bain et quand je suis sortie, vous n'étiez plus là !

Elle dramatise un maximum la situation, bon sang. Je l'ai vue, et je sais qu'elle m'a vu aussi avant de partir en courant.

Je m'appuie sur le dos de ma chaise.

— Si c'est votre version des faits, comment oserais-je vous contredire ?

— Absolument, dit-elle en jetant brusquement le dossier sur la table. Vous ne pouvez en aucun cas me contredire puisque je sais comment les faits se sont déroulés. Tenez-moi tête et osez me traiter de poule mouillée, je vous prie.

Cette femme est décidément vraiment adorable.

— Vous voulez dire que si vous aviez su que nous allions nous retrouver ici aujourd'hui, vous ne vous seriez pas enfuie après m'avoir caressé la queue ?

Nicole fait la moue.

— Je me suis peut-être rendu compte que ça ne valait pas la peine de la caresser une nouvelle fois. Si encore elle était un peu plus grosse...

Je ris doucement. Cette fille est vraiment différente des autres. La plupart de ces dames seraient indignées par le sous-entendu, mais elle a riposté à ma provocation.

— Vous savez comme moi que mon sexe est bien assez gros, ma chère. J'ai vu comment vos yeux se sont écarquillés, et je n'avais qu'une demi-érection.

Ses lèvres s'entrouvrent légèrement et je la vois reprendre son souffle, haletante.

— Waouh, ça va, vous n'avez pas trop les chevilles qui enflent ?

— Pas du tout, je sais seulement que vous mentez à propos de cette soirée, autant à moi qu'à vous-même. J'ai observé la manière dont vous m'avez regardé toute la nuit.

— Vous voulez dire que je vous ai regardé comme un connard prétentieux ?

Je me lève, me rapproche d'elle, et trace une ligne avec mon doigt de son épaule à son poignet.

— Non, vous aviez plutôt l'air de rêver d'être allongée sous moi toute la nuit, et croyez-moi, je me suis fait le même scénario dans ma tête.

Ses yeux s'enflamment de passion. Je sens son pouls s'accélérer sous mes doigts, la pièce semble avoir rétréci, et elle finit par secouer la tête avant de se relever.

— C'est justement la raison pour laquelle Dupree Designs ne peut pas collaborer avec vous, Monsieur Huxley.

— Dois-je comprendre que vous avez l'intention de coucher avec moi ?

Elle retire sa main et me fixe.

— Ce n'est absolument pas envisageable.

Je souris et acquiesce.

— Très bien, alors vous démarrez le projet lundi.

J'avais prévu de plier tout ça vite fait bien fait, envoyer au diable les plans de mon père et rentrer chez moi, mais tout cela s'avère bien plus intéressant que prévu.

Peut-être que ce séjour aux États-Unis est exactement ce dont j'ai besoin, après tout...

CHAPITRE SEPT

NICOLE

Pourquoi est-ce que cet homme me fait bouillir le sang, et pas dans le sens où il m'énerve tellement que j'ai envie de le frapper ? Pourquoi est-ce que je ne parviens pas à le détester ni à m'empêcher d'avoir envie de l'éplucher comme une banane et de le baiser jusqu'à ce qu'il ne puisse plus marcher ?

Ce doit être son accent, voilà tout.

— Écoutez, dis-je en reprenant le ton professionnel qui convient à une dirigeante d'entreprise. Je suis vraiment désolée pour ce que je viens de dire. Je suis consciente que ce qui s'est passé au club vous a probablement vexé, mais cette entreprise est tout pour moi, et je travaille d'arrache-pied pour la développer. Je n'ai qu'une seule règle dans la vie : ne pas mélanger les affaires et le plaisir.

Callum expire lentement et recule un peu.

— Cette règle me paraît tout à fait légitime.

Oh, tout cela est plus facile que je ne le pensais.

— Merci.

— Puisque nous n'avons rien mélangé, cela ne devrait donc pas vous poser problème d'accepter ce travail, me déclare t-il.

— Eh bien...

— Cela ne contrevient pas à votre unique règle, me rappelle Callum.

— Oui, mais...

— Et les notes qu'a laissées mon père suggèrent que vous l'avez quasiment harcelé pour décrocher ce contrat.

J'essaie d'articuler deux mots.

— Ce n'est pas exactement comme ça que ça s'est passé...

— Sauf erreur de ma part, vous l'avez rappelé des dizaines de fois et vous étiez prête à le rencontrer n'importe où pour lui prouver que vos créations étaient les meilleures.

Bon sang, qui prend des notes comme celles-ci ? D'accord, je me suis montrée légèrement insistante, mais c'est parce que ces appartements sont parfaits et conviennent parfaitement au style auquel je pense. Cela partait également d'une bonne intention envers son père.

— C'est vrai, mais ce que je veux dire....

Callum me coupe à nouveau la parole.

— C'est que vous voulez ce travail.

Très bien, ce type me fait vraiment chier, là.

— M. Huxley, laissez-moi finir ma phrase cette fois, je vous prie.

Il passe sa main sur ses lèvres, mimant une « bouche cousue ». Il est tellement craquant que mes yeux en rouleraient presque dans leurs orbites. C'est pour ça que je dois me retirer de cette affaire. Je préférerais encore vendre mon corps plutôt que de m'engager dans une relation périlleuse avec un homme, surtout un mec comme lui qui aurait assez de pouvoir pour complètement m'écraser.

— Merci, je souhaitais en effet obtenir cette mission auparavant, mais comme je l'ai dit, nous sommes débordés en ce moment, et je ne peux pas accepter un projet d'une telle ampleur.

Ça y est, c'est dit, et je ne retirerai pas ce que je viens de dire même si je pense qu'il ne sera pas nécessaire que je vende mon corps, vu que je viens de me niquer toute seule, et pas qu'un peu.

Il reste immobile, sa main posée sur ses lèvres pulpeuses que je voudrais plaquer contre les miennes, et ne dit rien.

J'attends.

J'attends encore.

Jusqu'à ce qu'il réagisse enfin.

— Je vois.

— Vous voyez ?

— Oui, acquiesce Callum. Vous voulez davantage d'argent. La proposition que je vous ai faite n'est pas assez attractive pour vous.

— Euh… quoi ?

Ce n'est pas ce que j'ai dit. Ça n'a rien à voir avec les mots qui me sont sortis de la bouche.

— Votre première proposition était vraiment compétitive, ce qui me laisse penser que vous cherchiez à appâter mon vieux père. Puis, une fois que vous lui avez prouvé que vous méritiez qu'il vous accorde son temps, vous aviez prévu un prix plus raisonnable pour la décoration des appartements.

Callum rajoute en commençant à faire les cent pas :

— Brillante tactique, vraiment. Mais moi, contrairement à mon père, je n'ai pas le temps de jouer à ce petit jeu, Nicole. Je préfère que nous soyons honnêtes l'un envers l'autre. Donnez-moi une idée de votre nouveau tarif.

Je n'ai jamais vu un client insister autant pour travailler avec moi. Tout cela n'a pas de sens… très bien. Je vais lui donner un prix incroyablement élevé, une somme que jamais personne dotée de bons sens accepterait de payer. Ensuite, nous aurons réglé cette affaire.

— Le prix que je vais vous donner ne va pas beaucoup vous plaire, je lui lance d'un air de défi.

— Dites toujours.

— Un million de dollars, je lui lance, en sachant très bien qu'il n'acceptera jamais un prix aussi faramineux, ni même une somme qui s'en approche.

— Vous avez raison, soupire Callum. Ce n'est pas vraiment le chiffre que j'avais en tête.

Mon Dieu, merci. Je vais pouvoir me maudire maintenant que je vais devoir habiter dans un carton, ou pire... chez ma mère.

— Je pense que cette somme rémunère ma juste valeur. Je suis sincèrement désolée.

Il faudrait vraiment que je me demande pardon à moi-même. Parfois, être entêtée, comme je le suis en ce moment, est une malédiction. Je suis une idiote finie qui n'agit pas dans l'intérêt de son entreprise. Je me comporte comme une abrutie et je suis en train de tirer un trait sur un contrat juste parce que cet idiot de mec m'effraie.

Il est le portrait craché d'Andy.

Bon Dieu, le simple fait de penser à son nom me donne envie de me jeter par terre et de pleurer.

Mais putain, je ne pleure jamais.

Pleurer, cela signifie que l'on est faible, et je ne suis pas faible, je ne le serai plus jamais.

Son sourire me provoque une drôle de sensation dans l'estomac. Je fonds à la vue de ses yeux dont les coins se plissent lorsqu'il réfléchit – comme maintenant.

— Vous la jouez encore profil bas, rétorque Callum. C'est pour cette raison que vous m'avez pris de court.

Profil bas ? Il a trop bu, ou quoi ? Cette proposition est disproportionnée, personne en possession de toutes ses facultés n'accepterait un prix pareil.

— Quoi ?

— Je ne suis pas du genre à apprécier les petits jeux, me répond-il en se rapprochant. Je préfère que vous me fassiez votre meilleure offre plutôt que de me balader, vous voyez ?

Callum ne me laisse pas le temps de répondre et reprend :

— Il me semble important de travailler dans la confiance. Si vous proposez un prix trop bas et que je l'accepte, cela crée une sorte de ressentiment, comme si l'on sous-estimait la valeur de votre travail. Je préfère éviter ce genre de problèmes, surtout maintenant qu'il est assez évident que nous éprouvons des sentiments assez forts l'un envers l'autre. Je vous écris mon offre, on se revoit lundi.

Je commence à me demander s'il n'est pas un peu dur de la feuille. Je refuse sa putain d'offre, donc il n'y aura pas de rendez-vous lundi. Je refuse d'avoir des sentiments pour lui, c'est bien pour ça que je décide de m'éloigner.

— M. Huxley...

— Callum. Je pense que nous pouvons nous appeler par nos prénoms étant donné que vous avez déjà posé votre main sur mon pénis, vous ne croyez pas ?

— Oui oui, mais vous ne voyez pas où je veux en venir, je lui explique.

Sans répondre, il se met à écrire quelque chose sur un bout de papier. Qu'est-ce qui ne va pas dans la tête des hommes ? Est-ce qu'ils pensent qu'un tel comportement dominant est atti-rant ? Enfin... ça l'est, en quelque sorte, mais tout de même.

— Je vous ai bien entendue, mais je n'accepte pas vos condi-tions, dit-il en me tendant le morceau de papier plié, puis il me touche la joue avant de sortir de la pièce.

Complètement déboussolée, je me laisse tomber sur la chaise et déplie le papier.

En voyant le chiffre inscrit, je manque de tomber de mon siège. Ce type va obtenir exactement ce qu'il cherche.

— Trois millions de dollars, s'écrie Kristin en me jetant un oreiller, tu plaisantes ?

Je vide mon verre de vin et remplis aussitôt ce petit ballon réconfortant.

— Non, je ne plaisante pas, qu'est-ce je dois faire ?

— Accepte son argent et ponds-lui les meilleurs apparte-ments qu'il n'y ait jamais eu à Tampa !

Pourquoi fallait-il que je tombe sur lui ? Pourquoi ne pouvait-il pas retourner à Londres afin que je poursuive ma petite vie tranquille ? Ça fait une semaine que je n'ai pas eu de rapport sexuel. Une semaine ! C'est un truc qui ne m'arrive jamais d'habitude. J'aime le sexe. Non, soyons précis : j'adore ça, mais depuis que j'ai rencontré Callum, je n'ai même pas eu l'envie d'appeler un de mes plans culs occasionnels.

Il m'a brisée.

Cet espèce de petit con m'a déchiré le vagin sans même y toucher.

— Tu ne comprends pas, dis-je à Kris.

— Non, honnêtement je n'y comprends rien.

Je ferais mieux de tout lui raconter.

— C'est le type que j'ai fui.

Elle pose son verre et me regarde fixement.

— Tu veux dire celui à qui tu as fait un coup à la Heather ?

J'acquiesce.

— Eh bien, ça explique pourquoi tu n'es pas en train de hurler ta joie au monde entier et que tu te la joues comme si trois millions de dollars, c'était une mauvaise affaire, me répond Kristin en s'appuyant sur son dossier.

— Soyons honnêtes un instant, je soupire. Je fais bien mon travail, mais je ne vaux pas trois millions de dollars. C'est un piège.

— Peut-être que le travail en lui-même le vaut, me suggère-t-elle.

— Ça représente un énorme boulot. Vraiment titanesque. Il m'a commandé quinze styles différents et il veut que j'aie l'œil sur tous les détails de chaque appartement pendant les travaux. Ils sont entièrement personnalisables et il veut être sûr que je sois impliquée à tous les niveaux. Je vais m'occuper de la décoration personnalisée de chaque loft pour chaque client. Je n'aurai pas le temps de prendre d'autres commandes, mais je n'y gagnerai pas trois millions de dollars ! Je me demande si c'est une astuce pour coucher avec moi...

— Oui, c'est tout à fait ça, me dit-elle d'un air narquois.

— Eh bien, je ne vois pas d'autre explication !

Tout cela n'a pas de sens. Serait-il prêt à payer une somme pareille pour une autre conceptrice ?

Non, je suis sûre que non.

— Très bien, revenons en arrière un instant, je crois avoir raté quelque chose, reprend Kristin en s'approchant de moi. Que s'est-il passé cette nuit-là que tu refuses de me dire ?

Ce qui est génial avec mes trois meilleures amies, c'est qu'on se complète les unes les autres. Je pense que chacune d'entre nous fonctionne ainsi par rapport aux autres. Kristin et moi n'avons jamais été réellement proches lorsque nous étions enfants. C'est à compter du jour où elle m'a trouvée couchée par terre à essayer de calmer ma douleur que nous avons commencé à compter l'une sur l'autre. Elle est venue chez moi le soir où j'ai perdu le seul homme que j'aie jamais aimé. J'étais dans un sale état mais elle ne m'a pas jugée ni culpabilisée sur le tournant misérable qu'avait pris ma vie. Elle m'a tendu la main jusqu'à ce que je m'en remette. Pendant toutes ces années avant cette histoire, elle ne m'avait jamais vue pleurer.

Je pense que tout cela l'avait terrifiée.

— Il me rappelle Andy : il est sexy, propre sur lui, drôle. La seule différence, c'est son accent anglais qui me donne envie de lui faire des choses. Je désirais comme une folle être près de lui. C'est comme si mon corps était aimanté malgré moi. Il me regardait comme si tout ça le dépassait également. Ça s'est passé exactement pareil la fois d'avant, et regarde le résultat.

Kristin me fait un signe de tête.

— Andy n'était qu'un connard, il t'a fait du mal parce que c'était un menteur.

— Mais j'avais confiance en mon intuition !

— C'est vrai, mais ça ne veut pas dire que tu vas te tromper à nouveau.

Elle essaie de me réconforter, mais elle n'est pas très douée pour rassurer les gens. Elle reprend :

— Tu travailles pour ce type, tu n'es pas en train d'en tomber amoureuse, si ?

— Non, c'est bien ça.

Du moins, c'est ce qui est prévu.

— Mais tu as peur ? me demande-t-elle.

Les hommes ne me font pas peur. Ils me mettent en colère ou ils m'excitent, mais je ne suis pas du genre à me laisser effrayer. J'ai confiance en moi et lorsque je me fixe un objectif, je l'atteins. Ce qui me fait peur, c'est que j'ai fui à toutes jambes l'autre soir au club alors que j'aurais dû lui passer sous le nez, monter dans ma voiture et m'en aller. C'est ça qui me fiche une honte pas possible.

— Je ne veux pas m'engager, lui dis-je.

— Alors ne le fais pas.

— Je n'avais pas prévu de m'engager dans une relation avec Andy.

Kristin se relâche.

— Je comprends, mais tu ne savais pas qu'il était marié, Nicole. Il t'a menti, bercée d'illusions, et t'a fait croire que vous alliez planifier une vie ensemble et pas juste la décoration de son bureau. Ce n'est pas juste de te baser sur une ancienne relation d'il y a quinze ans pour mettre tous les hommes dans le même panier.

— Qu'importe.

Kristin lance un petit rire.

— Tu es ridicule.

— Oui, peut-être.

— Tu sais, les hommes ne sont pas tous identiques...

En fait, je me suis doutée qu'il y avait un truc qui clochait au bout d'à peu près quatre mois de relation. Il n'a jamais voulu rencontrer ni mes amies ni ma famille, et voulait que je ne dise à personne que nous étions ensemble. J'ai dû garder notre relation secrète et me faire discrète parce que soi-disant, c'était un homme d'affaires important et que son célibat l'aidait dans la vente. À l'époque, j'avais accepté ses conditions parce qu'elles m'avaient paru cohérentes, en quelque sorte. Mais plus la relation avançait, moins ces excuses se justifiaient. Je ne parvenais pas à l'expliquer mais mon intuition m'envoyait un signal à chaque déconvenue.

Il était trop parfait. Tout marchait toujours exactement comme sur des roulettes, et c'est ce qui m'a lassée dans cette relation. J'ignorais qu'il était marié et sa femme a attendu jusqu'à la fin qu'il me le dise. Mais si j'avais écouté mon instinct, j'aurais creusé un peu plus et cela m'aurait épargné bien des peines de cœur.

J'ai mis du temps à admettre mon incapacité à affronter mes peurs, car je connaissais déjà la réponse à toutes mes questions– je refusais de voir la vérité en face.

— C'est que je me suis vraiment plantée à l'époque...

Elle laisse échapper un soupir.

— Oui, mais ça ne veut pas dire que tu te planteras cette fois. Tu n'es plus la même. Tu étais jeune et il a profité de toi.

— La jeunesse n'excuse pas tout, j'étais moi-même en tort. J'aurais dû mener mon enquête pour obtenir des réponses. Ce n'est pas que j'étais jeune – j'étais surtout idiote.

— Alors tu trouves normal qu'un homme dix ans plus âgé que toi t'ait baratinée en te disant ce que tu voulais entendre, t'ait fait miroiter une bonne situation financière et professionnelle, ait joué avec tes émotions pour gagner ta confiance, tout ça pour te trahir ensuite ?

Bien sûr que ce n'est pas normal. Je n'ai jamais dit que ce n'était pas moi la victime dans tout ce manège, mais elle ne voit pas où je veux en venir.

— J'ai eu un rôle à jouer là-dedans, Kris. Ton mari t'a bien trompée avec une autre, est-ce que tu n'as pas considéré que sa maîtresse y était pour quelque chose ?

Elle secoue la tête.

— Ce n'est pas du tout le même cas de figure. Jillian savait que Scott était marié avec deux enfants, et elle a eu un rôle actif au cœur de leur liaison. Bon sang, elle a même planifié leurs petits week-ends de fornication, m'a appelée pour me dire qu'il n'était pas là, avant de sauter dans un avion. Elle a essayé de devenir mon amie et pendant tout ce temps, elle baisait mon mari. Toi, tu l'as quitté dès que tu as tout appris.

— Nous sommes au moins d'accord sur un point : nos points de vue divergent, lui dis-je en faisant retomber ma tête sur le canapé.

J'aimais Andy plus que tout. D'accord, j'avais vingt-trois ans et j'étais naïve, mais j'avais suffisamment d'intelligence pour pouvoir comprendre. On a trop souvent tendance à mettre l'ignorane sur le compte de la jeunesse, mais au final la femme d'Andy a bien été dévastée par le chagrin. Elle a dû apprendre par elle-même qu'une blonde à gros nichons forniquait avec son mari. Il allait la quitter, et la cause de leur séparation, c'était moi.

Moi.

J'ai brisé un couple et j'ai toujours éprouvé une haine envers moi-même depuis ce moment.

— Il faut que je te pose une question, m'avertit Kristin.

— Est-ce qu'en général on n'est pas plutôt censé demander aux gens si l'on peut leur poser une question ?

— Bien sûr, comme si j'en avais quelque chose à foutre de tes sensibilités.

Je lève les yeux au ciel.

— C'est super gentil, merci.

— Oh, dis ! rétorque-t-elle en se mettant à rire, tu peux parler, tiens. Bref, ma question est la suivante : est-ce que tu penses mériter l'amour de quelqu'un ainsi que le bonheur ? Je ne te parle pas de tes relations amicales ou professionnelles, mais d'une vraie relation. Un homme qui saura t'aimer, te respecter et construire une relation basée sur la confiance ?

Je ne lui réponds pas. Non pas que je ne sache pas quoi lui dire, mais on va passer trois heures à débattre là-dessus et je n'ai pas l'énergie de me lancer là-dedans. Je ne sais pas exactement ce que je mérite, mais parfois je me demande si le fait de ne jamais trouver d'homme valable fait partie de ma pénitence.

Au lieu de cela, j'expire profondément et lui souris.

— Je pense vivre la vie qui me convient, et pour le moment, c'est tout ce que je cherche.

Kristin plisse les yeux, soupçonnant des insinuations.

— Eh bien, je pense que tu te trompes, Nicole. Je pense que tu désires autre chose, mais que tu ne veux pas te l'avouer. Pour répondre à ma propre question, ceci dit, il n'y a personne au monde qui mérite d'être aimée plus que toi, ma belle. Absolument personne.

Si seulement je pouvais la croire, peut-être pourrais-je me pardonner à moi-même et laisser quelqu'un briser le mur de glace autour de moi.

CHAPITRE HUIT

NICOLE

Parfait, reste calme, ce n'est qu'un mec.

Un homme sexy, grand et beau avec un grain de voix étrange qui fait vibrer mes organes féminins de manière inattendue, mais passons.

C'est une relation professionnelle. Une simple transaction entre Dovetail Enterprises et Dupree Designs. Ce qui signifie pas de sexe, pas de séduction, pas de fantasme de lui arracher ses vêtements pour faire du rodéo avec sa queue comme une cow-girl sur un étalon sauvage. Tous ces désirs et ces fantasmes n'étaient permis qu'avant la signature du contrat.

J'ai trois millions de bonnes raisons de mener ce projet à bien.

— Nicole, M. Huxley est là, me dit Kim dans l'interphone.

— Fais-le entrer, s'il te plaît.

Je réussis à prononcer ces mots distinctement sans avoir l'air complètement à bout de souffle. Je considère qu'il y a du progrès.

Je reste debout car être assise lui conférerait une position dominante. Or je dois rassembler tout le pouvoir que je possède avant que Callum n'entre et me vole la vedette. Sa présence a le même pouvoir d'attraction sur moi que l'herbe à chat sur nos amis félins. Je ne pense pas avoir un problème d'image paternelle en soi. C'est plutôt que les hommes de pouvoir me font éprouver un sentiment agréable. Lorsque mon père faisait son entrée dans une pièce, tout le monde le remarquait. C'était plutôt séduisant, ça : regarder les autres s'arrêter pour le fixer en train de flâner, de se faire désirer et d'atteindre son but.

Quelques secondes plus tard, Callum arrive. Mon cœur commence à battre lorsque je le laisse entrer dans mon bureau. Ses larges épaules, ses yeux d'un bleu profond et ses cheveux bruns couleur sable sont encore plus sexy que dans mon souvenir. Et sa montre... Bon sang, sa putain de montre. Comment est-ce qu'un homme peut parvenir à donner autant de classe à une montre ? Il la touche comme s'il avait lu dans mes pensées, en ajuste le cadran, le très gros cadran qui semble toutefois assez petit posé sur son poignet. Comment cela peut-il être possible, bon sang, je crois que je ne le saurai jamais, mais cela ne m'empêche pas de continuer à me le demander. Tout ce que j'ai fait ces trois derniers jours, c'est rêver de lui.

Des rêves très coquins.

Maintenant qu'il se tient face à moi, j'ai très chaud tout d'un coup.

— Nicole, me dit-il chaleureusement en s'avançant vers moi.

— Callum, dis-je en me raclant la gorge avant d'avancer dans sa direction. Quel plaisir de vous voir.

Ses yeux scintillent à la lumière du soleil et lorsque nous nous rapprochons, je lui tends la main. Il la saisit, m'attire vers lui et m'embrasse sur la joue, ce à quoi je ne m'attendais absolument pas.

Je suis si décontenancée que je ne suis pas préparée à sentir l'odeur de son eau de Cologne. Je n'ai pas non plus pensé à rester solidement ancrée sur mes pieds pour éviter de m'écraser pratiquement contre sa poitrine musclée. Je bascule la tête la première et manque de tomber du haut de mes talons de dix centimètres.

Il enveloppe ses bras autour de moi pour m'empêcher de tomber.

Après tout je ne suis qu'une fille, donc j'oublie que je ne devrais pas lever les yeux vers lui. Je ne devrais pas être là, dans ses bras, à inhaler le parfum musqué qui émane de lui, mais c'est pourtant ce que je suis en train de faire.

— Ça va ?

Le son de sa voix me tire de ma rêverie.

— Oui, merci, je lui réponds en me détachant de sa poitrine pour me redresser. Désolée, je ne m'attendais pas à ça.

Il m'adresse un grand sourire.

— Je pense que nous avons tous les deux été un peu pris de court par tous les événements récents.

Répète ce que tu viens de dire..

— J'apprécie que vous ayez honoré notre rendez-vous d'aujourd'hui. Je sais que vous devez bientôt repartir à Londres.

Il acquiesce.

— Oui, je suis censé partir très tôt demain matin, mais peut-être vais-je retarder mon départ de deux jours. Je ne me suis pas encore décidé.

L'océan qui nous séparera est l'une des raisons pour lesquelles j'ai consenti à signer ce contrat. Puisque c'est assez compliqué de baiser quelqu'un qui n'est pas sur le même continent, je serai à l'abri de toute tentation interdite.

— Après mûre réflexion, je serais ravie d'accepter ce projet. Je pense qu'avec mes motifs et les plans que votre père avait préparés, nous allons réussir notre projet commun. Avec un peu de chance, nous pourrions même être amenés à collaborer de nouveau à l'avenir.

Kristin a soulevé de nombreuses différences majeures entre Andy et Callum, mais la différence la plus importante dans tout ça, c'est moi. C'est moi qui ai la situation en main désormais. Mon cœur ne court aucun danger, sauf si je le laisse plonger dans une situation périlleuse. Après tout, les affaires sont les affaires, et je m'en voudrais terriblement de laisser passer une occasion pareille à cause d'un type que je ne connais même pas.

Par conséquent, dans l'intérêt de l'entreprise que j'ai passé toute ma vie à bâtir, je vais saisir cette chance. Ma détermination s'en trouve décuplée. À son point culminant. Je ne finirai en aucun cas en position horizontale avec Callum. Nous nous contenterons de conclure notre affaire, uniquement à la verticale.

Mais on pourrait toujours baiser contre un mur.

Non, jamais de la vie.

Callum me lance un sourire en coin comme s'il parvenait à lire dans mes pensées.

— Je suis heureux que vous ayez décidé de revenir vers moi.

— Seulement dans le cadre du projet, je précise pour dissiper tout malentendu sur ce à quoi je consens.

Il hausse les épaules.

— Oui, pour l'instant.

— Pour l'instant et pour toujours.

— J'aimerais passer en revue les détails avec vous, un peu plus en profondeur, me dit Callum en s'asseyant.

Je m'assieds à mon tour, soulagée d'avoir un bureau extra-large qui mette un peu plus de distance entre nous.

— Très bien.

— Autour d'un repas.

J'aurais dû anticiper ça.

— Pourquoi ne pas régler ça maintenant ?

Callum se relâche sur sa chaise et fait craquer sa nuque, les yeux toujours rivés sur moi.

— C'est que je ne connais pas grand monde ici hormis Ted, et nous savons tous les deux que c'est un pauvre type.

Je laisse échapper un bref éclat de rire.

— Et qui fleure l'oignon, par-dessus le marché.

— Aussi, oui, confirme Callum. Mais ceci dit, je voudrais vous revoir dans le cadre d'un dîner d'affaires, nous passerons en revue les détails et coucherons quelques informations importantes sur papier. Je suppose que vous savez divertir vos clients de temps en temps, non ?

— C'est vrai.

Tout ceci est vraiment une mauvaise idée, mais comme toujours, je vais lui réserver le même traitement qu'à n'importe quel autre client. Le fait est qu'il va me payer une somme absolument faramineuse alors s'il veut que l'on se retrouve pour un dîner d'affaires, je vais devoir me débrouiller pour que tout se déroule sans encombre, et sans que je finisse par enlever ma culotte.

— J'ai un créneau de libre pour aller dîner ce soir. Demain malheureusement, je dois garder ma nièce. C'est ma seule disponibilité.

Il me sourit.

— Ce soir, ce serait parfait. Je préférerais retourner à Londres en étant sûr que tout est sur la bonne voie.

— Je suis d'accord avec vous.

— Vous n'avez pas de projet en cours pour d'autres clients ?

J'ai d'autres petits projets à terminer, mais il n'a pas besoin de le savoir.

— Je me suis engagée dans ce projet, Callum. Je vous assure que je saurai tout gérer comme il se doit.

Il pianote des doigts, puis acquiesce.

— Vous m'en voyez rassuré. Au vu de la somme d'argent assez conséquente que je suis prêt à vous payer, je préfère être sûr que vous disposez du temps nécessaire.

— Tout est clair.

— Vous savez, ce qui fait de moi un homme d'affaires redoutable, c'est en partie ma capacité à décoder les gens. J'ai eu un pressentiment sur vous à la seconde où nous nous sommes rencontrés. Je comprends désormais ce qu'a vu mon père en vous, car désormais je m'en aperçois moi aussi, dit-il d'une voix grave et rauque. Et je pense que c'est un excellent présage pour nous deux.

Son compliment me caresse comme une plume.

— Je ne vous décevrai pas, ni vous, ni feu votre père.

Callum se relève.

— Je l'espère bien.

Je fais le tour du bureau, et sa main m'effleure le bas du dos tandis que nous nous dirigeons vers la porte. C'est un geste que font beaucoup d'hommes, mais il y a quelque chose de différent dans sa façon de me toucher. Je lui fais baisser la main de force, en faisant attention à ne surtout pas lui tomber dans les bras une nouvelle fois.

— Merci, je vais demander à ma secrétaire de vous transmettre les informations nécessaires pour notre dîner de ce soir.

Il me lance un sourire.

— J'ai hâte de les recevoir.

Comme précédemment, il se penche sur moi, mais cette fois je m'y suis davantage préparée. Il effleure ma joue des lèvres, un tantinet trop longtemps pour que je puisse considérer cela comme un geste amical. Son nez chatouille ma peau et je pourrais jurer que mes jambes se sont liquéfiées, mais je garde l'équilibre.

Je réprime l'envie de le serrer contre moi et de l'embrasser à pleine bouche.

— À ce soir, alors.

Sa voix semble plus grave qu'il y a un instant.

— À c'soir.

Il sort de la pièce et je m'écrase sur le sofa en me couvrant le visage du bras. Je viens de me mettre dans un sacré pétrin, bon sang.

— Qu'est-ce que tu as prévu de porter pour ce dîner ? me demande Heather par appel vidéo.

— Un pyjama vache ? dis-je d'un ton moqueur en jetant un énième chemisier sur le lit.

— Comme si tu en avais un, voyons !

— Ferme-la.

Elle se met à rire et pointe quelque chose du doigt.

— Oh, tu n'as qu'à porter cette robe rouge !

— Je veux justement qu'il ne couche PAS avec moi, Heather ! Je n'ai pas envie de me faire baiser à en perdre la tête contre sa portière de voiture.

Franchement, elle appelle ça m'aider ? Voilà ce qui arrive quand votre meilleure amie suit partout son mari engagé sur un nouveau tournage. Je suis heureuse pour Eli, mais pourquoi faut-il qu'elle le suive absolument tout le temps, merde ? Il ne sait pas qu'elle a des amies qui ont carrément besoin d'elle et aimeraient avoir un peu d'attention de sa part ? Quelle bande d'égoïstes, tous ces maris.

— Bonne chance pour ton rendez-vous dans cette tenue. J'ai beau être hétéro, je te prendrais sans hésitation avec ça.

— Oh, comme c'est charmant, dis-je en faisant un grand sourire face à la caméra. J'adore quand tu me sors des cochonneries. Mais tu es une chochotte, alors tu ne tiendrais jamais parole. Moi par contre, je ferais au moins l'effort de t'embrasser langoureusement. Je préfère les plans à trois avec deux hommes, mais si ça t'intéresse vraiment, je pourrais faire une exception pour toi.

Elle se met à rire.

— Non merci, ça ira.

— T'es sûre ?

Heather me fait un signe de tête.

— Je te dis seulement que je pourrais te filer un petit coup de main.

— C'est parce que tu es complètement tarée.

Je lui fais un grand sourire.

— Amen.

Ce n'est pas comme si j'avais honte de tout ça. J'aime le sexe, et il n'y a rien de mal à ça. Je me protège et reste toujours consciente de ce qui se passe autour de moi, et je connais mes limites.

— À propos, tu as eu d'autres rendez-vous galants ces temps-ci ?

J'attrape le téléphone, me retourne sur le lit et fronce les sourcils.

— Non. Depuis que j'ai rencontré Monsieur « Baise-moi-j'ai-un-accent », je n'ai pas eu de rencards. Je crois que j'en ai marre, tu vois ? Un peu comme si j'avais chopé une de ces maladies qui t'assèchent la chatte. C'est une maladie mortelle, me semble-t-il.

— C'est le manque de sexe qui t'est fatal ?

— Oui, c'est ça. J'ai besoin de baiser un bon coup pour arrêter de penser à lui et à sa bite.

Heather lève les yeux au ciel.

— Je suis à peu près sûre que ça ne va pas marcher.

— À peu près sûre et absolument sûre, ce sont deux choses différentes, je lui précise.

Est-ce que je pense que ça pourrait marcher ? Non. Je suis à peu près sûre que je serai obsédée par la bite de Callum jusqu'à ce que je la sente pour de vrai, ce qui me condamne à en rêver pour toujours.

Pourquoi est-ce toujours lorsqu'une chose est inaccessible qu'on la désire d'autant plus ? Ce n'est vraiment pas juste qu'il soit mon client maintenant. J'aurais dû coucher avec lui pendant la soirée au club. Si ça avait été le cas je ne serais pas là, à m'imaginer la scène. Peut-être qu'il aurait vraiment été un mauvais coup. J'aurais pu alors dire « *non merci, j'ai déjà fait un tour de manège et je ne veux plus jamais recommencer* » au lieu de me tenir dans la file d'attente des coups d'un soir, à espérer que ça avance un peu.

— Eh bien, tu ne peux pas te permettre de faire ça, et tu sais très bien pourquoi.

Une fois de plus, elle m'est d'une grande aide.

— J'en suis consciente.

— Même si... soupire Heather. C'est toi qui as inventé cette règle à deux balles. Ce n'est pas comme si tu ne pouvais pas l'enfreindre un peu.

— J'ai mes raisons d'avoir décidé ça.

Heather est au courant pour Andy et sait ce qui s'est passé dans les grandes lignes. Elle ne sait pas par contre qu'il était marié et qu'une semaine plus tard, j'avais prévu d'acheter une maison pour nous deux. Elle ne sait pas non plus que j'ai appris que j'étais enceinte une semaine avant d'apprendre qu'il avait une femme. Je ne lui ai pas dit que j'avais perdu le bébé et qu'Andy m'avait dit qu'il allait recoller les morceaux avec elle parce que c'était soi-disant « la meilleure chose à faire ».

Mes amies ne se permettraient jamais de me juger. Je sais qu'elles le considèreront toujours comme le méchant de l'histoire mais en vérité, mon juge le plus sévère, c'est moi-même. C'est à cause de moi que cette femme avait dû se ronger les sangs pour savoir où il était la nuit. Je faisais l'amour avec un homme qui appartenait à quelqu'un d'autre.

Lorsque j'ai appris que j'étais enceinte, j'ai voulu mourir.

J'ai été encore plus horrifiée d'apprendre que sa femme était enceinte elle aussi.

J'ai été profondément dégoûtée de savoir qu'il couchait avec nous deux.

J'ai eu la peur horrible que toute ma joie de vivre me soit dérobée par un homme.

Pour moi, ce n'est pas une règle à deux balles.

C'est la seule façon de survivre.

— Très bien, peu importe. Je ne te dis pas que c'est une bonne idée de coucher avec tes clients de manière habituelle mais il y a anguille sous roche, là, non ?

— Une chose est claire : c'est ce contrat qui me donne trois millions de raisons de ne pas le baiser. Je vais garder ça en tête, m'habiller comme une nonne, et essayer de m'enlaidir un peu – comme si ça allait être possible – et terminer ce dîner sans lui toucher encore une fois le paquet.

— Encore ? hurle-t-elle, manquant de lâcher le téléphone. Tu es en train de me dire que tu l'as déjà fait ?

Je laisse échapper un grognement. Décidément, moi et ma grande gueule...

— Oui, je l'ai déjà tripoté une fois. Au club, je me suis comportée... comme d'habitude... et je l'ai effleuré, caressé un peu.

— Sérieusement, je ne te comprends pas. Tu as réussi à empoigner la bite de ce type alors que tu l'avais à peine rencontré ?

J'entends Eli derrière le combiné :

— Qu'est-ce qu'elle a fait ?

Oui, laissons-le se mêler de la conversation, tant qu'on y est...

— J'ai touché la bite de ce type, Eli. J'étais assise à côté de lui, il sentait bon et j'ai passé ma main par-dessus son sexe. Après, j'ai dégagé à toutes jambes, comme Heather la première fois qu'elle a baisé avec toi. Voilà, t'es content ? Je suis une aussi grosse salope qu'elle, j'annonce.

Il apparaît dans le champ de la caméra.

— Je suppose que tu lui plais vraiment désormais, ricane Eli.

— Pourquoi ? Parce que je suis une salope ?

— Non, dit-il en secouant la tête. Parce que tu es une allumeuse. Il n'y a rien qui n'excite plus un homme qu'un certain défi. Tu as jeté le gant, prépare-toi à sortir le grand jeu maintenant, poulette.

— Qu'est-ce que vous avez tous, vous, les hommes ? Vous êtes tous des crétins ou quoi ? je lui demande, purement pour la forme.

— Plutôt, oui.

Heather fait un geste de la tête en souriant.

— Je te parie cinquante balles que tu finiras sur le dos ce soir, me met-il au défi.

Je plisse les yeux en le regardant.

— Dommage que je ne sois pas un homme, Eli Walsh, figure-toi que j'aime les défis, moi aussi. Je parie cinquante balles que tu vas perdre contre une fille. Les jeux commencent.

Gagner ce pari, ce sera aussi facile que d'arracher une friandise des mains d'un bébé.

CHAPITRE NEUF

CALLUM

— Il faut que tu t'en occupes, Milo, je grogne dans le combiné en appelant mon frère.

Nous avons deux projets en cours à Londres qui requièrent une attention particulière. Mon frère, qui est censé être mon bras droit et doit les gérer pour moi, ne fait pas son boulot. Au lieu de ça, il a décidé de prendre des vacances parce que sa nouvelle copine mannequin voulait partir en voyage.

Je vais le tuer, cet espèce de petit con.

— Je fais de mon mieux, mais tu es parti carrément au mauvais moment, me dit-il tandis que j'entends la fille glousser derrière lui.

J'en ai ras-le-bol de lui. Je vois bien qu'il m'en veut pour je ne sais quel motif à la con, mais là, ça devient grotesque. Je suis censé lui faire confiance pour faire le travail correctement mais c'est impossible vu qu'il cède au moindre de ses désirs.

— Non, il se trouve que mon père est mort, alors je n'avais pas le choix, putain. Si tu veux davantage de responsabilités au sein de l'entreprise, montre-t'en digne ! je lui hurle avant de raccrocher.

Je ferme les yeux et me masse les tempes avant de me montrer sous mon meilleur jour devant Nicole. Je ne sais pas ce que j'attends de ce rendez-vous hormis de passer un peu plus de temps à ses côtés. Nous n'avons pas besoin de nous étendre sur les affaires pendant longtemps – sa présence sera amplement suffisante.

Je suis encore en train de me masser les tempes quand mon téléphone sonne à nouveau, et je n'ai aucune hésitation avant de prendre l'appel.

— Bonjour, Cal.

La voix chaleureuse de ma mère me réchauffe immédiatement le cœur.

Je ne sais pas ce qu'il y a de si exceptionnel chez ma mère, mais le simple fait d'entendre le son de sa voix m'apaise Elle a toujours été comme ça, et j'aime à penser que j'ai hérité de sa personnalité

Je ne me rappelle pas qu'elle se soit montrée une seule fois sèche ou qu'elle ait perdu contenance. C'est toujours elle qui a gardé les pieds sur terre lorsque Milo et moi faisions des scènes.

— Salut, maman.

— Comment ça se passe, en Amérique ?

Je remarque le ton dédaigneux de sa voix. Avant, ma mère aimait l'Amérique. Elle aurait traversé l'Atlantique en un clin d'œil, mais mon père a réussi à lui faire passer définitivement l'envie d'y retourner, même maintenant qu'il est six pieds sous terre.

— Il fait une chaleur pas possible. Je serai de retour dans quelques jours.

— Qu'est-ce qui te retient ? me demande-t-elle.

Une jolie blonde m'a fait chavirer le cœur. Mais je ne peux rien lui dire, sous peine de m'attirer sa réprobation. Maman n'est pas favorable à une histoire d'amour avec une Américaine, quelle qu'elle soit. Elle a retenu la leçon.

— Il me reste quelques petites choses à régler. Maintenant que j'ai les pleins pouvoirs de direction de la filiale américaine, je dois m'assurer que tout est en ordre pour m'épargner une foule d'allers-retours.

Elle ne dit plus rien pendant quelques instants.

— Tu t'es occupé des formalités des biens immobiliers de ton père ?

— Oui. J'ai réglé toutes ses affaires.

Je veux dire – j'ai enterré tout ça.

— Je suis sûre que tu as tout géré d'une main de maître, même s'il n'a pas fait grand-chose pour toi.

C'est vrai qu'il n'a pas fait grand-chose, mais je ne veux pas prendre son parti ni défendre mon père. Il ne le mérite pas, et elle ne voudra pas entendre raison de toute façon.

— Je suis désolé, lui dis-je.

— Tu n'as pas de raison de l'être, j'ai eu un mari merveilleux. Ton papa était vraiment un homme exceptionnel.

— Oui, assurément.

J'ai eu un père et un papa. J'ai eu la chance d'avoir pour beau-père le père de Milo lorsque j'étais jeune. Il n'a jamais fait de différence entre nous deux. Il m'a aimé comme si j'étais son propre fils et a toujours été là pour moi quelles que soient les circonstances.

Tout ce que j'ai reçu de mon père, c'est son chèque de pension alimentaire mensuel et ses visites obligatoires. La plupart du temps, je me contentais de le suivre partout comme un petit chien, pour apprendre comment devenir un homme d'affaires.

— Il faut que je file, mais je te rappelle avant de partir.

— Très bien, mon chéri. Fais très attention à toi là-bas. Ne va pas t'amouracher de quelqu'un pour ne jamais revenir, tu me le promets ?

— Ça n'arrivera pas, maman, je lui réponds en riant.

Elle ne m'a pas dit que je n'avais pas le droit de m'amuser un peu, cela dit...

***

— Par ici...

L'hôtesse d'accueil nous escorte, Nicole et moi, en direction d'une table dans le fond de la salle.

Bon Dieu, elle est à tomber, bordel de merde.

Je n'arrive plus à penser à rien d'autre alors qu'elle s'avance face à moi. Elle porte une robe violet foncé qui lui arrive aux genoux. Je ne sais pas si elle cherche à éviter d'avoir l'air sexy, mais je jure sur tous les diables de l'enfer qu'elle l'est absolument.

Elle a attaché ses cheveux en une queue de cheval lâche, et des mèches de cheveux lui tombent sur les côtés du visage. Le maquillage de ses yeux est discret, ce qui me permet d'apercevoir encore mieux ses yeux bleu clair. Elle est à couper le souffle.

Nous arrivons à la table et elle s'assied bien droite sur sa chaise.

— Cet endroit vous convient ?

J'acquiesce.

— C'est très bien.

Elle sourit, et je veux m'assurer qu'elle garde ce sourire toute la soirée.

— Vous venez souvent ici ?

— Non, pas trop. Souvent, je travaille tard et ce restaurant est toujours bondé, mais le mari de ma meilleure amie connaît le patron.

— Ce doit être un avantage non négligeable, n'est-ce pas ?

Nicole bascule la tête d'avant en arrière.

— Je ne demande pas souvent à Eli de faire jouer ses relations, mais j'ai pensé que l'endroit conviendrait bien à notre dîner.

Je lui lance un sourire en coin et m'appuie sur le dossier de ma chaise.

— Vous vouliez m'impressionner ?

— Je voulais vous montrer que j'agis en bonne professionnelle et que j'accorde l'importance qui se doit à notre relation d'affaires.

Nicole saisit son verre d'eau et en boit quelques gorgées.

Au lieu de précipiter les choses, je la laisse méditer un peu. Peu importe ce qu'elle prétend, il y a quelque chose entre nous.

Elle le sait aussi bien que moi, et ce lien ne fait que se renforcer. Plus je passe de temps à ses côtés, plus je veux être proche d'elle.

Une fois son verre reposé, j'avance la main.

— Le fait d'être partenaires en affaires ne nous empêche pas d'être amis.

— Ce n'est pas notre cas.

— Ah bon ?

Elle pousse un soupir.

— Callum, ne me rendez pas la tâche plus difficile. Je veux travailler avec vous. J'aimerais beaucoup être votre amie, mais ça n'ira pas plus loin, d'accord ?

J'y ai été trop fort. Il faut que je recule, maintenant. Je lève les mains en l'air en souriant.

— Juré ?

Les lèvres rouges de Nicole se muent en un sourire.

— Juré.

— Je vous promets de ne plus dévier. Si ça se reproduit, vous pouvez me jeter votre verre d'eau à la figure. C'est un geste certes un peu théâtral, mais je suis sûr que ça vous redonnera le sourire.

— Je ne me permettrais pas. Ou plutôt si, carrément, mais pas avant que vous ayez vu la moitié de mes créations et que vous m'ayez envoyé la moitié de la somme dûe.

Elle rit comme pour me signifier qu'elle plaisante, mais je ne pense pas que ce soit réellement le cas.

— Je pense que nous ferions mieux de ne pas courir ce risque, alors, dis-je alors que le serveur arrive.

Nicole et moi prenons une bouteille de vin, quelques hors-d'œuvre et nos plats respectifs. Cela me plaît qu'elle ait un bon coup de fourchette. Elle commande un steak à la place des trois feuilles de salade que prennent souvent les femmes au restaurant. Bon Dieu, c'était le cas de mon ex. Elle pensait que le fait de manger devant moi allait la rendre moins séduisante. Huit ans après cette histoire, je me suis rendu compte que c'était sa personnalité qui était pourrie.

— Alors, vous avez toujours été très impliqué dans les affaires de Dovetail ? me demande Nicole tandis qu'elle fait tourner son doigt sur le bord de son verre de vin.

— D'une certaine façon, oui. Mon père ne s'est montré généreux envers moi qu'après avoir réalisé que je n'étais pas un imbécile. Il s'est rendu compte que j'étais plutôt doué en affaires, et à partir de ce moment-là donc, il m'a accordé un rôle plus important. Il a décidé ensuite qu'il lui fallait une succursale à Londres, et nous avons donc construit des bureaux.

— Waouh, dit-elle en se remettant à l'aise sur sa chaise, c'est génial.

— Oui, je voulais me faire mon propre nom au Royaume-Uni. J'ai fourni la majorité du capital de départ, le reste des fonds ayant été investis par mon père. C'était un associé plutôt passif, si bien qu'après la première année où j'ai commencé à dégager des profits, j'ai racheté sa part.

Son nom était complètement inconnu là-bas, mais mon nom de famille, Huxley, avait acquis une réputation. Martin m'a donné les fonds nécessaires à l'établissement de la succursale parce que j'ai accepté de la baptiser Dovetail. Pour moi c'était une transaction d'ordre purement financier, même si lui a pensé que j'avais fait ça pour lui rendre hommage.

Ce n'était qu'un connard prétentieux. Il avait mal pris le fait que je choisisse de prendre le nom de Huxley quand j'étais enfant. J'avais huit ans à l'époque, et je voulais ressembler à mon beau-père. J'ai demandé la permission à ma mère qui a trouvé le moyen de convaincre Martin.

— Je comprends certainement mieux que vous ne l'imaginez, dit Nicole dans un soupir.

— Vraiment ?

Elle acquiesce.

— Mon père traîne des casseroles par ici. Il est richissime et a épousé une fille d'à peu près mon âge. Vous voyez... le parfait prototype du vieux croûton pété de fric. Il m'a proposé de payer tous les frais de mon entreprise en contrepartie de bénéfices, mais j'ai refusé. J'ai entièrement financé Dupree Designs par mes propres moyens.

— C'est moi qui suis stupéfait maintenant.

— Allons.... Vous avez bien mieux réussi que moi.

Je ne vois pas les choses de cette façon. Elle a travaillé plus dur que moi pour y arriver.

— On m'a ouvert beaucoup de portes. Mon frère et moi avons travaillé d'arrache-pied au début, pour pouvoir établir solidement notre entreprise. Franchement, nous avons eu de la chance, la plupart du temps.

— Comment ça ? me demande-t-elle.

— Milo a déniché un petit terrain à un prix trop beau pour être vrai. Nous y avons investi le peu d'argent que nous avions et avons tenté notre chance. Heureusement, ça a fini par payer. Nous avons tiré beaucoup d'argent de ce bien. Assez pour racheter la part de mon père et nous positionner dans le haut du panier des sociétés d'investissement immobilier à Londres.

— Et maintenant vous en êtes arrivé là, me dit-elle en souriant.

— Nous en sommes là...

Ses yeux bleus se radoucissent lorsqu'elle me regarde.

— Apparemment....

Quelque chose me remue les tripes au plus profond de moi, quelque chose qui me fait la désirer encore plus qu'avant. Elle semble détendue et encore plus belle, si toutefois cela est possible. Je voudrais la toucher et sentir sa peau douce sous la mienne, mais ce n'est pas possible.

Je lève mon verre, et elle fait de même. Cela va être très difficile de tenir ma promesse ce soir.

CHAPITRE DIX

J'essaie tant bien que mal de ne pas le déshabiller mentalement, mais je n'y arrive pas du tout. Depuis qu'il essaie de me séduire, j'ai imaginé au moins trente manières de coucher avec lui. C'est injuste que l'homme que je désire le plus soit celui qui m'est inaccessible.

Conneries de règles sur le sexe.

— Dites m'en un peu plus sur votre frère, dis-je en prenant une bouchée de mon steak.

— Ce n'est qu'un pauvre connard.

— Oh, eh bien vous ne manquez pas de franchise.

Callum me sourit.

— Désolé, je me suis un peu embrouillé avec lui avant le dîner. Il est vraiment exceptionnel quand il se décide à travailler, mais il a très peu la tête à ça depuis quelque temps. Nous avons grandi au sein du même foyer, mais avons eu une vie très différente. J'avais espéré qu'il changerait un peu cette année, quand je lui ai accordé une promotion, mais on dirait ça l'a rendu encore plus irresponsable.

Je pourrais l'écouter parler toute la journée. Sa voix ressemble à un voile de coton dans lequel je souhaiterais me lover avec délice. Son accent rend ses paroles d'autant plus sexy.

Eli avait raison, je vais finir par le baiser à le rendre fou ce soir pendant qu'il me susurrera des mots coquins. Je ne sais pas qui sera au-dessus de l'autre, mais ce sera un putain de pied dans tous les cas. Je sais déjà qu'il cache une arme de destruction massive dans son caleçon, et je suis impatiente d'armer l'engin pour le regarder se décharger.

La voix de Callum me sort de ma rêverie éveillée :

— Nicole ?

— Moui ?

Callum me sourit.

— Suis-je en train d'interrompre vos pensées ?

Merde.

Il vient de me choper en train de divaguer sur lui, mais je n'ai pas oublié la règle.

Pas de sexe. Pas de jeu de séduction. Pas de partie de jambes en l'air compromettante avec le rosbif.

— Non. Désolée, j'étais en train de m'imaginer une idée d'ameublement.

Mensonge. Mensonge. Mensonge.

— Une idée d'ameublement ?

Le sexe, c'est un peu comme l'ornement d'une pièce. Enfin... j'ai pensé au lit, c'est déjà ça.

— Oui. Pour les appartements. Je pensais aux couleurs et aux matériaux.

Du granit froid et dur contre lequel sera posé mon dos pendant que son corps chaud et dur...

— Pour les appartements ?

Il ne me croit pas une seconde, mais je vais quand même lui vendre l'idée. Je n'ai pas d'autre choix.

— Oui, je me demandais si on devait travailler sur un style plus glamour ou oser un design industriel. J'hésite. Les deux possibilités sont envisageables. Nous pourrions partir sur une décoration moderne haut-de-gamme et proposer une variation de style entrepôt pour les amateurs. Ça serait une idée.

Je t'en supplie crois-moi. Crois-moi je t'en supplie.

— Ces deux propositions sont intéressantes, me répond Callum d'un ton sceptique. Si c'est ce à quoi vous pensiez.

— On ne sait jamais quand on aura une inspiration soudaine. C'est notre lot quotidien à nous, les créatifs. Je pense avoir quelques bonnes pistes à vous montrer bientôt.

Callum s'essuie la bouche et repose sa serviette sur la table.

— Très bien. Puisque nous parlons affaires, je voudrais passer en revue avec vous les points les plus importants avant la signature du contrat.

Je savais que nous allions en venir là puisque c'était le but de ce dîner. Il me faut ce contrat, et d'ici la signature, je dois arriver à me contenir.

— Oui, allons-y.

Je fouille mon sac à main et en tire le bout de papier et le stylo que j'y avais fourrés.

Il sourit, et je fonds à l'expression de son compliment tacite.

— Impressionnant.

— Que voulez-vous dire ?

— Vous êtes venue à ce rendez-vous bien préparée.

— Oh, je viens toujours... dis-je avant de marquer un temps d'arrêt et de me gifler mentalement... bien préparée ! Je suis toujours prévoyante, je veux dire.

Les yeux de Callum s'assombrissent et je sais que comme moi, le double sens du mot « venir » ne lui a pas échappé. Nous sommes *venus* à penser à cela de la meilleure des façons – ensemble. Bon Dieu, je perds les pédales. Il faut que je me ressaisisse.

Ses lèvres esquissent un sourire en coin. Beaucoup de femmes seraient gênées dans cette situation, mais pas moi, et je lui rends aussitôt son sourire. Nous sommes presque en train de flirter, mais je n'ai pas de règle contre ça.

— Je mets un point d'honneur à satisfaire les personnes... prévoyantes, dit Callum en baissant la voix.

— C'est bon à savoir. Je suis sûre qu'avec vous, elles sont pleinement satisfaites, dis-je plus détendue, ramenant la conversation sur un ton amical et professionnel.

Il hésite un instant avant de céder à ma demande implicite.

— Et si on s'occupait de *vous* satisfaire ? Passons en revue les détails du contrat.

Les affaires me rendent toujours heureuse.

Nous discutons pendant vingt minutes, négociant tous les termes du contrat en nous efforçant de trouver un compromis. Je me flatte d'être une femme d'affaires assez habile. La négociation est un art, et mon père est le Michel-Ange de ce domaine. Il peut soumettre quiconque à sa volonté. Je l'ai bien observé et en ai tiré mes propres enseignements.

Callum semble toutefois avoir fait son propre apprentissage. Je ne sais pas comment nous avons perdu le fil des négociations à un moment, mais je crois m'être égarée un instant, ce qui ne m'arrive jamais d'habitude.

J'essaie de recentrer la conversation.

— OK, si je comprends bien, vous voulez que je m'occupe de la décoration des appartements ici, aux États-Unis ?

— Oui.

— D'accord. Pourquoi aurais-je donc besoin de me rendre à Londres alors ?

— Parce que c'est là-bas que je travaille. Je voudrais que vous participiez à certaines réunions.

Ça paraît logique, mais ça ne me plaît pas.

— Les conférences vidéos sont faites pour ça. Il faut que je reste ici pour superviser tout le projet. Lorsque le chef de projet s'absente, les choses peuvent mal tourner.

J'ai trop souvent vécu cette situation. Vous partez quelque temps en pensant que tout va bien et à votre retour, tout est sens dessus dessous. Ce projet est hyper exigeant, je ne vais pas tout faire merder.

— Oui, mais vous n'êtes pas le maître d'œuvre.

— Non, mais je vais avoir ce type à l'œil comme un vautour, je lui explique.

Callum me sourit.

— Peut-être devrais-je me désigner maître d'œuvre, dans ce cas.

— C'est mignon.

— J'aime à penser que je le suis.

Je lève les yeux au ciel.

— Je n'ai jamais dit que vous étiez mignon. J'ai dit que votre petit jeu était mignon.

Il se penche vers moi.

— Je pense exactement comme vous.

S'il pouvait avoir ne serait-ce qu'un seul défaut, ce serait génial. Je pourrais me concentrer dessus comme sur une plaie qui se mettrait à saigner et à s'infecter. Ainsi ça me ferait passer l'envie de le toucher.

— Très bien, finissons-en pour pouvoir apposer notre signature. Y a-t-il d'autres détails du contrat que vous souhaiteriez aborder ? je lui demande.

— Oui.

— Quoi, plus précisément ?

Il me sourit.

— Vous.

— Moi ?

Callum ne bouge pas d'un pouce. Il garde les yeux rivés sur les miens, impitoyable, tandis que j'essaie de comprendre le sens profond de ses paroles.

— Oui, je veux que vous soyez à ma disposition pour d'autres projets que j'ai en tête. Ce n'est pas le seul bâtiment que je fais construire dans le quartier, et j'aimerais compter une décoratrice parmi mes équipes.

Bon, ce n'est pas ce qu'avait imaginé mon esprit mal tourné. Je claque des mains pour me motiver. Je ne sais pas exactement quoi lui répondre, il faut que je fasse preuve d'intelligence sans réagir impulsivement. Il est en train de me dire qu'il souhaiterait collaborer avec moi à l'avenir, ce qui serait une bonne publicité pour mon entreprise. Callum dirige désormais l'entreprise de son père, ce qui signifie que je pourrai me faire un réseau professionnel. Cela dit, je n'abandonnerai pas mon entreprise pour travailler pour lui.

— Pourriez-vous m'expliquer plus en détail ce que vous désirez ?

Ses yeux s'assombrissent et se posent à nouveau sur moi.

— J'aimerais que vous travailliez pour moi.

— Ce ne sera pas possible, lui dis-je en secouant légèrement la tête.

— Pourquoi cela ?

— Parce que je dirige ma propre entreprise, monsieur Huxley.

— Callum, me corrige-t-il.

— Bien. Il se trouve que je n'ai l'intention de travailler pour personne, je lui réponds sans lui laisser la possibilité de négocier.

J'entends ensuite la petite voix de mon père dans ma tête : « *Il y a toujours moyen de négocier. Il suffit seulement de connaître l'objet de la négociation* ».

Il acquiesce.

— J'aimerais intégrer votre savoir-faire en interne.

Moi aussi j'aimerais bien te ramener chez moi, mais que veux-tu, on ne peut pas toujours avoir ce qu'on veut.

— Je comprends. Mais si c'est ce que vous souhaitez, je ne pense pas être la décoratrice que vous cherchez. Je suis désolée, ce n'est pas envisageable de mon côté.

J'espère vraiment que je ne suis pas en train de tout faire merder. Il y a beaucoup d'argent en jeu, et j'ai adopté une attitude super négative.

Callum me regarde attentivement, essayant de repérer quelque chose que je ne lui laisserai jamais voir. J'ai des faiblesses, mais je ne les montre pas. Il peut toujours essayer de pénétrer mon esprit en profondeur, il ne verra jamais la fille timide qui aurait voulu que son père lui accorde plus d'amour qu'à son entreprise. Il ne connaîtra jamais celle qui a été tellement brisée par sa rupture qu'elle ne pouvait plus se lever. Celle qui a menti à ses amies parce qu'elle a été détruite par un homme. Il n'aura jamais idée de la douleur profonde que j'ai ressentie lorsque je me suis rendu compte que je n'étais pas aussi forte que je le pensais.

Je m'appelle Nicole Dupree, et je ne laisserai plus jamais un homme être la raison de mon mal-être.

Je suis une fille sans tabous, c'est moi qui brise les cœurs, et non l'inverse.

— Je suis navré de vous l'entendre dire.

Merde. Il me faut absolument décrocher cette mission. Je ne peux pas le lui dire. Pas parce que j'ai besoin d'argent, je suis plutôt bien pourvue de ce côté-là, mais parce que ce sera un grand pas en avant. Je vais passer de la ménagère qui veut redécorer sa maison à de gros contrats qui me permettront de vivre confortablement pour le restant de mes jours.

Je suis sur le point de lui répondre lorsque le serveur nous apporte la note. Je tente de l'attraper au vol, mais Callum est plus rapide que moi.

— Ce n'est certainement pas vous qui allez payer le dîner.

— C'est une réunion professionnelle, je lui rappelle.

Le regard de Callum croise le mien, et je vois qu'il est agacé.

— Nous mangeons ici parce que je vous ai demandé si nous pouvions organiser cette réunion autour d'une table, vous vous souvenez ?

— Oui.

— Donc ce dîner et cette réunion sont à mon initiative.

Mon côté insoumis voudrait lui rappeler qu'il s'agit aussi d'une réunion professionnelle, mais je préfère ne rien dire. Je sens que les enjeux vont au-delà.

— Très bien, mais ça ne change rien au fait que nous n'ayons pas trouvé d'accord.

Il gratte sa barbe naissante en détachant ses yeux de moi, et je gigote sur ma chaise. Tout ce qu'il fait est sexy, c'est absolument injuste.

— Et si je vous prenais sous contrat ? Vous seriez ma sous-traitante, et cela vous permettrait de rester votre propre patron. Mais vous devrez remplir vos obligations contractuelles vis-à-vis de Dovetail, dit-il, provoquant un sursaut chez moi.

Bon sang. Ça serait jouable. Je pourrais rompre le contrat à tout instant en faisant jouer les bonnes clauses, mais je profiterais de l'effet de levier dont j'ai besoin pour développer mon entreprise. Je pourrais collaborer avec Callum et conserver Dupree Designs. Les contrats peuvent être rompus en cas de litige entre les parties, ce serait l'alternative idéale. Cela étant, si j'accepte immédiatement sa proposition, cela lui donnera un certain pouvoir sur moi, ce que je préfère éviter.

J'ai le sentiment que Callum en tirerait une certaine jubilation.

Je préférerais plutôt le faire jubiler autrement.

— Je vais y réfléchir. Je dois jeter un œil à mon emploi du temps avant de m'engager.

Il me sourit d'un air entendu.

— J'attends votre réponse d'ici demain.

On dirait que je lui ai fourni la réponse d'une certaine façon, après tout.

— Tu devrais acheter cette robe, me dit ma mère en tenant le truc le plus affreux que j'ai jamais vu. Ça rendrait vraiment bien sur toi.

— Pour pouvoir me faire enfiler ça, il faudrait que tu m'enterres. Et même morte je te hanterais pour m'avoir fait porter une horreur pareille.

Elle lève les yeux au ciel.

— Tu en fais vraiment des caisses...

Pour quelqu'un qui m'a transmis tout son talent en matière de décoration, elle a des goûts vestimentaires affligeants. C'en est pathétique. Sa maison semble tout droit sortie d'un magazine avec les couvre-lits, les rideaux, les carrelages et les placards les plus raffinés. Elle y a pratiquement claqué la fortune de mon père, mais pour les vêtements, c'est une catastrophe.

Sa garde-robe est constituée essentiellement de pantalons de tailleur et de robes tellement sexy que comparée à elle, une nonne aurait l'air d'être en bikini dans sa tenue.

— Maman, je t'en prie, essaie-ça. Ça t'ira comme un gant, dis-je en exhibant une robe tellement courte que même moi je ne la porterais pas.

— Nicole, ce n'est vraiment pas convenable.

Non, effectivement.

— C'est là où je veux en venir. Tu me proposes des fringues que je déteste, alors je fais exactement la même chose. Sérieusement, regarde ce truc que tu as à la main, tu crois franchement que je mettrais un truc pareil ?

Elle soupire avant de remettre la robe sur le portant.

— J'aimerais que tu t'habilles de façon un peu plus sobre.

— Pourquoi ça ? Je suis jeune.

— Plus si jeune que ça.

Qu'importe. Ça ne sert à rien de me disputer avec elle là-dessus. Souvent, je le fais parce que c'est drôle, mais aujourd'hui je ne suis pas d'humeur. La soirée d'hier m'a pompé toute mon énergie. Je n'ai pratiquement pas dormi après ce dîner avec Callum. Je n'ai pas arrêté de penser à lui, à sa façon de me regarder. C'est comme si parfois, il parvenait à lire dans mes pensées. Or ce n'est pas mon genre de baisser suffisamment la garde au point d'être dans un tel état.

Je n'ai pas arrêté de ressasser tout ça dans ma tête. Pourquoi est-ce que cet homme inconnu me rend folle à ce point ? Pourquoi suis-je tellement attirée par lui que je n'en dors plus la nuit ? Même mon problème de confiance envers les hommes n'y a rien fait. J'ai toujours autant envie de le baiser à mort.

— Ça va ? me demande ma mère en posant sa main sur mon bras.

— Oui, désolée. La nuit a été longue.

— J'espère que c'est à cause du travail.

Elle a arrêté de me demander si j'avais fait nuit blanche à cause d'un homme lorsqu'un jour, je lui ai répondu que j'avais fait ça avec deux hommes en même temps.

Cette conversation était rentrée dans les annales.

J'acquiesce. Je fréquente Callum, après tout, dans un contexte professionnel.

— Un gros projet en perspective. Il serait même capable d'impressionner papa. Mon client va établir le contrat sur la base de ce que nous avons négocié hier soir.

Il y a de la tristesse dans son regard, et je n'ai pas besoin de lui en demander la raison... Je viens de dire « papa ». C'est pour ça que l'amour, ça craint. Même si je rigole de faire tourner ma mère en bourrique comme pas permis, c'est triste de la voir blessée à ce point à cause d'un homme qui ne pense jamais à elle. Et dire qu'on s'investit dans une relation pour combler une sorte de vide et nous sentir plus entier, pour qu'elle finisse par nous déchirer complètement. Ce n'est pas le but de l'amour mais on dirait que le résultat final est toujours le même.

Elle reprend ses esprits et me sourit.

— C'est super, pour le projet.

— Oui, c'est bien.

— Tu vas travailler pour quelle entreprise ?

— Dovetail, je lui réponds en me doutant qu'elle va reconnaître le nom.

— Wahou, Nicole, c'est génial. J'ai lu quelque chose dans la presse à propos du décès de Martin Dovetail.

— Oui, c'est avec son fils que je travaille. Tu l'as déjà rencontré, en fait.

— Ah oui ?

J'acquiesce.

— Oui, Callum était là au club l'autre soir, tu te rappelles ?

— Le monsieur anglais ?

J'aurais plutôt dit le mec britannique chaud comme la braise, à la mâchoire si bien dessinée que je voudrais la lécher, et au regard dans lequel je voudrais me plonger, mais le « monsieur anglais » conviendra très bien.

Ma mère se met doucement à rire.

— Intéressant.

— Qu'est-ce qu'il y a de si intéressant ? dis-je sur la défensive.

— Oh, rien, c'est juste que tu étais là, à lui faire les yeux doux et un grand sourire.

Non, pas du tout.

— Tu devrais aller consulter un ophtalmo.

Ses lèvres prennent une expression ironique.

— D'accord. Si tu le dis...

— Je ne veux pas en parler.

— Tu refuses d'admettre que quelqu'un te plaît ?

Franchement, comment est-elle parvenue si vite à une telle conclusion ? Je me fiche qu'elle ait raison. Je préfèrerais avaler des morceaux de verre plutôt que de lui donner raison.

— Il ne me plaît pas.

— Soit.

— Je suis sérieuse, maman. Il ne me plaît pas.

— Si tu le dis...

Je me mets à grommeler.

— Rappelle-toi que je suis enfant unique et que tu n'es plus toute jeune. Qui va payer ta maison de retraite, tu crois ?

Elle émet une sorte de reniflement.

— Oh, par pitié, je m'échapperai tous les jours pour aller vivre avec toi. Viens, on va manger un morceau. On pourra discuter de mes futures conditions de vie autour d'un verre de vin.

Nous allons enfin pouvoir papoter. Je prends ma mère par le bras et nous sortons dans la cour extérieure du centre commercial. Il y a dans le coin quelques restaurants branchés dans lesquels nous mangeons souvent, mais je l'emmène discrètement vers notre petite pizzeria préférée.

Maman et moi discutons de son envie de faire quelques arrangements dans le salon que j'ai entièrement redécoré il y a un peu plus d'un an. Je ne sais pas si elle s'ennuie ou si c'est autre chose, mais je trouve qu'il y a quelque chose d'un peu troublant dans le fait de vouloir constamment redécorer sa maison.

Le serveur nous apporte les plats, et elle goûte au sien pendant que je regarde autour de moi. J'adore venir ici, pas parce que c'est un endroit fréquenté par les locaux, mais plutôt parce que j'aime voir ma bourgeoise de mère engloutir des pizzas comme un camionneur.

— Ça fait trop longtemps que nous ne sommes pas venues ici, dit-elle en prenant une bouchée de sa pizza.

— Tu sais, je ne m'habituerai jamais à ta façon de faire dans cet endroit.

— Que veux-tu dire ? me demande-t-elle en levant les sourcils.

— Tu es si... guindée tout le temps, bordel. Mais il suffit d'une part de pizza pour que tout d'un coup tu redeviennes normale.

Elle repose sa part dans son assiette avant de s'essuyer les lèvres.

— Peu importe le nombre d'années écoulées depuis que j'ai vécu à New York, cette facette de ma personnalité ne disparaîtra jamais. Si tout s'était déroulé autrement pour moi, je t'aurais élevée là-bas.

Voyons, encore l'histoire de mon père qui a fichu sa vie en l'air. Nous y voilà.

— Je sais, maman.

— Non Nicole, tu n'en sais rien. New York est si prenante qu'elle vit en toi. Je sais, ça paraît fou, mais cette ville respire la vie. Elle est remplie de tout ce qui peut exister. Tu peux y vivre tellement de choses simultanément, qu'il te faut parfois toute une vie pour digérer toutes ces impressions.

— Je suis inquiète pour toi.

Elle remue la tête, les yeux fermés.

— Un jour, tu feras l'expérience de quelque chose qui sera à la fois trop et pas assez intense.

Mon cœur se met à battre à toute vitesse dans ma poitrine. Le passé et le présent se mettent à valser dans mon cœur alors que je pense à Andy et à Callum. Andy m'a fait ressentir tout un tas d'émotions à la fois. C'était comme si je m'étais retrouvée dans une de ces montagnes russes à la fête foraine où tout tourne si vite que vous vous retrouvez plaquée sur le côté du wagon. Je ne me suis jamais sentie en équilibre. Callum me fait un peu le même effet mais pour le moment, je n'ai pas l'impression qu'il va me faire tourner la tête à ce point. C'est en ayant l'intuition que cela allait se produire que j'ai décidé de m'enfuir. Je préfère rester sur la terre ferme, en toutes circonstances.

— C'est… je commence ma phrase, mais quelque chose attire mon attention.

Un homme vêtu d'un costume sombre entre dans la pizzeria. Mon corps le reconnaît avant mon esprit.

— Nicole ?

Callum prononce mon nom presque à la manière d'un crooner.

— Callum.

Je tente de lui sourire, mais je n'y parviens pas, je crois. Je ne sens plus les muscles de mon visage. Je me reprends :

— Je croyais que vous étiez retourné à Londres.

— Il semble que non, dit-il en souriant et en dirigeant son regard vers ma mère, et ajoute :

— Madame Dupree.

— Bonjour, Callum. Je suis ravie de vous revoir.

Elle se lève pour le saluer.

— Moi de même, dit-il en l'embrassant sur la joue.

— Asseyez-vous, je vous prie.

Cette traîtresse que j'appelais maman il y a encore une minute vient de l'inviter à se joindre à nous.

— Il n'a pas le temps, dis-je rapidement. Je suis sûre que Callum est attendu ailleurs.

— Eh bien non. Je reste encore quelques jours aux États-Unis. J'ai prolongé un peu mon séjour pour régler quelques affaires en cours.

Bien sûr, comment aurais-je pu ne pas m'en douter ?

— Oh, c'est merveilleux, j'ajoute les dents serrées.

— Oui, j'allais justement vous appeler aujourd'hui pour discuter de quelques idées potentielles pour notre projet.

— Ah ? nous interrompt maman. C'est vrai, Nicole m'a dit que vous alliez travailler ensemble.

Ce n'est pas ce que j'ai dit.

— Nous n'avons encore rien signé, je rectifie.

Nous devons encore déterminer si je vais travailler pour lui, ce qui ne sera pas le cas évidemment. Sa proposition de m'engager comme sous-traitante est alléchante, mais tant que nous n'aurons pas réglé tout cela comme il se doit, je ne fournirai aucune prestation.

— Oui, confirme Callum, ce n'est pas encore fait mais j'ai l'impression que nous sommes sur la bonne voie pour parvenir à un accord.

Espèce de roublard.

— Vous êtes plein d'espoir.

Il se met à rire.

— Oui, j'ai des espoirs vous concernant. Vous avez un grand talent, et il serait bien dommage de ne pas réussir à trouver un compromis, vous ne croyez pas ?

Je suis sur le point de l'ouvrir pour lui rabattre le caquet mais je me ravise, car ce n'est sûrement pas l'idée du siècle. Nous n'avons rien d'écrit pour l'instant, après tout.

— Oui, ce serait en effet bien dommage.

Maman émet un petit bruit nerveux avant de se racler la gorge.

— Je suis désolée, je me rappelle à l'instant que je dois retrouver une amie d'ici une heure.

Quelle saloperie.

— Tu m'as dit que tu voulais qu'on passe la journée ensemble. Tu ne m'as rien dit à propos de ton amie.

Elle tente d'esquisser un sourire navré, mais ça ne passe pas. C'est pour ça qu'elle n'a pas pu aller très loin dans sa carrière d'actrice.

— Je sais, ça m'était complètement sorti de la tête. Tu sais, quand on vieillit...

Ma mère pose sa main sur sa poitrine comme si cela l'attristait grandement.

— Eh bien, on peut emporter notre pizza, je lui propose.

— Non, non, inutile de faire ça pour moi, ma chérie, dit-elle en me touchant la main. Ça ira.

Ma mère se retourne vers Callum.

— Cela ne vous ennuie pas de lui tenir compagnie, Callum ? Nous venons de recevoir notre repas, et comme vous le voyez, Nicole n'a pas touché à son assiette.

Oh, bon Dieu. Quel coup bas!

— Maman !

— Mais ça ne me dérange pas du tout, répond Callum en me faisant un grand sourire.

— Je suis sincèrement désolée, ma puce.

Elle s'avance vers moi et m'embrasse sur la tempe.

— Je rattraperai le coup, je te le promets.

— Je n'oublierai pas, je l'avertis.

Il n'en a pas fallu davantage pour que mon entremetteuse de mère ait plié le coup. Et Callum également.

CHAPITRE ONZE

NICOLE

— Eh bien, il semblerait que les événements prennent une tournure intéressante, s'amuse Callum.

— Vraiment, vous croyez ?

— Que voulez-vous dire par là ?

Oh, bon sang, je ne suis pas bête à ce point. Je sais exactement ce qui se passe, putain. Il est complètement obsédé par moi.

— Comme par hasard, vous êtes venu dans cette pizzeria parmi toutes celles de Tampa ? Alors que vous ne connaissez absolument pas l'établissement ?

— Vous pensez que je vous suis partout ?

— Oui, c'est ce que je pense, dis-je en singeant son accent.

— Vous vous faites de sacrées idées, me dit-il en riant.

— C'est ça. Je dois dire que c'est un peu effrayant.

Callum me regarde avec une pointe d'humour dans ses yeux.

— Parce que, manifestement, c'est vous qui me suivez.

— Hum, j'étais là avant vous.

— Oui, aujourd'hui je vous l'accorde, mais vous n'étiez pas là tous les autres jours où je suis venu à ce restaurant.

Je fais la moue tout en le fixant. Tiens donc ? Il ne me traquerait pas ?

— Ce ne serait donc qu'une coïncidence ?

Il hausse les épaules.

— Appelez-ça comme vous voulez, mais je n'ai pas besoin de vous pourchasser. Ça saute aux yeux que vous êtes attirée par moi.

Ben voyons, il croit me connaître ?

Oui, c'est ça, mon vieux. Je n'admettrai jamais mes torts.

— Attirée, vous dites ?

— Oui, vous avez envie de moi. Inutile de faire semblant que vous n'êtes pas intéressée. Je ne connais pas beaucoup de femmes qui caresseraient le sexe d'un homme sans aucune motivation. Vous êtes intéressée.

— Vous rêvez.

Peut-être a-t-il un don pour lire dans les pensées ? Ou peut-être que je n'arrive pas à cacher mon envie de le déshabiller ? Dans tous les cas, mon déni obstiné n'est plus un idéal lointain ; il me saute désormais à la figure..

— Oseriez-vous affirmer que vous ne regrettez pas de vous être enfuie l'autre soir ?

— Non.

Mieux vaut lui mentir.

— Vous ne regrettez pas de ne pas savoir ce qu'aurait pu être cette nuit avec moi ?

Je presse mes jambes fermement l'une contre l'autre et le fusille du regard.

— Non.

— Si vous le dites...

La voix de Callum s'efface.

— Dites, ce n'est pas moi qui vous suis partout.

Il secoue la tête, se penche et baisse la voix.

— J'ai passé toutes mes vacances scolaires en Floride depuis l'âge de trois ans. Je connais cet endroit parce que mon père était propriétaire de tous les commerces dans cette rue. Je mange dans ce restaurant depuis que je suis gamin.

J'ai l'impression d'être vraiment la plus grosse des idiotes maintenant.

— D'accord, très bien. Je suppose que tout s'explique.

Il me lance un sourire en coin en se reculant sur sa chaise. Un homme d'un certain âge s'avance du comptoir, les bras ouverts et le regard chaleureux. Callum fait de même et ils se font l'accolade. L'homme donne une tape sur le dos de Callum.

— Ça fait tellement longtemps, mon petit. Bien trop longtemps que tu n'es pas venu voir ton vieil oncle Gio.

Callum acquiesce et rend son étreinte à l'homme, ainsi que sa tape dans le dos comme il est d'usage.

— Je suis passé l'autre jour, mais tu n'étais pas là. Tu sais bien pourquoi je n'ai pas pu venir avant.

— Oh, ce n'est rien, de l'eau a coulé sous les ponts. Maintenant, tu es là.

— Oui, et j'ai de la compagnie, répond Callum en souriant.

— Qui est cette ravissante jeune femme ? demande Gio en tournant vers moi son regard chaleureux.

— Je te présente Nicole Dupree, ma future conquête.

Génial, je vois que ma mise au point sur la nature de nos rapports ne l'a pas percuté.

Gio acquiesce, alors que j'entrouvre les lèvres.

— Je vois. Eh bien Nicole, vous n'allez pas vous ennuyer avec ce type, je le connais depuis longtemps, et je ne lui ai jamais connu d'échec.

— Je n'ai pas non plus l'intention d'échouer cette fois, m'informe Callum.

Pourquoi est-ce que sa remarque me donne à la fois envie de lui sauter dessus et de m'enfuir ? Il est encore plus sexy quand il se montre bougon et dominateur. Quel enfoiré. Il faut que je reste forte. Il y a de nombreuses raisons qui font que ce déjeuner est une mauvaise idée. Je ne sais absolument rien de Callum. Il pourrait très bien être déjà engagé sans que je ne le sache. Il ne porte certes pas d'alliance, et il n'a évoqué personne qui l'attendrait dans son pays, mais je suis bien placée pour savoir que ça ne veut rien dire.

Je me recule sur mon siège et croise les bras, en m'efforçant de donner à ma voix un ton aussi ferme que ma volonté.

— Vous n'êtes pas le seul à jouer à ce petit jeu. Je pense que vous trouverez en moi une adversaire de valeur, si j'ose dire.

Gio se met à rire.

— Peut-être que tu as finalement trouvé la bonne. Celle-ci me plaît, Cal.

Le surnom qu'il lui donne m'interpelle. Je n'arrive pas à imaginer quiconque l'appeler autrement que Callum. Son nom, Callum, est dur comme un roc, puissant, sexy comme pas permis.

— Cal ? je lui demande.

Callum lève les yeux au ciel.

— Il n'y a que trois personnes au monde qui ont le droit de m'appeler comme ça : Gio, Milo et mon beau-père. Ma mère aussi, je crois, mais elle m'appelle très rarement Cal, même si je ne lui en tiendrais pas rigueur.

Je souris.

— Eh bien, Cal, nous verrons si quelqu'un d'autre peut s'ajouter à votre liste.

Il fait un geste de la tête et me lance un sourire à faire s'envoler ma culotte.

— Ça ne sera pas possible, ça, mon chou.

Ce qualificatif tendre me fait un effet interdit puisque je ne veux pas rentrer dans son jeu. Je ne suis pas censée apprécier la façon dont il prononce les mots. Je ne suis pas censée avoir envie qu'il me répète ce qu'il vient de dire encore et encore, ou peut-être même l'enregistrer pour pouvoir entendre le son de sa voix quand j'en aurai envie. Rien de tout cela ne devrait me faire de l'effet au plus profond de moi, mais c'est pourtant le cas.

Ça ne me plaît pas. Il faut que ça s'arrête.

— Bon, il faut vraiment que j'y aille, dis-je en me relevant.

Il fait un geste brusque de la main pour saisir mon poignet. Une décharge électrique me traverse le corps. Je retire ma main pour couper tout contact physique, mais lorsque mon regard croise le sien, tout devient évident. Il le voit, lui aussi. Ses pupilles sont dilatées, sa respiration s'est légèrement accélérée. Je ne dois pas continuer.

— Ne partez pas, s'il vous plaît.

— Ce n'est pas une bonne idée, dis-je en m'accrochant au peu d'instinct de survie qu'il me reste.

— Quoi ? De manger un morceau ?

Je ferme les yeux et pousse un soupir.

— Vous savez aussi bien que moi que ce n'est pas de ça dont je veux parler.

Callum se lève et il est si grand qu'il me domine, de sa taille et de sa présence.

— Je vous promets de me comporter convenablement. Ce n'est qu'un déjeuner. Qu'est-ce qu'il y a de mal dans le fait que nous déjeunions ensemble ?

Ce n'est pas le déjeuner le problème, ce sont mes traîtres de cœur et de corps qui ne peuvent s'empêcher d'avoir envie de lui. Quand il est entré, mon estomac s'est noué et mon cœur s'est mis à battre la chamade. Le problème, c'est aussi tous les enjeux de cette histoire parce que c'est un putain de client. Ce mec est aussi un mystère, et moi, Nicole Dupree, je me suis enfuie à toutes jambes lorsque j'ai dû lui faire face. Ce n'est pas normal, tout cloche là-dedans, et je ne peux pas me permettre d'éprouver des sentiments pour lui.

Je lève les yeux, admirant les deux profondes perles bleues qui me regardent, scintillantes comme des saphirs. Je remarque la pointe de confusion dans ma voix.

— Ce n'est pas juste à cause de vous que je me fais du mauvais sang.

— Que puis-je faire pour que vous vous sentiez plus à l'aise ?

Sa voix est réconfortante et m'inspire un faux sentiment de sécurité.

Je ne dois pas tomber dans le piège qu'il me tend.

— Rien du tout. J'ai déjà dansé sur ce pied-là et je me suis cassé la cheville, au bout du compte. Je ne veux pas renouveler l'expérience.

Il remonte sa main sur mon visage et repousse mes cheveux en arrière.

— Je n'attends rien de vous, Nicole. Je veux seulement que vous vous détendiez un peu. Je ne veux pas vous blesser, ni vous pousser à faire quoi que ce soit.

Chacune de ses paroles semble résonner de sincérité. Il reprend :

— Je vous demande seulement de bien vouloir rester ici pour manger un morceau de pizza, et si vous avez toujours envie de partir quand nous aurons terminé, je comprendrai. Mais la pizza de Gio est encore meilleure quand on la déguste en bonne compagnie.

Oh, au diable ce sale bougre. J'ai l'impression que c'est moi qui suis folle maintenant parce qu'en vérité, il n'a rien fait de mal. Il s'est montré gentil et poli alors que moi, je ne suis qu'une écervelée. D'habitude je ne suis pas la folle de la bande, je suis plutôt l'amie terre-à-terre, marrante et qui adore le sexe. Je fais ce que je veux avec qui je veux et mène une vie sacrément divertissante. Ce type m'a transformée en l'une de mes amies fofolles.

— Bien, je lui réponds d'un air de défi.

Je vais manger ce morceau de pizza et lui dire ensuite, ciao monsieur Muscle. C'est comme ça qu'agit une fille intrépide. Je reprends :

— Je vais rester un peu, mais à la moindre tentative de séduction, je m'en vais.

Il lève les mains en face de lui.

— Pas de jeu de séduction.

— Très bien.

Nous prenons place tous les deux, et Gio repasse devant le comptoir pour nous apporter une bruschetta avec de la mozzarella fraîche et des tranches de pain.

— Merci, Oncle Gio.

Il sourit à Callum.

— Savez-vous que c'est grâce à Callum que Periano Pizza a pu ouvrir ?

— Je l'ignorais, dis-je en prenant une bouchée de pain trempé dans une sauce rouge. Oh mon Dieu ! je m'écrie. C'est un régal absolu !

Callum manque de s'étouffer.

— Je me suis laissée aller un instant, lui dis-je avant de me retourner vers Gio. C'est délicieux, j'ai toujours pris uniquement des pizzas ici, mais cette mozzarella avec sa sauce est une tuerie.

— Merci, c'était la recette de mon grand-père Vito.

— Eh bien, je l'adore, j'ajoute avant d'enfourner une grosse fourchette de mozzarella dans ma bouche.

Il fait un petit signe à Callum.

— Elle me plaît, celle-ci. Une femme qui sait apprécier la nourriture est séduisante.

Je souris.

— Eh bien, à la fin du repas vous devriez me trouver franchement irrésistible, quand vous aurez vu ce que j'ai fait à mon assiette. Je vais la lécher jusqu'à ce qu'elle brille.

Le regard de Callum croise le mien.

— C'est un peu tard pour ça, non ?

Je pointe ma fourchette dans sa direction.

— On a dit pas de jeu de séduction.

— Je fais ce que je peux, me dit-il en levant les mains en signe de défaite.

Peu importe.

— Je ne sais pas si à sa place, je trouverais la force de ne pas vous séduire, déclare Gio en me souriant.

— Crois-moi, dit Callum d'un air tendu, c'est assez difficile. Nous collaborons sur un projet commun, donc ce n'est pas un rendez-vous galant, comme cette demoiselle tient à me rappeler très clairement.

Je hausse les épaules.

— Je ne sors pas avec mes clients. C'est une question de vie ou de mort pour moi.

Callum fait un grand sourire.

— C'est ce qu'on va voir.

Après ce délicieux déjeuner, durant lequel Gio m'a bien gâtée, Callum m'a demandé si je voulais bien lui montrer l'un de mes endroits favoris. Nous sommes donc allés à la plage. C'est un lieu où je me sens en sécurité, qui me réconforte et me calme l'esprit. À chaque fois que je me sens déprimée ou que je veux prendre un moment de repos, je viens ici pour retrouver un équilibre. C'est le meilleur endroit pour oublier mes problèmes, je peux faire comme si les vagues les emportaient avec elles en se retirant.

— Vous avez vraiment passé toutes vos vacances d'été ici, chaque année ? je lui demande alors que nous nous promenons le long du rivage.

Il a paru presque surpris lorsque nous sommes venus ici, comme s'il n'avait jamais vu l'océan.

— Oui. Mon père voulait que je passe du temps en Amérique. Je suis surtout allé en Géorgie, mais nous venions en Floride pendant deux semaines chaque été pour voir comment se portaient les affaires de mon père dans le coin. Sa sœur habitait à Tampa, ce qui l'a poussé à faire des investissements immobiliers dans la région. Je n'ai pas vraiment pu profiter des lieux, cela dit. Je n'ai jamais rien pu visiter.

— Ça a l'air si triste. Que vous n'ayez pas pu faire grand-chose, je veux dire.

C'est dingue de voir à quel point nous avons pratiquement eu la même enfance. Mon père adorait manipuler ma mère. Il s'est toujours montré égoïste et fait passer ses besoins avant les miens, se comportant comme un sale type presque tout le temps.

— Je n'ai jamais vu l'océan de cette façon, dit Callum en dirigeant son regard vers l'horizon.

— Jamais ? Vous n'êtes donc jamais allé à la plage ?

Il regarde l'eau au loin.

— Je n'ai jamais vu l'océan autrement que par la fenêtre. Tout le temps que j'ai passé ici, je l'ai employé à apprendre ce que ma mère n'avait pas jugé bon de nous enseigner. Comme par exemple reprendre les rênes d'une entreprise et la rentabiliser. Vous voyez, tout ce dont rêve un gamin de sept ans qui vient rendre visite à son père...

J'ai le cœur brisé pour le petit garçon qui est en lui.

— Je vous comprends mieux que vous ne le croyez. Mon père est également un homme d'affaires sensationnel. Je n'ai jamais rien fait d'amusant avec lui quand c'était son tour de garde. Soit il avait du travail, soit j'étais coincée avec ma nouvelle maman de service, elle-même occupée à faire chauffer sa carte bancaire pour redécorer l'appartement qu'avait déjà refait la nana précédente. Je pense que c'est comme ça que les hommes à la tête d'un empire profitent de leur succès.

Callum se tourne vers moi avec un regard adouci.

— Ils ne sont pas tous comme ça.

Le sens profond de cette phrase dépasse celui des mots. Il veut me dire que lui n'est pas comme ça, qu'il n'infligerait pas ça à son propre enfant. Je ne sais pas comment j'arrive à deviner tout ça, mais c'est un fait. Je suis certaine que Callum agirait différemment de nos pères respectifs.

— En effet. C'est peut être une question de choix.

Il me tend la main, et sans bien savoir pourquoi, je la saisis. C'est comme si deux enfants brisés par la vie venaient de faire une découverte ensemble. Son pouce caresse le dos de ma main, et il me fait tourner la tête. Pourquoi la sensation que j'éprouve lorsqu'il me touche est toujours si agréable ? Pourquoi, d'un instant à l'autre, je me sens complètement perdue puis entièrement comprise lorsqu'il est à mes côtés ? Tout cela n'a pas de sens. Nous nous connaissons à peine, et pourtant, comme je le comprends.

— Je ne me permettrais jamais de traiter un enfant de cette façon. Ma vie avec ma mère, chez moi, était diamétralement opposée à celle-ci. Mon beau-père nous a emmenés partout, Milo et moi. Il s'assurait toujours que nous ne manquions jamais de nous amuser.

Je suis heureuse pour lui qu'il ait eu cette chance.

— Ma maman ne s'est jamais remariée. Mon père lui a brisé le cœur à tel point qu'elle n'a jamais pu en recoller les morceaux, je crois.

Comme une autre qui est là, sur cette plage.

— Je suis navré pour elle.

Je hausse les épaules en retirant ma main. Comme je ne veux pas lui laisser interpréter ce geste, j'attache mes cheveux en un chignon déstructuré et me remets à avancer.

— Elle s'en sort, ça va. Elle est contente de lui prendre son argent et de l'énerver. Et vous, comment est votre mère ?

Il se met à sourire, et je devine par-là que ses sentiments envers sa mère doivent être très différents de ceux que j'éprouve pour la mienne.

— Elle est merveilleuse. C'est une super maman, même si elle a beaucoup souffert dans la vie. Elle est complètement différente de mon père biologique. Chaleureuse, attentionnée, elle sourit tout le temps comme si elle ne pouvait pas s'en empêcher. Elle a dû supporter un homme qui n'a pas été capable d'aimer, ni elle ni le fils qu'elle aimait plus que tout au monde. J'imagine que ça n'a pas dû être facile pour elle, et même si elle a des défauts, comme tout le monde, elle a fait de son mieux.

J'aimerais pouvoir voir les choses de la même manière. J'adore ma mère, vraiment, mais elle me fait tourner en bourrique.

— La mienne est un peu casse-pieds.

Il se met à rire.

— Effectivement, je crois avoir remarqué que votre mère et vous n'étiez pas très proches ?

— Ce n'est pas que nous ne sommes pas proches, mais plutôt que nous sommes très différentes.

— Comment ça ?

Je pousse un soupir.

— Vous voulez dire en dehors du fait qu'elle s'arrache les cheveux quand elle voit comment je vis ? Elle me juge beaucoup.

— À quel sujet ? insiste Callum.

Je déteste parler d'elle. À chaque fois ça finit par me mettre en rogne, mais Callum s'est ouvert à moi et une petite partie de moi a envie de lui rendre la pareille.

— Elle veut que je me marie et que je lui ponde des gosses. Je ne veux rien de tout ça. Je ne me marierai jamais parce que je trouve que la monogamie est un concept obsolète. Qui aurait envie de passer le restant de ses jours aux côtés d'une seule et même personne ? Absolument personne. Nous nous berçons d'illusions en pensant que c'est ce qu'il faut faire, et vous savez quoi ? La plupart des gens ne respectent pas ce modèle.

Callum s'arrête.

— Vous avez un avis assez tranché là-dessus, à ce que je vois.

Un jour, je serai capable de tenir ma langue, mais ce n'est pas pour aujourd'hui.

— C'est juste que... je n'ai pas envie de retenir quelqu'un qui voudrait rester libre. J'ai déjà vu ce que ça donnait quand une des deux personnes veut rompre mais n'a pas le cran de s'en aller.

C'est la meilleure chose que je puisse lui dire. Je préfère ne pas avoir d'attentes par rapport à une relation et être en fin de compte agréablement surprise plutôt que de m'attendre au plus merveilleux des couples si c'est pour finir déçue. Toutes mes amies ont pensé que leur couple allait tenir et ça n'a pas été le cas. Il vaut mieux rester sur ses gardes que de penser que l'amour, c'est toujours tout rose et plein de paillettes, parce que c'est faux. L'amour, ça craint.

— Ça peut se comprendre, mais si vous rencontriez un homme qui consentirait à vous épouser, vous aimer, et à faire preuve de fidélité envers vous ? Ce genre d'hommes, ça existe.

Tiens donc, la question qui reste éternellement sans réponse parce que personne ne peut prédire l'avenir.

— Eh bien je demanderais un jour à l'homme en question de faire un bond dans le futur grâce à sa machine à voyager dans le temps et de me dire dans quelle disposition il sera dans dix ans, cinq ans ou même un mois à compter du jour en question. Il est fort probable que ses sentiments pour moi aient bien changé.

Il se met à rire.

— Alors vous croyez qu'il est impossible pour un homme d'aimer une femme pour le restant de ses jours ?

— Oui et non… je ne sais pas. C'est cette part d'incertitude qui me retient de tenter quelque chose.

Il y a aussi le fait que j'aurai toujours un statut de maîtresse mais jamais d'épouse légitime.

— C'est triste pour vous, me dit doucement Callum.

— Je trouve que c'est plutôt une idée intelligente.

— Oui, mais à quel prix ?

Je hausse les épaules.

— Je pense que tout va bien pour moi. J'ai un super boulot, une maison splendide, des amies incroyables qui ont des gamins encore plus incroyables qu'elles. Ma vie sexuelle est au beau fixe et je suis heureuse. Si le prix à payer pour cela est de ne pas risquer de me faire déchirer le cœur, ça me convient bien.

Callum me saisit le poignet pour m'empêcher d'avancer.

— Et si l'homme en question pouvait vous offrir davantage que vous n'auriez jamais pu imaginer ? Si sa façon de vous toucher faisait défaillir vos jambes, et si son amour vous rendait plus forte, et non plus vulnérable ? S'il pouvait seulement vous protéger et vous épargner toute douleur, parce que son seul objectif dans la vie serait de vous protéger ?

Mon cœur bat la chamade, et je me demande tout à coup si ce qu'il me raconte pourrait vraiment exister. Je ferme les yeux et laisse l'image de Callum, en train de m'enlacer, me pénétrer l'esprit. Je laisse se dérouler le film dans ma tête et je nous vois dans dix ans, enveloppés dans une couverture sur la plage tandis que nos enfants jouent dans le sable. Il me conforte de son amour d'une façon que je n'aurais jamais crue possible.

Lorsque j'ouvre les yeux, je me rappelle combien j'avais été naïve quand j'avais rêvé ce même avenir avec Andy, et alors l'écran devient noir.

— Ce n'est qu'un fantasme, lui dis-je, un fantasme voué à se terminer de manière tragique, alors il vaut mieux regarder un porno et se satisfaire de ça.

Il rit doucement.

— Même un bon film porno se conclut sur une note positive.

— C'est vrai, je lui concède en souriant. Ils ont tous les deux un orgasme, ce qui est la meilleure conclusion possible. C'est également la seule finalité à laquelle j'aspirerai toujours.

CHAPITRE DOUZE

CALLUM

Il est une heure et quart, et je n'arrive pas à dormir. Je ne pense qu'à Nicole. Nous avons passé quelques heures à nous promener sur la plage, à savourer notre compagnie mutuelle, puis je me suis dit qu'il fallait que je calme le jeu. Je me suis souvenu de l'allusion au restaurant. La cheville cassée. Ensuite, lorsqu'elle a développé son ressenti par rapport à l'amour, il m'est apparu clairement que quelqu'un l'avait blessée.

Il s'est produit aujourd'hui une énorme coïncidence qui a tourné à mon avantage. J'avais prévu d'aller rendre une petite visite à Gio, car ça faisait déjà longtemps que j'étais en ville et je n'étais toujours pas allé le voir. Ça faisait longtemps que je n'étais pas passé au restaurant car je savais que j'allais me faire enguirlander de n'avoir pas pris de ses nouvelles. C'est le seul homme que je pourrais considérer comme un membre de ma famille en Amérique. Mon père, je le considérais davantage comme un partenaire en affaires, mais Gio m'a toujours offert son amitié. Toutefois, je crois que lui aussi est devenu un partenaire commercial maintenant.

Il y a dix ans, mon père a décidé de liquider tous ses biens immobiliers suite au décès de sa sœur. Il n'avait rien à faire des conséquences que cela pourrait avoir sur les gens. La seule chose qui lui importait, c'était de se remplir toujours plus les poches en vendant son parc immobilier à un promoteur qui avait prévu de tout démolir. Je savais que dans cette opération Gio allait perdre sa pizzeria, et je ne pouvais pas laisser faire ça.

J'ai donc racheté la pizzeria à mon cher papa par le biais d'une société écran, en laissant à Gio le libre usage du bâtiment. J'avais pu garder cette affaire sous le manteau pendant cinq ans jusqu'à ce que Milo et sa grande gueule viennent tout faire capoter.

Je passais dans la rue, hésitant à y entrer lorsque je l'ai vue assise à l'intérieur de la salle, et je n'ai pas pu résister. Je voulais être là où elle était. C'était un peu comme jouer à la roulette russe : allait-elle penser que je dépassais les bornes ? En même temps, il fallait que je sois près d'elle. Ensuite, quand sa mère s'est proposée de partir, je n'avais plus aucun doute en tête : j'allais faire tout mon possible pour passer un peu de temps avec elle.

Je saute du lit, me passe un peu d'eau sur le visage puis appelle mon frère.

— Qu'est-ce que tu fais debout, putain ? me répond Milo à l'autre bout du fil. Il est une heure du matin pour toi.

Bravo, Einstein.

— Je suis au courant de l'heure qu'il est, je n'arrive pas à dormir.

— Je vois ça.

— Quelles nouvelles au bureau ? je demande.

Et puisque je ne dors pas, je peux bien avancer un peu dans mon travail après tout.

Milo passe en revue les détails des projets en cours. Heureusement, mes équipes sont capables de faire tout le travail sans moi là-bas, mais la filiale américaine ne bénéficie pas encore de ce genre d'organisation. Mon père ne déléguait jamais rien, il avait la main mise sur tous les aspects de ses affaires.

J'ai adopté une stratégie opposée à la sienne pour diriger l'entreprise. Je pense qu'accorder sa confiance à ses équipes contribue à faire de vous un bon patron. Il faut fournir aux équipes un canot de sauvetage et espérer qu'ils arriveront tout seuls à ramer jusqu'au rivage.

— Tu reviens quand ? me demande Milo.

Je devrais déjà être rentré. J'avais prévu de revenir, mais ce serait un mensonge de dire que j'ai envie de repartir. C'est surtout parce que, pour la première fois depuis longtemps, il y a quelqu'un à qui j'ai envie de tenir compagnie.

— Quand tout sera réglé de ce côté, je lui réponds.

Avec mon frère, il vaut mieux s'en tenir à des réponses vagues. Si je lui disais être de retour demain, il partirait pour un petit séjour dans les îles grecques avant même le coucher du soleil.

— Et tu en as pour combien de temps ?

— Je ne sais pas, Milo, je lui rétorque sèchement. J'ai tout un tas de choses à régler, et tu vas devoir assurer là-bas, sinon je trouverai quelqu'un pour te remplacer au pied levé.

Je commence à faire les cent pas en me massant la nuque. Je savais que ce moment finirait par arriver. Je suis l'unique héritier des biens de mon père, mais je ne suis pas aussi bien préparé que je ne le pensais pour reprendre l'affaire. Ce qui m'angoisse le plus, c'est ma filiale de Londres. Dovetail cartonne là-bas, c'est ma source de revenus principale. Bien que la situation s'améliore pour la branche américaine, il y a encore beaucoup d'incertitudes. Je préfère les situations stables et c'est Milo qui, habituellement, me pousse à prendre des risques.

Milo se racle la gorge.

— C'est bon, Cal, tu n'as pas besoin de te comporter comme un connard. Merde, tu peux me tenir au courant.

— J'y compte bien.

Mon frère change de sujet.

— Alors, tu as rencontré des poulettes sexy depuis ton arrivée ?

Immédiatement, l'image de Nicole apparaît devant mes yeux. Elle me rend fou. Je pense à son sourire, sa voix, la façon dont la couleur de ses yeux océan varie en fonction ce qu'elle porte, et à la manière qu'elle a de ramener ses cheveux en arrière quand elle est un peu nerveuse.

— J'ai eu la tête prise par le travail.

Je ne peux rien lui dire. Il va s'en servir comme d'un os à ronger sinon.

— J'avais oublié que le travail passait en premier pour toi.

— Pas comme toi qui penses avec ta bite plutôt qu'avec ton cerveau.

Milo rit nerveusement.

— Peut-être, mais au moins ma bite passe du bon temps.

— Pauvre con.

— Oh, tu es jaloux ?

Oui, mais je ne vais pas le lui avouer. Mon frère a toujours tout reçu sur un plateau dans la vie. Ma mère l'a gâté tandis que moi, j'ai dû travailler deux fois plus dur pour en arriver là. Il est dix fois plus intelligent que moi, mais n'a jamais été fichu d'avoir de bonnes notes parce que cela impliquait de travailler un minimum. J'ai passé, quant à moi, des heures à étudier à grand-peine. Milo n'a pas idée de la jalousie que j'éprouve à son égard la plupart du temps.

— Je vais essayer de dormir maintenant, lui dis-je, car j'ai hâte que cet appel se termine.

— C'est ça. Passe-moi un coup de fil demain et je te transmettrai les chiffres.

Je ne me donne pas la peine de lui rappeler que pour tous les deux, c'est déjà demain parce que ça n'y changera rien. Je m'estimerai heureux si je les ai la semaine prochaine.

— À plus tard, alors, dis-je avant de raccrocher.

J'allume rapidement mon ordinateur et passe en revue mes e-mails. Je suis surexcité et énervé, et je ne sais même pas pourquoi. Avant de me coucher, j'avais lu tous les messages importants. En quatre heures, j'en ai reçu encore plus d'une centaine.

Les gens se demandent pourquoi je ne prends jamais de vacances : voilà la réponse à leur question.

Je supprime quelques spams et aperçois un nom dans la liste qui fait battre mon cœur à cent à l'heure.

Nicole Dupree.

J'ouvre le mail, qui me fait sourire.

Callum (ou plutôt Cal),

Merci pour la pizza tout à l'heure, c'était super. J'ai passé un moment fantastique, et maintenant que nous avons passé un peu de temps ensemble, je vous connais désormais un peu mieux et serai en mesure de vous proposer des idées de décoration originales.

Vous aviez parlé de prolonger un peu votre séjour aux États-Unis, alors je voulais vous demander si vous seriez disponible pour un rendez-vous au bureau vendredi ? Je devrais pouvoir vous présenter quelques modèles préliminaires d'ici là.

Bien à vous,
Nicole

Déjà, elle m'a appelé Cal, chose que je déteste, mais ça ne me dérange pas venant d'elle. Ensuite, elle a apprécié notre journée, ce qui est une petite victoire. Enfin, elle veut me revoir. Je vais pouvoir ajouter toutes ces petites victoires à ma liste.

Je ne sais pas pourquoi ces petits détails me font sourire. Il a suffi d'un regard pour que j'aie cette fille dans la peau. Elle m'a ensorcelé, et je ne peux m'empêcher de penser à elle.

Je vois, en vérifiant l'heure d'envoi, qu'elle m'a écrit il y a dix minutes. Apparemment, je ne suis pas le seul à me coucher tard.

Il va falloir désormais que je la joue fine et que je lui donne envie de passer une autre journée comme celle-ci. Je veux qu'elle me considère, me connaisse et qu'elle se sorte de son carcan mental.

Je n'en ai rien à foutre d'être son client, je suis un homme avant tout et j'ai envie d'elle.

Je sais que c'est réciproque, et peu importe ses règles stupides, j'ai bien l'intention de les lui faire oublier.

• • •

Nicole (ou devrais-je dire Nic)

Il n'y a pas de quoi pour le repas, tout le plaisir était pour moi. Il semble que vous ayez également conquis mon oncle puisque je ne l'avais jamais vu fournir un tel service auparavant. Moi aussi, j'ai fortement apprécié le temps que nous avons passé ensemble. Je prévois en effet de prolonger mon séjour aux États-Unis – avant tout parce que je ne peux me résoudre à vous quitter, je crois.

Je me réjouis de ce rendez-vous avec vous. Cependant, pourrions-nous l'organiser autour d'un dîner ? J'ai beaucoup de réunions cette semaine mais je suis libre le soir.

Bien cordialement,

Callum (et pas Cal)

Je relis le mail, supprime le bout de phrase où je dis que je ne veux pas la quitter car cela me semble hors-de-propos, puis je l'envoie.

J'attends.

Comme je le pensais, elle répond.

Cal,

Il semblerait que vous aimiez beaucoup les rendez-vous autour d'un dîner. Ça me va. Je suis libre vendredi soir. Au fait, qu'est-ce que vous faites encore debout ?

Bien à vous,

Nicole (et surtout pas Nic)

J'ai le sourire jusqu'aux oreilles lorsque je rédige ma réponse.

Nicole,

Ce n'est pas trop ma tasse de thé de manger tout seul, et si je peux avoir le privilège de dîner en compagnie d'une femme char-

mante, c'est encore mieux. Pourquoi ne pas caler notre rendez-vous demain plutôt ? C'est trop long d'attendre jusqu'à vendredi et il se peut que je reparte avant.

Je suis encore debout parce que je n'arrive pas à dormir. Et vous, alors ?

Bien cordialement,

Callum (remarquez que je ne vous ai pas appelée Nic... ça devrait jouer en ma faveur)

Je reçois sa réponse au bout de quelques minutes.

Callum (je vous en prie)

Les motifs que je dois vous présenter ne seront pas prêts demain. Ce rendez-vous serait donc bien inutile, or je suppose que vous êtes trop occupé pour perdre votre temps, avec votre empire immobilier à gérer et tout le reste, vous voyez ce que je veux dire. On peut décaler le rendez-vous à mercredi, c'est mon plus proche créneau disponible. Ça vous convient ?

Au fait, je me doute bien que vous n'arrivez pas à dormir puisque vous êtes en train de m'envoyer des mails. De mon côté, il y a quelque chose qui me tracasse, et de fait me maintient éveillée.

Cordialement,

Nicole

Je lui avais promis qu'il n'y aurait pas de jeu de séduction, mais j'ai un drôle de sentiment qui me prend aux tripes. Je sens instinctivement que je devrais la pousser à s'ouvrir un peu. Je me targue souvent de pouvoir déchiffrer les motivations des gens, mais je dois avouer que Nicole reste un mystère pour moi.

Le soir de notre rencontre, j'aurais juré que je me la serais faite, qu'elle aurait crié mon nom en s'agrippant à mon dos. J'aurais honoré son corps et nous nous serions séparés bons amis. Je n'avais jamais rencontré une telle créature auparavant, et je voulais à tout prix la posséder. Cette nuit aurait certainement été inoubliable pour nous deux.

Mais elle s'est enfuie.

Elle s'est enfuie et je suis déterminé à en connaître la raison.

Quelque chose a dû l'effrayer, et à dire vrai, moi j'ai eu peur de ne pas vouloir la laisser repartir après cette première approche.

Ce n'est pas le genre de fille que l'on quitte comme cela. Je l'ai su dès l'instant où je l'ai vue.

Sa frayeur ne m'a pas franchement embêtée au final, car je ne suis pas contre l'idée de chasser ma proie.

Je saisis mon téléphone et compose son numéro.

CHAPITRE TREIZE

NICOLE

Mais qu'est-ce que... ?

Pourquoi est-ce qu'il m'appelle ?

Merde.

Il sait que je ne dors pas. Je ne peux pas esquiver le coup de fil puisque je viens de lui envoyer un mail il n'y a pas trois minutes. Putain. Il faut que je me comporte comme une adulte. Je dois faire comme si je ne m'étais pas réveillée en pleine nuit après avoir fait un rêve érotique ultra chaud à propos de lui.

Bien, prends une grande inspiration et réponds à ce coup de fil. Tu peux le faire. C'est toi la fille sans tabou dans la vie, et lui ce n'est qu'un petit mec avec une grosse bite... tu vas y arriver.

— Salut, Callum, dis-je comme si je n'étais pas en train de flipper ma race.

— Nicole... je me suis dit que ce serait plus simple comme ça.

Je renifle.

— Alors, qu'est-ce qui vous arrive ?

— Ce qui m'arrive, c'est nous.

Je ris en entendant sa réponse idiote.

— Très bien. Vous avez besoin de quelque chose ?

Hormis une nuit de baise torride...

— Un café. Un bon café, voilà ce qu'il me faut. Je n'en ai plus suffisamment en stock dans mon appartement et je me demandais si vous pourriez me recommander un endroit où en trouver.

Je pose mon ordinateur portable sur le côté du lit et réfléchis.

— Oh, il n'y a plus grand-chose d'ouvert à cette heure-là, peut-être feriez-vous mieux de vous rendormir...

— Je crois que ça ne va pas être possible.

— Moi c'est pareil. Lorsque je suis levée, eh bien... je suis levée.

— Quelle plaie cette insomnie, vraiment... dit Callum, que j'imagine en short, torse nu, les cheveux en pétard.

Bon Dieu, il est trop sexy. S'il pouvait seulement être là... Je mettrais en scène ce rêve en ultra-haute définition 4K, et du son Dolby surround. Nous briserions des objets en nous arrachant nos vêtements, je me blesserais mais je n'en aurais rien à foutre parce que ce serait un truc de fou. Il me brûlerait vive, et je goûterais à chaque flamme avec allégresse.

— Pourquoi vous ne passez pas chez moi ? J'ai du café, dis-je en me collant immédiatement la main sur la bouche.

Putain, qu'est-ce que je viens de dire ? Oh mon Dieu. Je viens de l'inviter chez moi à une heure et demie du matin, bon sang... Jésus, Marie, Joseph.

Il ne me répond pas, probablement aussi surpris que moi par ce que je viens de dire. Après un moment de silence, j'essaie de lui tendre une perche pour le sortir de cet embarras – ou plutôt pour m'en sortir moi.

— Vous n'êtes pas obligé de venir. J'ai juste...

— J'arrive tout de suite.

Génial.

— Très bien, mais juste pour le café alors, je lui précise.

— Oui, pour le café.

Et pour le petit-déjeuner aussi, avec un peu de chance.

Non. Pas de petit-déjeuner. Rien de tout ça. Il prendra juste un café.

Voyant que je ne lui réponds pas, il se racle la gorge.

— Nicole ?

— Oui ? Pardon.

— Envoyez-moi votre adresse par SMS.

— D'accord, dis-je avant de raccrocher. Au fond de moi, je sais que ce n'est pas une bonne idée, mais il est trop tard pour faire marche arrière maintenant.

Mon Dieu, faites que j'arrive à garder ma culotte.

Je prends une douche glacée pour tenter de me détendre avant son arrivée. Quinze minutes se sont écoulées et j'ai tenté, en vain, de lui envoyer au moins dix messages pour tout annuler. Tous ces messages ont l'air nuls, alors je me suis dit que je ferais mieux de prendre sur moi, de garder mes distances et espérer que tout se passe bien.

Peut-être.

J'ai prévenu le portier de la visite de Callum, je n'ai donc plus qu'à attendre.

Puisque ça ne dérange pas mes amies de me charrier, je choisis ce soir d'envoyer un texto à Kristin. Elle au moins comprendra pourquoi je suis en train d'avoir une crise de panique.

Moi : Je sais que tu dors. Mais Callum rapplique chez moi. Callum, mon client. Le mec que j'ai fui. Je suis en train de flipper, là, putain. Vous n'en avez jamais rien à faire des limites, bande de petites connes, alors voilà le retour de bâton. Appelle-moi. Tout de suite. Je t'en supplie, appelle-moi.

Mon téléphone sonne quelques secondes plus tard.

— Mais... franchement, quoi ? me dit-elle, à moitié endormie.

— Je suis complètement folle, hein ?

— Ça, on n'a jamais eu à se poser la question, me dit Kristin en bougonnant. Qu'est-ce qui te fait peur ?

— Euh... de coucher avec lui. Il passe prendre un café, je lui explique.

— C'est comme ça qu'on dit, maintenant ?

Elle est bête.

— C'est pas drôle.

— Non, ce qui n'est pas drôle c'est que tu m'envoies un texto pour me demander de t'appeler parce que ton plan cul arrive.

Ce n'est pas ça du tout. Elle ne voit pas où je veux en venir. Si j'attendais un plan cul, j'aurais vérifié vite fait que j'étais bien rasée, j'aurais arrangé ma coiffure et mis en avant ma poitrine, mais au lieu de ça, je suis en train de perdre mes moyens, putain de merde.

— Il vient juste prendre un café, Kris. Un café. Il n'est pas là pour coucher.

— C'est mignon de te mentir à toi-même, me répond-elle en bâillant, de manière à peine intelligible.

— Pourquoi j'ai cru que c'était toi qui serais la mieux placée pour m'aider ?

Kristin fait un peu de bruit derrière le combiné et murmure quelque chose à Noah. J'entends une porte se fermer, ce qui me fait sourire. Cool, elle s'est levée.

— Je ne sais pas ce qui t'a pris de penser ça, mais maintenant mon petit ami va me faire payer le fait de l'avoir obligé à se bouger les fesses. Du coup, c'est toi qui vas prendre cher. Écoute, je crois que tu flippes parce que c'est le premier mec qui te fait ressentir un truc pareil depuis l'autre andouille. Les autres types avec lesquels tu as fait des trucs – auxquels je ne préfère pas penser – c'était juste des visages sans nom. C'est comme ça que tu as tenté d'apaiser ta douleur, parce que oui, tu souffres au fond de toi.

Qu'importe. J'ai des soucis parce que les mecs sont des queues sur pattes qui s'amusent à blesser les femmes.

— Non, ce n'est pas ça.

— Inutile de continuer à te voiler la face. Tu as passé la journée avec lui sur ta plage de prédilection.

— Comment... dis-je avant de m'interrompre en soufflant d'un air agacé. Putain, Heather !

— Oui, Heather. Remets-toi. Le fait est que Callum te plaît, et tu sais quoi ? C'est bien, Nic. C'est vraiment super. Ça veut dire que tu as un cœur qui n'a pas été complètement ravagé par un seul mec. Je considère que ma rencontre avec Noah est la meilleure chose qui me soit jamais arrivée. C'est à lui que j'aurais bien aimé offrir toutes les années gâchées avec Scott. Mais tu sais quoi ? Ce n'est pas possible, ça. Tout ce que je peux faire, c'est laisser le passé derrière moi et l'aimer de tout mon être.

— Mais si Callum n'était pas le bon ?

Elle pousse un soupir, et je m'imagine sa tête penchée sur le côté tandis qu'elle me répond.

— Alors tu passeras à autre chose, mais il pourrait être le bon. Ce pourrait être celui que tu attendais. Ne t'enferme pas complètement dans tes règles à deux balles. Je jurerais que c'est toi qui as dit un jour que les règles, il n'y avait rien de plus jouissif que de les enfreindre.

Je déteste au plus haut point que mes amies me retournent mes affirmations.

— Tu m'as été d'une grande aide, vraiment, merci.

Kristin se met à rire.

— J'en suis ravie. Je vais retourner me coucher. Je suppose que tu vas faire de même incessamment sous peu ?

— Je te déteste.

— C'est réciproque.

— Connasse, je marmonne.

— Salope, va.

C'est drôle, une salope, c'est justement ce que je suis.

— Je te recontacte demain.

— Je suis impatiente de tout savoir. Je t'adore, Nicole. Ne

laisse pas cette relation passée pourrir celle qui se présente à toi. Ce n'est pas de sa faute si Andy s'est comporté comme un sale enculé. Va te faire baiser un coup et souris un peu.

Sur cette petite phrase, Kristin raccroche avant que je ne puisse rétorquer quoi que ce soit.

Maintenant, qu'est-ce que je vais me mettre, bon sang. Dois-je faire genre poupée qui vient de se réveiller, ou battante pleine d'énergie prête à attaquer la journée ?

J'opte pour la fille à peine réveillée. Oui, c'est ça.

Je retire mon jogging et choisis un shorty moulant vraiment craquant avec l'inscription « sexy » écrite sur le derrière. Je trouve ça parfait et me dirige ensuite vers la salle de bain. Je ne veux pas exagérer mon côté provoquant. J'attache mes cheveux en un chignon déstructuré et mets vite fait un peu de mascara.

Une fois satisfaite de ma tenue, je m'assieds sur le canapé et rumine les paroles de Kristin. Elles résonnent comme une petite bille qui rebondirait sur les parois de mon crâne. Tellement de pensées se bousculent, mais elle a raison. Je considère d'office chaque homme comme un coup foireux parce qu'un seul mec m'a blessée. Callum n'est peut être pas le bon, mais une chose est sûre : on ne refuse pas un plat avant de l'avoir goûté.

Du coup, pas de relations sexuelles avant que ce projet arrive à son terme.

Peut-être devrais-je aller me changer et mettre quelque chose qui me couvre les jambes ?

J'entends toquer bruyamment à la porte, ce qui me fait sursauter.

Évidemment dès que je pense au sexe, il se pointe et je n'ai plus le temps d'aller me changer non plus. J'ai vraiment la poisse avec ce mec.

J'ouvre la porte avec un grand sourire, et je jure que je manque de tomber à la renverse.

Il se tient devant moi, vêtu d'un short de basket et d'un maillot de sport moulant qui laisse entrevoir toutes les courbes et les formes de sa poitrine. Bon Dieu, je suis morte, là. Tandis que je relève les yeux vers son visage, ses lèvres se meuvent en un sourire.

— Bonjour.

— Et comment, je lui réponds.

Je n'ai même pas mauvaise conscience d'être carrément entrée dans un jeu de séduction.

— Vous appréciez ce que vous avez sous les yeux ? me demande-t-il.

— Ce que j'aime, ce sont les choses qui se lèvent, vous voyez. Comme le soleil, la chaleur ou une certaine partie du corps...

Callum éclate de rire.

— Vous me plaisez quand vous êtes complètement désinhibée à deux heures du matin.

Je fais un geste de la tête et ouvre grand la porte.

— Entrez. J'ai mis la cafetière en route.

Il rentre dans mon appartement et regarde autour de lui.

— Si j'avais encore des doutes sur le fait de vous engager, ils viennent de se dissiper. Votre petit chez-vous est à couper le souffle, vraiment.

Toi aussi, figure-toi.

— Merci, dis-je plutôt.

Il me sourit.

— Il me semble que tout ce qui vous appartient est d'une beauté toute particulière.

Je sens mes joues s'empourprer, et j'ai envie de me coller une gifle. Je suis en train de rougir comme une gamine de seize ans, bon sang. Oh, bon Dieu.

— La flatterie vous ouvre toutes les portes, n'est-ce pas ?

Callum se met à rire.

— C'est ce qu'on dit, oui.

Nous nous dirigeons vers la cuisine et je prends deux tasses. J'aime que tout soit commode et pratique, mais le café c'est particulier. J'avais l'habitude de regarder ma mère tourner son moulin à café, et je me disais : *Bon sang, pauvre ringarde, achète-toi une cafetière.*

Et puis j'y ai goûté.

Le goût de son café était vraiment exceptionnel, et une fois que vous en avez bu une gorgée, impossible de le déguster autrement.

Je nous en sers une tasse à tous les deux et nous allons nous asseoir au salon.

— Tenez, dis-je avec un sourire, en lui tendant son café.

— Merci, ce café sera mille fois meilleur que la lavasse qu'il y a dans l'entrée de mon loft.

— Alors, dis-je avant de boire une gorgée, qu'est-ce qui vous empêche de dormir ?

Il hausse les épaules.

— J'ai beaucoup de soucis en tête.

Tiens donc, ce sentiment m'est familier.

— Pareil.

— Vous savez, tous nos points communs excèdent de loin nos différences.

— Vraiment ?

Je me relâche sur mon siège, ma tasse de café à la main.

Callum prend une gorgée du sien et me sourit.

— Vous êtes splendide, et moi je suis plutôt pas mal. Votre père ressemble beaucoup au mien. Vous dirigez votre propre entreprise, tout comme moi. Vous n'arrivez pas à dormir, moi non plus. Il n'y a réellement qu'une seule chose sur laquelle nos avis divergent.

Je lui souris.

— Quoi, exactement ?

— Le fait que nous ne devrions pas creuser plus en profondeur pour découvrir ce qu'il y a entre nous, peu importe de quoi il s'agit.

Mon cœur commence à battre à toute vitesse et je repousse mes cheveux en arrière.

— Callum...

— Écoutez-moi un instant, dit-il en relevant la main. Je sais que vous vous êtes fixé des règles, et moi aussi, c'est mon cas.

Sa voix se fait mielleuse. Il reprend :

— Un détail essentiel vous échappe dans tout ça.

Je me penche vers lui, incapable de maintenir la distance entre nous. Il sent trop bon, sa voix est excessivement enivrante. Rajoutez à cela son physique, c'en est trop. J'ai tellement envie de lui que mes tripes se tordent, littéralement. Il représente ce putain de fruit défendu et moi je suis Ève, prête à gober cette putain de pomme toute entière. Je reste forte, mais bordel, je me sens faible.

— Et quel est-il ? dis-je d'une voix si rauque que mon propre timbre de voix me surprend.

— Je ne suis pas encore votre client.

Là-dessus, il s'approche de moi et m'embrasse avant que je n'aie eu le temps de faire quoi que ce soit.

CHAPITRE QUATORZE

Le baiser de Callum a une saveur inconnue. Je comprends mieux maintenant pourquoi on dit qu'il faut embrasser beaucoup de grenouilles avant de trouver son prince charmant.

La bouche de Callum est tout à fait à mon goût. Elle est ferme et flexible à la fois, forte et douce. Lorsque nos langues se touchent, c'est simple, je n'arrive plus à respirer.

J'entortille mes mains dans ses cheveux, le maintenant là où il est, là où je le veux. Je me fiche que ce soit mon client, même si techniquement, nous n'avons pas encore signé notre contrat. Je me fiche que ce soit une mauvaise idée, la sensation est tellement agréable.

C'est parfait..

Mais c'est également incorrect.

Il repousse la chaise avant de me soulever, et nous nous déplaçons jusqu'à ce que j'aie le dos collé au mur, son corps tendu me retenant captive. Nos lèvres restent jointes tandis que chacun essaie de prendre le dessus. Mais Callum ne lâche rien, il s'amuse avec moi, en me laissant penser un instant que c'est moi qui dirige, mais la perspective s'inverse avant que je n'aie vraiment eu le temps de m'en rendre compte.

Cela m'excite encore plus.

— Bon sang, ta bouche, me dit Callum en se décollant de moi assez longtemps pour finir sa phrase.

Si j'avais la possibilité de choisir ma mort, je choisirais d'être étouffée sous ses baisers. Je voudrais qu'il m'emmène au paradis, car à cet instant je suis partie.

Ses lèvres se glissent de ma bouche jusqu'à mon cou et je ferme les yeux.

— Il faudrait qu'on arrête, dis-je sans en penser une seule syllabe.

— Je ne suis pas d'accord, dit-il en faisant descendre sa bouche sur ma poitrine.

— Ce n'est pas une bonne idée, je reprends tandis que je pousse sa tête un peu plus bas.

Je ne dis ça que pour en entendre le son.

Callum déplace ses mains de mes hanches jusqu'aux côtés de mon buste, et fait glisser ses pouces sur mes tétons.

— Je crois que c'est la meilleure idée qu'on ait eue jusqu'à maintenant.

Il recommence et je me mets à gémir.

— Tu as peut-être raison.

Il remonte ses lèvres sur mon visage et lèche le point qui se trouve juste au-dessous de mon oreille.

— Ça, j'en suis sûr. Tu préfères que j'arrête ?

Je lui fais non de la tête.

— Tu en veux encore ?

Je baisse les yeux sur lui en sachant pertinemment que même si je le voulais – ce qui n'est pas le cas – je ne pourrais jamais le stopper.

— Je veux aller jusqu'au bout.

— Où est la chambre ? me demande-t-il en me soulevant, ce qui fait que je dois enrouler mes jambes autour de sa taille.

Son sexe long et durci appuie contre mon ventre, et je ne pense qu'à la sensation démente que ce gros coquin d'engin va bientôt ressentir.

— Par là, dis-je en pointant du doigt le couloir, et il commence à se diriger dans cette direction.

Mes lèvres pressées contre son cou, je l'embrasse en remontant jusqu'à son oreille.

— J'avais rêvé de tout ça, je lui avoue.

— Moi aussi, ma belle. Je n'ai pensé à rien d'autre que de pouvoir te prendre.

Pour la première fois depuis très longtemps, j'ai des papillons dans le ventre. Je suis sûre que cet homme va me couler, mais je suis prête à avancer sur la planche du condamné, en le tirant vers moi tandis que nous sautons dans les remous d'une mer agitée.

Au fond, soyons honnêtes, c'est moi qui vais finir à vingt mille lieues sous les mers, mais avec un peu de chance il sera mon gilet de sauvetage.

Callum me porte jusqu'au lit, et son corps musclé me domine.

— Je ne suis pas venu pour ça, me dit-il, je tiens à ce que tu le saches.

C'est vraiment un petit salaud. C'est précisément pour ça qu'il est venu, et c'est la seule chose à laquelle j'ai pensé moi aussi.

— Pour quoi, alors ?

— Je ne sais pas. Ne crois pas que j'avais pour seule intention de te caresser, de t'embrasser, et de te baiser jusqu'à ce que ni toi ni moi ne puissions bouger.

C'est pourtant ce que j'avais imaginé, et je suis prête à le faire.

J'agrippe ses biceps avec mes mains et je prends un ton lascif.

— Tu sais aussi bien que moi que tu n'es pas venu juste prendre le café, Callum.

Son regard se radoucit.

— Non, le café, je m'en foutais. C'était toi que je voulais.

Je lui caresse la joue, sa petite barbe me piquant agréablement le bout des doigts.

— Dis-moi seulement une chose, lui dis-je, laissant progressivement tomber mes dernières défenses. Est-ce que tu es marié ?

— Non.

— Alors on arrête de parler, et une fois ces papiers signés, on arrête de baiser. Je te considère comme un coup d'un soir jusqu'au terme de notre collaboration, c'est clair ?

Il ne dit plus rien du tout car ses lèvres sont trop occupées à se presser contre les miennes. Je sais que je commets probablement une grave erreur, mais Kristin a raison, il n'y a rien de plus jouissif que d'enfreindre les règles. Je suis une nana intelligente, et ce n'est que du sexe. Le sexe, je sais comment le contrôler. C'est plutôt cette histoire de sentiments qui m'effraie, alors il faut que je blinde cette partie de moi et tout ira bien. Ça ira ?

Mais oui.

Juste du sexe, c'est tout. Oui, rien de plus. Juste une semaine de tension sexuelle accumulée qui est maintenant arrivée au point d'ébullition.

Il recule en arrachant son maillot d'un geste sec tandis que je fais de même.

Aucune délicatesse, juste un besoin, de l'envie et un désir qui monte si vite que je sens déjà la chaleur et les étincelles commencer à monter en moi.

Callum se saisit de mon visage et écrase sa bouche contre la mienne. Ses mains descendent le long de mon dos tandis qu'il dégrafe mon soutien-gorge et le détache. Je l'avais mis bien comme il faut avant son arrivée, pour ne pas me donner l'allure de quelqu'un qui ne cherche que ça. Il me dévore du regard lorsque mes seins se dévoilent.

— Putain, grommelle-t-il.

— Ils tes plaisent ?

Callum les prend tous les deux en les malaxant, et ma tête retombe en arrière, alors que je m'appuie sur mon coude.

— Tout me plaît chez toi. Tes lèvres, dit-il avant de m'embrasser. Tes seins, ajoute-t-il en se penchant et en léchant mon téton du bout de la langue. Ton cœur aussi, me dit-il en décollant ses lèvres pour venir coller un baiser sur ma poitrine, au-dessus de l'endroit où mon cœur bat de façon anarchique. Je sais aussi que je vais adorer ta petite chatte.

Je souris, parce que je sais bien que je vais adorer sa queue, putain.

— Pourquoi ne pas y coller ta bouche pour voir ?

Ses yeux s'élargissent devant le défi que je lui lance. Bon Dieu, je sais déjà que ça va être bon.

Il attrape mes cuisses et me tire vers l'avant pour que ma tête se retrouve posée sur le lit. Mon short virevolte à travers la pièce et Callum passe mes jambes par-dessus ses épaules.

— Une seconde mon chou, voyons si j'aime t'entendre crier mon nom pendant que je te baise avec ma bouche.

— Oh, la vache ! je m'exclame tandis que sa bouche expérimentée se pose là où j'ai toujours rêvé qu'elle soit.

Il appuie sa langue contre mon clitoris, le titille à un rythme qui me fait courber les orteils puis il l'attrape entre ses dents. Je n'ai pas la notion du temps, mais je sue. Il fait monter l'excitation, et lorsque je suis sur le point de jouir, il me relâche.

Dans notre jeu du chat et de la souris, c'est lui le chat, et il s'amuse avec moi jusqu'au moment de me tuer. J'adore ce jeu de bout en bout, putain.

— Callum, par pitié, merde ! je le supplie.

Je le *supplie*. Pour la première fois de ma vie, je supplie parce que je ne vais pas pouvoir supporter ça encore longtemps, il faut qu'il me laisse jouir.

La seule réponse de Callum, c'est de glisser un doigt dans cet endroit intime de mon corps et de le faire bouger affreusement lentement ; je suis consciente que je m'agrippe fort à lui. J'en veux plus. Je veux la totale.

Il ressort son doigt et encercle mon anus. Tout en pénétrant les muscles fortement contractés, il reprend mon clito avec ses dents, et c'est le coup fatal. J'ai l'impression de tomber d'une falaise si haute que ma vision se trouble. Je me mets à crier son nom, des gros mots, et je ne sais pas quoi d'autre parce que je suis sûre d'avoir perdu connaissance.

Lorsque je reprends finalement mes esprits, il est sur moi,

un sourire à tomber dessiné sur son visage. Il a dû faire tomber son caleçon au milieu de l'action et a enfilé un préservatif.

— Ça t'a plu d'entendre ton nom comme ça ? je halète, à peine capable de garder les yeux suffisamment ouverts pour apprécier la vue de cet homme qui cale ses hanches entre mes cuisses.

— Je reste encore sur ma faim, j'attends de l'entendre une fois que je t'aurai pénétrée.

— Je suis heureuse de te concéder cette faveur.

Il se penche et avance ses lèvres à mon oreille.

— Ce n'est pas notre unique fois, mon chou. Garde bien ça en tête. Je vais tellement bien te baiser que toutes tes règles à deux balles, tu vas les oublier. J'espère que tu es prête.

Je souris, attrape ses cheveux et le tire en arrière pour que nous puissions nous voir les yeux dans les yeux.

— Balance la sauce.

Lorsqu'il s'introduit en moi, je réalise que je suis arrivée au summum de l'extase. Je ne pourrai jamais me défaire de lui. Je m'en fous qu'il soit mon client, mon curé ou mon patron, je suis toute à lui, perdue, et peut-être que je ne remonterai jamais à la surface.

— Ta couleur préférée ? je lui demande.

— Le vert.

— Vraiment ? je m'étonne.

Le vert est une couleur si froide, si dure. Certes c'est un point de vue de décoratrice, mais c'est une nuance trop crue pour aller avec quoi que ce soit.

Il acquiesce.

— C'est la couleur de l'argent.

Ça, c'est bien une réponse de mec.

— Et toi ? me demande-t-il.

Nous sommes couchés depuis un moment dans mon lit, nus comme des vers sans même un drap pour nous recouvrir.

Nous avons fait l'essentiel, et maintenant nous pouvons nous permettre des questions plus légères.

— Le gris.

— OK, et tu as fait une drôle de tête quand j'ai dit vert ?

— C'est une couleur qui me permet de tout faire. C'est très malléable, le gris, et ça me plaît. Par exemple, j'ajoute en me retournant et en prenant le coussin gris que nous avons éjecté hors du lit, tu vois, c'est gris, ça, n'est-ce pas ?

Callum acquiesce, et j'attrape un coussin de couleur parme.

— Si je le juxtapose à cet oreiller, qu'est-ce que tu vois ?

— Du gris et du violet ?

— Oui, mais le gris fait resplendir le violet.

Il se penche vers moi et m'embrasse doucement.

— Je trouve que c'est toi qui es resplendissante.

— Je crois que tu es prêt pour une deuxième manche, je rétorque.

— Ce n'est pas faux.

Bien que je désire plus que tout une autre partie de jambes en l'air fantastique, j'ai besoin de souffler un peu. Il est tellement génial, putain, que je ne sais pas si mon corps pourrait supporter un autre orgasme.

Ce mec m'a fait ressentir un plus grand plaisir que les deux hommes avec qui j'ai couché la dernière fois. Ça veut tout dire. C'est un Dieu.

— Ton plat préféré ? dis-je en me reculant pour éviter qu'il ne me touche les zones érogènes.

Il ne répond pas, mais remet en position sa queue à moitié recourbée avant de se racler la gorge.

— Dis-moi le tien.

— C'est difficile à dire, je suis du genre à aimer la bonne bouffe, ça a toujours été le cas, mais ce que je préfère, c'est la cuisine italienne.

Callum sourit.

— Tu es déjà allée en Italie ?

— Non, je n'ai pas voyagé à l'étranger autant qu'il me plairait. J'ai fait un court séjour au Royaume-Uni avec mon père, encore un coup où il m'avait promis de m'emmener en voyage pour passer plus de temps ensemble.

Je mime des guillemets d'un geste de la main et lève les yeux au ciel. Je reprends :

— C'était vraiment un pauvre con. Il m'a fait gober qu'on allait faire le tour de l'Europe alors qu'il avait seulement prévu de faire d'une pierre deux coups. Il a fini par assister à des réunions pendant toute la durée du voyage.

— L'Italie, c'est un de mes pays préférés. La nourriture, l'endroit et les gens eux-mêmes rendent le voyage inoubliable.

Je me rallonge sur le dos en poussant un soupir.

— Je t'envie.

— Pourquoi donc ?

La tête tournée, je lui souris.

— Parce que tu peux partir en Italie sur un coup de tête. Tout ce qu'on a de bien ici, c'est la plage et les Caraïbes. Attention, j'aime bien ces deux endroits, mais on ne peut pas dire qu'ils soient riches d'art et d'histoire. C'est sûr que c'est top d'aller jusqu'à l'archipel des Keys pour trouver de l'inspiration, mais j'adore le style de la Toscane et de Rome. Les éléments architecturaux et artistiques sont incroyables et c'est un paysage différent de ma plage. Un jour, j'irai. Un jour, je pourrai tout goûter, toucher et vivre l'expérience à fond.

Callum s'appuie sur son coude.

— Il va falloir que tu viennes avec moi à Londres.

— Quoi ?

— Tu vas venir avec moi à Londres la semaine prochaine, et je t'emmènerai où tu voudras.

Je penche la tête dans sa direction.

— Je dois m'occuper de tes motifs et de ta décoration.

— Tu pourras travailler là-bas.

— Tu es dingue ! dis-je en lui jetant l'oreiller à la figure.

— Pourquoi donc ? me demande-t-il en riant. Tu n'y es jamais allée et c'est un endroit que j'adore. Il y a des tas d'endroits qui pourraient t'inspirer grâce à la richesse de notre histoire et notre architecture. Quelle raison valable aurais-tu de décliner mon offre ?

J'essaie de trouver une excuse dans mon stock, mais je n'y parviens pas.

— Je ne sais pas, mais je suis sûre que je peux trouver une bonne raison, il faut seulement que j'y réfléchisse.

En vérité, je n'ai rien à rétorquer. Mes amies n'ont pas besoin de moi, elles sont toutes mariées, en couple, ou autre. Ma mère serait on ne peut plus ravie d'apprendre que je vais partir en vacances en Europe avec un millionnaire. Je suis certaine qu'elle me payerait même mon billet d'avion si cela pouvait faciliter mon départ. J'ai déjà dû réorganiser tout mon emploi du temps pour prendre ce projet. Je n'ai pas de bonne excuse pour ne pas y aller.

Pas d'autre excuse autre que... Callum deviendra mon client dès la signature du contrat.

— Alors tu vas venir avec moi, me dit-il comme si c'était décidé.

Je souris car je suis décidément une petite vicieuse.

— Je crois effectivement que nous allons *venir* ensemble.

Callum remarque mon sous-entendu tout de suite et s'approche de moi.

— Vraiment, tu crois ?

— J'en suis certaine.

— Je parie que nous pourrions aller et venir encore une paire de fois.

— Vous êtes un homme très expérimenté et vous pourriez en effet bien réussir votre coup encore une fois, monsieur Huxley.

Callum rampe vers moi à quatre pattes et me retourne sur le ventre.

— Vous allez le constater tout de suite, madame Dupree.

CHAPITRE QUINZE

CALLUM

— Je comprends, Edward, mais je ne suis pas à Londres en ce moment, je bougonne alors que mon cousin m'explique que mon frère a, encore une fois, disparu. Je ne sais pas ce que tu veux que j'y fasse.

Si j'étais sur place, je le tuerais, putain.

Il vit sa vie comme il l'entend et ça m'est égal, mais il a des obligations envers l'entreprise et un putain de travail à faire. Je l'ai laissé en roue libre beaucoup trop longtemps.

— Écoute, Callum. Ça devient problématique. Je veux bien intervenir et couvrir cet idiot, mais je pense qu'en même temps, tu dois être au courant.

— Il ne va pas en aimer les conséquences, c'est certain.

Il a beau être un petit génie, il peut être un sacré con. Je suis arrivé au bout de ma patience, et j'ai pris en considération tout ce qu'implique un poste de PDG dans deux grandes multinationales. Cela ne devrait pas me poser trop de difficultés, étant donné que j'ai passé ces dix dernières années à essayer de formater mon frère pour qu'il ait sa place dans l'entreprise. Au lieu de me seconder, Milo n'a fait que me créer une tonne de problèmes parce qu'il fait n'importe quoi.

Comment partager mon temps entre deux entreprises sur

deux continents différents ? Devrais-je revendre l'entreprise de mon père et revenir à Londres ? Ou bien devrais-je plutôt quitter Londres, qui est synonyme de mauvais souvenirs pour moi, et prendre un nouveau départ ? Tenter quelque chose avec cette blonde que je n'arrive pas à me sortir de la tête ?

Est-ce vraiment idiot de vouloir m'attacher à une femme que je connais à peine ? Oui, je le crois, mais je n'en ai rien à battre.

Edward se racle la gorge.

— Si tu as besoin de moi, je suis là.

Il m'a énormément aidé ces derniers temps, à tenter de rattraper le chaos que Milo laisse derrière lui.

— J'en suis conscient, Edward, vraiment, crois-moi. Il va y avoir quelques changements, et je vais te demander de m'épauler davantage.

Aussi regrettable que ce soit d'en arriver là, je crois que c'est le seul moyen de faire comprendre à Milo que j'en ai marre de ses enfantillages. J'ai besoin de quelqu'un sur qui compter – en permanence. Pas seulement quand ça lui chante.

— Je suis ravi de prendre cette responsabilité, Callum.

— Je te rappelle plus tard, dis-je en jetant le téléphone sur mon bureau.

Je fais les cent pas dans le bureau de mon père – mon bureau désormais – et me masse l'arrière de la nuque. Je ne sais pas comment tout a été chamboulé dans ma vie à ce point. Edward n'est qu'un petit-cousin et pas du tout le genre de personne à qui je souhaiterais déléguer mes responsabilités de direction. Mais c'est le seul qui travaille, et je ne peux pas en dire autant de mon frère.

Sale con de Milo.

J'attrape mon téléphone et lui envoie vite fait un SMS.

Moi : Sors-toi les doigts du cul, putain, et retourne travailler ! J'essaie de trouver une bonne raison de

ne pas te virer, mais nom de Dieu, tu me rends la tâche impossible.

Milo : Je ne travaille pas pendant que je bronze au soleil.

Moi : Tu préfères que ton andouille de cousin prenne ta place ?

Ça me fait de la peine d'écrire ça, mais j'ai besoin de savoir comment les choses se déroulent pendant mon absence.

Milo : Inutile de proférer des menaces en l'air, Cal. Ça ne te ressemble pas.

Quel con.

Moi : Ce ne sont pas des menaces. Retourne au bureau ou tu auras la mauvaise surprise de te retrouver à un nouveau poste.

Je reçois un SMS, et ma tension est à son comble. Les gens ne se rendent pas compte de l'état de stress que génèrent les affaires. Ils ne voient que les grosses voitures, les maisons luxueuses ou tout ce qui découle du succès. Ils ne voient pas les journées de travail de seize heures, le fait que je n'aie pas pris de vacances depuis quatre ans, ou encore que je n'aie aucune vraie relation.

Tous ces sacrifices, parce que mon entreprise, c'est ma vie.

Mon travail, c'est de m'assurer que mes collaborateurs puissent payer leurs factures.

Le fait que l'employé du courrier, Michael, puisse payer son loyer, dépend de la survie de Dovetail Enterprises.

Voilà la responsabilité que je porte sur les épaules.

• • •

Nicole : J'ai réfléchi un peu…

Je ressens un poids dans ma poitrine, mais différent de la tension que je ressentais auparavant.

Moi : J'espère que tu vas m'annoncer une bonne nouvelle. J'ai vraiment passé une journée de merde.
Nicole : Eh bien je pense que c'est une bonne nouvelle, oui.
Moi : Alors dis-moi.
Nicole : Ma meilleure amie organise une soirée aujourd'hui et… je n'ai personne avec qui y aller. Ça te dirait de m'accompagner ?

Après tous nos échanges, cette histoire est probablement terrifiante pour Nicole. Elle m'a raconté beaucoup de choses l'autre soir à propos de son groupe d'amies, et en particulier le fait qu'elles étaient presque comme des sœurs, qu'elles comptaient plus que tout pour elle.

Je n'ai jamais eu d'amis comme ça, mais d'après ce qu'elle me dit, je l'envie un peu.

Mais ça veut dire aussi qu'elle a besoin d'un peu plus de temps, comme moi.

Moi : J'en serais ravi.
Nicole : OK, super. On se retrouve chez moi à dix-huit heures ?
Moi : Parfait, à plus tard alors.

• • •

J'essaie de réprimer un sourire, mais je n'y arrive pas. Elle m'a tendu une perche et ne me sert pas ses conneries habituelles à propos de ses règles concernant ses clients.

Il y a peut-être moyen que je prolonge encore mon séjour, car pas question que je rentre à Londres s'il y a la moindre chance que ça marche avec Nicole. Pas question de m'éloigner d'elle aussi facilement.

CHAPITRE SEIZE

NICOLE

C'est juste un dîner chez Danielle. Pas de raison d'en faire tout un plat.

Danni a proposé d'organiser notre petite réunion ce mois-ci, car la maison de Kristin est en plein travaux et que Heather n'est plus jamais là. Il était clairement hors de question que j'organise quoi que ce soit, d'abord parce que je suis une feignasse, et ensuite parce que je ne le fais jamais.

Bien sûr, une fois que j'ai dit à mes connasses de copines que j'amenais mon rencard – une première – elles ont fait comme si elles allaient accueillir le Pape. Elles ont ouvert un groupe de chat que j'ai quitté à deux reprises, mais dans lequel je me suis retrouvée à nouveau embarquée pour discuter de comment les licornes tombent du ciel.

J'ai horreur de l'excuse constante qu'elles utilisent, que soi-disant je leur serais redevable.

Mon portier m'appelle pour me dire que Callum est arrivé. Je me dirige vers la porte, et l'ouvre pour pouvoir l'attendre tranquillement.

Même le fait de l'avoir vu nu n'enlève rien à l'excitation que je ressens de le voir à l'instant.

— Bonjour, beauté, dit-il en s'avançant vers moi.

— Bonjour, beau gosse.

Callum n'hésite pas une seconde. Il passe son bras autour de ma taille et m'attire fermement vers lui, tandis que son autre bras remonte pour saisir mon cou et approcher ses lèvres des miennes.

Ça ressemble à un de ces baisers qu'on voit dans les films, quand la fille se décompose dans les bras du mec, mais qu'il la tient fermement pour s'assurer qu'elle ne tombe pas. Le baiser est magique et se conclut par grand soupir parce qu'elle se sait en sécurité avec lui.

Tout comme moi.

Bon sang de merde, ce n'était pas du tout ce qui était prévu.

Sa bouche se moule à la mienne, et c'est à ce moment que je pousse ce soupir rêveur.

Bien trop vite, il recule.

— Si je reste comme ça, on va être en retard parce que tu auras fini sous moi, pénétrée profondément.

— Alors on peut bien avoir un peu de retard, dis-je avec un grand sourire.

Il rit.

— Ça me plairait beaucoup, mais je préférerais que tes amies m'apprécient. Je pense que ça aidera lorsque le contrat sera dûment établi et signé.

Je fais non de la tête.

— Ça ne changera rien.

— Oh, j'ai confiance.

— Je te le dis, Cal, ça n'y changera rien, dis-je en reposant ma main sur sa poitrine. J'ai des principes. Ceci dit, puisque tu as trouvé une faille et que tu es un homme très sexy avec une bite énorme, je te laisse faire. Une fois le contrat signé, il n'y aura plus de zone grise.

Cal se penche pour m'embrasser à nouveau.

— C'est ce qu'on va voir.

Espèce de tête de mule d'étalon anglais. On verra, il a raison, bordel.

— Il est très mauvais de me sous-estimer.

Ses lèvres se meuvent en un sourire des plus éblouissants.

— C'est cela, Nicole.

Je lui donne une tape sur le torse d'un air taquin.

— Bouffon.

— Es-tu prête à partir ou dois-tu passer par les commodités ?

— Les commodités ?

— Désolé, les toilettes.

Il prononce le mot avec difficulté. J'adore son accent et tous ces termes étranges.

— Non, ça va. Et toi alors, pas besoin d'aller au pipi-room ? je lui demande en battant des cils.

— Si je mets les pieds chez toi, chérie, on n'est pas prêts de sortir, à plus forte raison si je retire mon pantalon.

— Ah, des promesses, toujours des promesses, dis-je en lui saisissant la main. Allons-y avant que je ne prenne au sérieux ta proposition déculottée.

Nous montons en voiture, et mes nerfs me jouent à nouveau des tours. Je commence à croire que quelqu'un a embrouillé mon putain d'esprit. Mes amis, les hommes et le sexe ne me rendent pas nerveuse, mais quand je suis avec Callum, je ne suis plus qu'une boule de nerfs et de désir boostée aux hormones.

Pendant le trajet, je reste calme et fais attention à ne pas sortir de la route. Je pense à la réaction de mes amies en le voyant. Et si elles ne l'aimaient pas ? Est-ce que j'en ai vraiment quelque chose à faire ? Pourquoi j'en aurais quelque chose à faire puisque dans quelques jours, il ne sera plus qu'un putain de client ?

Parce que je me mens à moi-même, voilà pourquoi.

Je me gare et Callum me regarde.

— Tout va bien ?

— Oui, ça va.

— On dirait que tu es prête à me jeter en pâture aux loups, dit-il en riant.

Je gigote sur mon siège.

— Non, elles sont toutes super. En fait, le loup, c'est moi.

Il éclate de rire avant de faire un signe de tête.

— Eh bien, ma chère...

Il se rapproche de moi de façon à ce que nos lèvres s'effleurent.

— Je serai ravi de vous manger ce soir.

Bon Dieu, j'adore les conversations coquines. Je rapproche mes lèvres des siennes, mais il recule d'un seul coup et ouvre brusquement la porte.

— Enfoiré, je marmonne.

J'entends son ricanement dans la voiture, signe qu'il a entendu.

Bon, je vais devoir me lancer.

Il me prend la main, mais lorsque j'essaie de la retirer, il la resserre. Bon, alors on va faire notre entrée en tant que couple. Ça ne mange pas de pain.

Danielle ouvre la porte avant que nous n'arrivions en haut des escaliers.

— Merde, soupire-t-elle, j'espérais vous surprendre en train de vous embrasser langoureusement dans la voiture, histoire de vous charrier un peu.

Je lève les yeux au ciel.

— Désolée de te décevoir. Callum a prévu une partie de jambes en l'air ce soir, on peut peut-être te la filmer ?

Il manque de s'étouffer pendant que Danni pouffe de rire.

— Je ferai savoir à Peter que tu nous l'as proposé.

Le regard de Callum croise le mien, dans une expression à la fois horrifiée et impressionnée.

Je hausse les épaules.

— Les inhibitions, on ne connaît pas ça ici. Accroche-toi.

— Enchantée de vous rencontrer, Callum, dit Danielle en lui tendant la main.

— Je suis ravi également.

Nous entrons et mes greluches de copines se ruent vers lui.

— Salut, je m'appelle Heather.

— Bonjour.

— Moi, c'est Kristin, dit-elle avec un sourire chaleureux en me gratifiant d'un clin d'œil.

Je suis contente de constater qu'il répond à ses critères exigeants de « sexytude » masculine.

— Voici Noah...

— ... Frasier, termine Callum, en tendant la main au petit ami de Kristin. Je suis fan.

Oh, bon Dieu. J'avais oublié que Noah et Eli étaient connus dans la vraie vie. Pour moi, ce ne sont que des idiots qui déteignent sur mes amies. À mes yeux Noah n'est pas une star de cinéma, c'est juste... Noah. Quant à Eli, j'ai passé une grande partie de mon enfance à rêver de lui, mais maintenant ce n'est que le mari de ma meilleure amie. Après l'avoir entendu lâcher sa première caisse, il a perdu tout pouvoir d'attraction à mes yeux.

— Ravi de vous rencontrer. Dieu sait que vous devez plutôt être un mec cool pour supporter Nicole, dit Noah avant de me donner un coup de coude.

— Fais gaffe, beau gosse. Je vais te démonter la gueule, je l'avertis.

— Tu peux toujours essayer.

— Peu importe, dis-je en reniflant. Voici Eli Walsh. Oui, mes amies semblent avoir un penchant pour les hommes célèbres.

Callum les salue comme il se doit et me lance un regard.

— Tu as oublié ce détail lorsque tu m'as parlé de tes amies.

— C'est bien plus drôle comme ça, non ?

Il m'embrasse sur la tempe et je me blottis contre lui.

Puis je vois le regard de mes amis.

Merde.

— Je vous pique Nicole un instant, dit Kristin en m'attrappant par le bras. Il faut qu'on prépare la sangria et Nicole est la meilleure pour ça.

Menteuse. C'est Danielle qui fait la meilleure sangria. Voilà son excuse à peine déguisée pour me séparer de Callum et me poser une tonne de questions qu'elle est trop polie pour poser en face de lui.

Il acquiesce et les mecs se dirigent vers la cave à cigares de Peter, où la conversation promet d'être ennuyeuse.

Lorsque nous arrivons à la cuisine, toutes les trois se tournent vers moi.

— Bordel de merde ! lance Kristin la première, tu ne nous avais pas dit à quel point il était sexy.

— Euh, si, je l'ai dit. J'ai aussi précisé qu'il était remarquablement bien membré.

Je ne sais pas pourquoi ce point met mes amies mal à l'aise. S'il a une grosse queue, pourquoi on ne pourrait pas en parler ? C'est une bonne chose après tout.

— Baisse le ton, me réprimande Danielle. Ava est dans la période où elle court après les garçons et Peter l'a entendue parler à son amie de la taille de quelque chose. Je suis à peu près certaine qu'elle parlait d'un garçon...

— Oh ! dis-je, en battant des mains, j'aurai une tonne de choses à lui dire sur la taille, le diamètre, et je m'assurerai en prime que lorsqu'elle touchera...

Heather me gifle.

— Bon Dieu ! Tu n'as pas besoin de t'improviser son coach de bite. Il faut plutôt que tu lui dises à quel point les mecs sont cons.

Je ris d'un ton moqueur.

— J'ai vraiment le rôle de la mauvaise tante, quoi.

— Oui, confirme Danielle, on est au courant.

— Tu ne préfèrerais pas qu'elle soit éclairée sur le sexe par la bonne personne ? je demande.

Si j'avais une fille, je préférerais qu'elle soit informée par quelqu'un de fiable plutôt que par une autre ado en chaleur.

— J'aimerais mieux qu'elle reste vierge jusqu'à ses trente ans, rétorque Danni.

— Comme toi, tu veux dire ?

— Ce n'est pas la question.

Je me mets à rire et lève les yeux au ciel.

— Oui, Callum est extraordinaire, désolée de ne pas t'avoir donné plus de détails.

— Il doit vraiment te plaire, me lance Heather avec un regard pétillant.

Depuis qu'elle s'est mariée, elle est constamment au septième ciel. C'est tellement bizarre. Eli doit vraiment gérer au lit et utiliser son engin comme un pro.

— C'est probablement la seule fois que vous le verrez. Alors arrêtez avec vos remarques niaises et vaseuses. Il a réussi à trouver une petite brèche dans mes règles pour qu'on couche une paire de fois, mais une fois toute la paperasse réglée, c'en sera fini. Je ne vais pas baiser mon client.

Kristin lève les yeux au ciel.

— Pourquoi pas ? Moi, j'ai bien baisé celui que je devais interviewer. Si je me souviens bien, c'est toi qui m'avais fortement poussé à le faire....

Encore une fois, on me renvoie mes propres paroles en pleine figure. Putain, elles sont vraiment douées à ce petit jeu.

— Ce n'est pas pareil. Tu n'étais pas payée par Noah. Moi je vais plutôt ressembler à une putain grassement payée.

— Si tu as trouvé chaussure à ton pied, après tout... me dit Heather avec un sourire narquois.

— Laisse tomber.

— C'est clair que ce mec te plaît, dit Danielle. En plus, son accent est sexy comme pas permis.

— Sans blague ! Qu'est-ce qui m'a donné envie d'enlever ma culotte plus que tout le reste, d'après toi ?

Mes amies ne vont pas m'aider à me trouver des excuses pour m'extirper de cette situation. Elles vont me bassiner pour avoir tous les détails croustillants et parvenir à la conclusion que c'est moi qui suis folle d'avoir tenté de fuir. Je vois déjà leur sentence écrite en grosses lettres dans leurs yeux. Peut-être ont-elles raison. Le fait que je demande à Callum de lever le pied alors que je suis bouillante de désir pour lui est peut-être complètement débile, mais ça résume un peu ma vie.

Kristin se saisit d'un verre de vin et me le tend.

— Je dis seulement que ce mec te plaît. En général, tu n'en as rien à foutre des mecs avec qui tu couches. Tu n'en as jamais emmené un seul à notre petit dîner mensuel. Alors prends mon avis pour ce qu'il vaut.

Je lève les yeux au ciel.

— Tu devrais arrêter de lire le courrier du cœur et de me donner des conseils à la noix. Je vous adore toutes les trois, vraiment, mais je suis une nana intelligente. J'ai une entreprise à gérer, et je n'ai pas d'homme pour amortir ma chute si un jour je dégringole.

Les regards qu'elles me lancent signifient qu'elles comprennent mon sous-entendu. Heather et Kristin n'ont même pas à se fatiguer à cligner de l'œil pour avoir de l'argent. Non pas qu'elles s'accaparent l'argent d'Eli et Noah, mais elles n'ont pas besoin de demander. Danielle ne travaille pas et s'occupe de l'éducation d'Ava et de Parker. Ils ont une situation confortable parce que Peter travaille comme un fou, en tant qu'avocat.

Moi, je n'ai pas d'Eli, de Noah ou de Peter. Je ne peux compter que sur moi-même.

— C'est nous qui te rattraperons si tu tombes, me dit Danielle.

Heather sourit.

— On se rattrapera toujours les unes les autres.

— Toujours, conclut Kristin.

Nous posons nos mains les unes sur les autres.

— Et pour toujours.

• • •

— Tu es sûre de devoir absolument partir maintenant ? me demande Danielle en bredouillant légèrement.

Je me mets à rire.

— On pourrait rester là indéfiniment !

Peter enlace sa femme, manifestement ivre.

— Non, chérie. Toutes les deux, vous devez aller vous coucher.

— Mais j'en ai pas envie, dit-elle en faisant la moue.

— Moi non plus. Enfin...

Je me tourne vers Callum.

— Sauf si tu viens au lit avec moi, auquel cas je suis fin prête à aller me coucher tout de suite.

Peter éclate de rire.

— Bonne nuit, vous deux. Callum, si tu es dans le coin cette semaine, passe-moi un coup de fil. J'aimerais beaucoup profiter de ta compagnie avec un bon cigare et peut-être un verre de whisky.

Callum sourit.

— J'en serais ravi. Je t'appellerai.

Oh, comme c'est mignon, Cal vient de se faire un nouvel ami.

Il a passé la soirée à bavarder avec les trois mecs, sauf les quelques minutes passées avec moi dans le couloir. Il m'a plaquée contre le mur et m'a embrassée jusqu'à ce que je me frotte frénétiquement contre son érection, puis il est parti comme si de rien n'était.

— Faites attention sur la route ! nous crie Danielle.

Je me tourne vers Callum.

— On t'a déjà taillé une pipe en voiture ?

Il se met à rire.

— Je ne crois pas, non.

— Oh ! dis-je en me mettant à glousser. Alors on va bien s'amuser.

— Tous les jours on s'amuse bien avec toi, non ?

C'est dommage que la rigolade touche bientôt à sa fin.

Non, je ne vais pas penser à ça, je vais faire une gâterie d'enfer à ce mec pendant qu'il conduit. C'est tout ce qui m'intéresse.

Comment dit-on, déjà ? Je ne vais pas cracher son plaisir ? Non, bouder mon plaisir ? Ou cracher dans la soupe ? Peu importe, ça n'a pas d'importance.

— Venez, monsieur l'Adonis, montons en voiture.

Nous nous dirigeons vers le trottoir, la main de Callum posée sur ma hanche. Je me penche vers lui et respire son parfum de bois de Santal aux notes vanillées.

— Tu sens bon.

Il rigole doucement.

— Toi aussi, mon cœur.

— Pourquoi tu m'appelles comme ça ? je lui demande.

Callum m'aide à prendre place sur le siège passager avant de s'accroupir.

— Parce que tu es dans mon cœur. Tu exhales un parfum d'amour, et je me demande si j'arriverai à empêcher mes sentiments pour toi de grandir.

Je crois que je suis suffisamment bourrée pour ne pas réaliser à cent pour cent que je suis en train d'avoir cette conversation.

— Alors tu crois que tu pourrais m'aimer ? je lui demande.

— Je pense que c'est impossible de ne pas t'aimer.

Je plisse les yeux.

— Tu ne me connais même pas.

— J'en sais suffisamment à ton sujet.

Je me mets à rire.

— Tu n'as pas idée à quel point je suis folle. Crois-moi, je suis le genre de fille que même un père ne peut pas aimer.

Callum avance sa grande main et caresse ma joue.

— Alors c'est un idiot.

Je ferme les yeux et avance ma tête pour sentir sa main me toucher. Il semble si fort que je me demande s'il serait capable de supporter ma compagnie. Je suis folle, fatiguante et je ne fais confiance à personne.

— Peut-être que c'est plutôt toi l'idiot.

Il appuie ses lèvres contre les miennes.

— Je suppose que nous le saurons bien assez tôt.

CHAPITRE DIX-SEPT

NICOLE

Je me retourne, et lorsque ma tête heurte quelque chose de dur et de chaud, j'ouvre l'œil subrepticement, en priant pour que ce soit bien Callum et pas un autre mec.

Je ne me rappelle plus de rien après être montée dans la voiture. Je crois qu'on a parlé, mais je n'en suis pas sûre.

Nous avons beaucoup rigolé, ensuite je crois que j'ai fermé les yeux et après, trou noir.

Il me regarde en souriant.

— Bonjour.

Oh. C'est déjà le matin.

— J'ai bu beaucoup plus que je ne le pensais, dis-je d'une voix éraillée.

— Oui, mais tu étais à croquer.

Génial.

— Alors finalement je ne t'ai pas taillé une pipe au volant ?

Il se met à rire.

— Non, ce n'est pas mon truc de faire des cochonneries avec quelqu'un qui est à moitié torché.

— C'est rassurant.

Je regarde autour de moi et me rends compte que nous ne sommes pas dans mon appartement. Au lieu d'être de couleur ivoire avec des touches de rose, la pièce est noire et remplie d'éléments couleur acier. Le sol est en béton, les meubles ont un style très masculin. Il est évident que jamais une femme n'a pénétré ce lieu.

Je m'assieds et remarque que je ne porte que mon soutien-gorge et ma culotte.

— Tu veux bien me donner une seconde ?

Il acquiesce.

Je me précipite vers la salle de bain, en pestant contre moi-même de n'avoir pas eu le temps de me brosser les dents et de m'arranger un peu avant qu'il ne se réveille. Mes amies pensent que je suis folle de ne jamais laisser un homme me regarder avant que je sois un minimum apprêtée, mais je m'en fiche. C'est ma façon de rester classe. Puisque là, toute classe s'est envolée, je vais au moins réparer les dégâts et en profiter pour observer un peu.

Une fois rafraîchie, j'essaie de repérer le moindre signe prouvant que j'ai affaire à un tueur en série.

D'abord, l'étagère à médicaments.

De l'Advil.

Des rasoirs.

De l'Eau de Cologne.

Du déodorant.

Tout le nécessaire de toilette ordinaire.

En essayant de garder mon calme, je referme l'étagère et ouvre le placard qui se trouve au-dessous, espérant bien y trouver une putain de brosse à dents quelque part au lieu d'une bouteille de chloroforme.

— Ça va là-dedans ? dit Callum d'une voix profonde qui me fait sursauter à mort.

Je plaque ma main contre mon cœur.

— Ça va, mais... tu n'aurais pas une brosse à dents en rab ?

— Non. Je n'avais pas prévu de rester si longtemps ici, mais tu peux utiliser la mienne, me propose-t-il.

— C'est dégueulasse !

J'entends son rire profond et caverneux derrière la porte.

— Pourquoi ? J'ai bien fourré ma langue dans ta bouche... et à d'autres endroits aussi.

C'est vrai, mais partager une brosse à dents, ce n'est pas le même niveau d'intimité.

— Tout de même.

— Je n'avais pas prévu qu'une invitée passe la nuit chez moi, Nicole. Tu peux utiliser la mienne si tu veux, ou pas.

Oh, et puis merde. J'ai envie de l'embrasser mais j'ai sûrement une haleine de poney, alors je n'imagine même pas l'odeur.

Je regarde fixement sa brosse à dents mais ne peux me résigner à l'utiliser. Je n'en suis pas à ce point. Dieu m'a donné dix doigts, et je crois que l'un d'entre eux a une forme de brosse à dents. Il a été conçu pour me dépanner pile à ce moment.

Rapidement, j'utilise mon doigt et frotte ma bouche pour la rendre aussi propre que possible, prends une gorgée du bain de bouche qui se trouve sur le présentoir puis ressors.

Il s'est rassis sur le lit, vêtu uniquement d'un jogging. Bon sang, ça lui va bien.

— Alors, on est rentrés chez toi ?

— Je n'allais pas te laisser toute seule dans ton appartement, vu comment tu étais grise. J'ai pensé qu'ici, ce serait plus sûr.

— Comment ça « grise », j'étais triste ? je lui demande en grimpant sur le lit.

Merde. Je n'en ai aucun souvenir.

Callum me fait non de la tête.

— Non, ivre. Grise, ça veut dire ivre.

— Ah, je l'ignorais. Il va me falloir un dictionnaire de synonymes.

Je lui fais un sourire en coin. Il y a bien quelque chose d'autre dont j'aurais besoin, à commencer par sa queue.

— Tu sais, lui dis-je d'un ton coquin, j'adore le sexe matinal.

Il déplace son regard et lève les sourcils.

— Ah bon ?

— Oh, oui. C'est comme ça que tout le monde devrait commencer la journée, tu ne crois pas ?

Je m'avance vers lui sans lui laisser le choix. Je lui dois bien ça, et je dois avouer que mes motivations ne sont pas uniquement altruistes.

Callum s'assied un peu plus droit, et je lui grimpe dessus.

— Je pense que de me réveiller comme ça, c'est parfait.

— Je suis prête à parier que je peux encore t'offrir un bien meilleur réveil, je lui promets.

— Je n'en doute pas, mon cœur.

Pourquoi est-ce que ça me plaît tellement qu'il m'appelle comme ça ? Pourquoi sa façon de parler fait que je me sens aimée, même si c'est complètement dingue ? Je dois réussir à faire disparaître ces papillons qui me chatouillent le ventre pour m'éloigner de lui d'ici la fin de notre accord commercial.

J'ai trouvé un moyen très efficace de le faire taire. Je colle mes lèvres contre les siennes et il grogne. Nos langues s'entre-mêlent et cette fois, c'est moi qui prendrai le dessus. J'ai besoin de reprendre le contrôle car j'ai l'impression de l'avoir complète-ment perdu dans ma tête.

En le repoussant de tout mon poids, je le plaque contre la tête de lit et l'enfourche. Sa queue est toute dure et me frôle au meilleur endroit. Il enfonce ses doigts dans mon anus et je l'em-brasse plus fort en passant mon bras derrière mon dos pour pouvoir dégrafer mon soutien-gorge.

S'il y a une chose qui ne fait pas défaut entre nous, c'est la passion. Nous en avons à revendre.

Je me recule, en laissant ce morceau de tissu retomber entre nous deux et son regard se liquéfie, bouillonnant de chaleur.

— Nicole, gémit-il, ses lèvres à nouveau posées sur les miennes.

Je passe ma main entre nous deux et le caresse à travers son pantalon.

Mais ce n'est pas ce que je veux faire.

Je fais glisser mes lèvres plus bas et, tout en maintenant le contact de ma bouche sur sa peau, je descends jusqu'à l'endroit de l'extase.

Je passe mes doigts sous l'élastique de son caleçon, et je le baisse avant de faire de même avec ma culotte.

— J'ai peut-être raté mon coup avec cette pipe au volant, mais maintenant tu peux rester concentré sans craindre un accident, lui dis-je avec un sourire lascif.

— Tu es un putain de cadeau de Dieu.

Pour sûr que je le suis.

— Voyons voir si tu vas crier Son nom pendant que je te rends fou.

Je titille son gland avec ma langue, ravie d'entendre le bruit s'échapper de sa gorge. Au lieu de jouer avec lui, j'ouvre la bouche et le prends aussi profondément que je le peux.

— Bordel de merde ! crie Callum.

Sans vouloir me vanter, je suis vraiment une experte en pipes.

Je le suce d'avant en arrière, me noyant avec délice dans chaque gémissement et grognement de Callum. Je le lèche profondément, fort, et passe ma langue sur toute sa longueur. Ses mains agrippent mes cheveux en rythme, et je le laisse mener la danse.

— C'est ça, mon cœur. Oui, grogne-t-il, complètement abandonné. Putain, la sensation de ta bouche est tellement agréable, prends-moi profondément, m'ordonne-t-il.

Je fais exactement ce qu'il me dit. Je le prends en gorge profonde et les larmes me montent aux yeux, mais je ne m'arrête pas.

— Je ne peux plus me retenir, s'exclame-t-il.

J'apprécie qu'il me prévienne, mais je ne veux pas arrêter. Je repousse sa main de mes cheveux et commence à accélérer.

— Bon Dieu, Nicole, crie-t-il avant de devenir fou.

Une fois qu'il a éjaculé, il tire ma tête vers le haut.

— Coucou, dis-je d'un air coquin. Alors qu'est-ce qu'on dit à Dieu ?

Il ne sourit pas et ne joue pas l'effarouché. Callum semble affamé, et j'ai la sensation qu'il est sur le point de me dévorer.

Comme c'était prévisible, il plaque sa bouche contre la

mienne et me repousse contre le lit. Il prend mes seins dans ses mains et les malaxe en me pinçant les tétons. Il relève ensuite mes jambes vers le haut, en les faisant passer par-dessus ses bras. Sa queue glisse contre mon sexe et cherche à me pénétrer. Tout ce que je veux, c'est l'avoir en moi.

Je ne veux ni n'ai besoin d'autre chose que lui pour me remplir.

— J'ai besoin de te sentir en moi, j'halète.

— Ça, je veux bien te croire, nom de Dieu, me répond-il en caressant mon clitoris avec sa queue. Mais est-ce que tu as envie de moi ?

Je gémis.

— Oui.

— Il faut que j'aille chercher un préservatif, ajoute-t-il.

— Non. Tout de suite.

Je n'arrive pas à croire ce que je suis en train de dire, mais j'ai trop envie de lui pour en avoir quoi que ce soit à faire.

— Je n'ai pas de MST et je prends la pilule. Et toi ?

— Pas de MST non plus.

— Parfait. Alors pénètre-moi. Tout de suite. J'ai besoin de toi.

— Suffisamment besoin de moi pour cesser tes menaces de partir ?

Est-ce qu'il est vraiment en train d'essayer de négocier, là ?

— Callum, donne-moi ta queue.

Il se met à rire avant de m'embrasser, sans m'obéir.

— Dis-moi que tu ne vas pas t'enfuir.

— Ta queue. En moi. Maintenant.

— Dis-le.

Il glisse sa main entre nous et commence à me caresser en cercles.

— Regarde comme tu as envie de moi.

Il me fait un sourire en coin.

— Oui, eh bien ne me fais pas attendre.

— Dis-moi que tu ne vas pas t'enfuir.

Bon Dieu, c'est de la torture.

— Je ne peux pas, lui dis-je le souffle coupé.

Je brûle. J'ai besoin qu'il soulage la douleur qui me consume.

— Alors pas de signature du contrat.

— Oh mon Dieu ! je gémis lorsqu'il saisit mon clito entre son pouce et son index. Tu vas m'achever !

— Non, mon cœur, je m'assure d'obtenir ce que je veux.

— Et qu'est-ce que tu veux au juste ?

Son regard se fixe sur moi.

— Toi.

Putain. Je veux lutter contre lui, mais je n'en ai pas la force. Il me plaît trop, j'ai envie de lui et je veux être près de lui tout le temps. Je pense à sa tenue vestimentaire, je veux savoir s'il se sent seul et je me réveille toutes les nuits en regrettant de ne pas l'avoir à mes côtés. Même si ça peut sembler on ne peut plus ridicule et précipité, c'est la vérité. Je suis une idiote sur le point de craquer pour lui.

Si toutefois ce n'est pas déjà fait.

Pendant que cette idée me torture l'esprit, ses yeux restent fixés sur moi.

Il remonte la main vers mon visage en repoussant mes cheveux d'un geste tendre.

— Dis-moi oui, Nicole. Dis-moi que tu veux bien être à moi.

J'ouvre la bouche pour m'apprêter à refuser sa proposition, mais je ne peux ni lui mentir, ni me mentir à moi-même.

— Je m'étais juré de ne jamais faire ça, dis-je en toute sincérité. Ça, c'était jusqu'à ce que je te rencontre et décide d'enfreindre mes règles. Ne me brise pas le cœur, Callum.

Là-dessus, il me pénètre et m'embrasse sur les lèvres.

— Je te le promets.

J'espère pouvoir lui faire confiance, parce que s'il ne tient pas parole, je ne m'en remettrai jamais.

CHAPITRE DIX-HUIT

NICOLE

J'imprime les billets pour notre premier rencard officiel. Il m'a demandé de choisir l'activité de la journée, tandis que lui s'occupera du dîner. Callum n'a jamais pu profiter de grand-chose dans le coin, alors j'ai choisi le truc le plus américain qui m'est venu à l'esprit... un match de baseball.

Grâce à un mec toujours branché sur moi, j'ai réussi à nous avoir des places derrière la quatrième base contre les Yankees.

Juste au moment où l'imprimante crache la dernière feuille, Callum toque à la porte.

— Tu es ravissante, me lance-t-il dès qu'il m'aperçoit.

Oui, ce n'est pas faux. J'ai mis le paquet pour être jolie. Je porte un short en jean, un haut blanc, mon pull à rayures préféré par-dessus, et une casquette de baseball. Je suis sacrément sexy.

Je le laisse observer la bête – je veux dire moi – puis je le fais entrer.

Il porte un short évasé, un T-shirt gris qui moule les muscles de son torse magnifique et une casquette de baseball – même si c'est celle de la mauvaise équipe.

— Hormis ce petit détail, tu es parfait, dis-je en pointant sa casquette du doigt.

— Ce n'est pas l'équipe locale ?

— Si, mais ce ne sont pas les Yankees.

— Je ne savais pas qu'on soutenait une équipe en particulier.

— Si, justement.

Callum se met à rire.

— Eh bien, j'aime bien cette casquette, et je suis de Floride en quelque sorte, alors j'ai choisi l'équipe locale.

— J'ai envie de t'apprécier, mais je crois qu'on ne va pas s'entendre là-dessus. Je suis une vraie passionnée de baseball, mais alors quand il s'agit des Yankees... je peux avoir des réactions violentes.

— Il va falloir t'y faire, mon cœur.

Je regrette déjà ce que j'ai dit.

— Je n'exagère pas quand je dis que je peux avoir des réactions violentes. On m'a expulsée du stade la dernière fois. J'espère d'ailleurs ne pas me retrouver sur un tableau d'affichage quelque part, histoire de pouvoir entrer. Un pauvre con a commencé à railler mon joueur préféré, le numéro deux, et je lui ai dit de fermer sa gueule. Il a ri et m'a dit de poser mon joli petit cul ailleurs, puis il a commencé à hurler sur mon favori. Alors j'ai fait ce que tout fan des Yankees qui se respecte ferait... Je lui ai jeté ma bière dessus avant de lui botter les fesses.

Les yeux de Callum deviennent ronds comme des soucoupes.

— Attends... tu as fait quoi ?

— Je lui ai balancé ma boisson, j'ai sauté sur la chaise et je lui ai enfoncé son bob sur les yeux. Ensuite je lui ai pris sa bière et la lui ai consciencieusement renversée sur la tête. On m'a sortie de force du stade. Cette espèce de gros bébé pleurnichait de s'être fait mettre la pâtée par une fille.

Voilà ce qui arrive quand on me met en colère. Les Yankees, c'est la seule chose dont mon père avait quelque chose à fiche. Il m'a emmenée à tous leurs matchs chaque fois qu'ils jouaient en Floride. Nous n'en avons jamais raté un seul. J'ai assisté à la grande finale des champions à New York. Je suis une supportrice invétérée. Je ne rigole pas.

— Je ne sais pas si je dois être impressionné ou avoir peur.

— Je comprends, mais je ne plaisante pas, Cal. Je n'hésiterai pas à te faire prendre une douche à la bière si tu oses plaisanter d'une défaite de mes petits chouchous du Bronx.

Il rit et me prend dans ses bras, avant de m'embrasser sur le nez.

— Et moi qui pensais qu'il était impossible de te trouver encore plus adorable.

Mes nerfs me titillent un peu car je sais à quelles extrémités je peux parvenir. Il n'y a absolument rien d'adorable chez moi quand je regarde jouer mon équipe.

— Je pense vraiment que tu devrais laisser tomber cette casquette.

— Mais tu n'es pas sérieuse ?

— Oh, que si.

— Je ne l'enlèverai pas, me dit Callum avec un grand sourire.

— Ah, on parie alors ?

— Oui.

Merde, ce n'était pas ce que je voulais dire ; je reprends :

— Non, ce que je voulais dire c'est que je parie que tu vas le faire.

Il acquiesce.

— Je vois ce que tu veux dire, mais je ne l'enlèverai pas. Je te lance un défi. Si ton équipe gagne, tu auras droit à un deuxième rencard avec moi.

Encore une tentative de me soudoyer.

— Franchement, c'est quoi ton problème à vouloir assurer tous tes rencards ?

— Ça me rassure de savoir que nous avons des choses de prévues. Le fait de planifier m'aide à garder une certaine cohérence.

Je fais un geste de la tête. Il me semble plus cohérent que jamais, mais je me garde bien de le lui dire.

— La seule façon pour toi de rester dans mes petits papiers, c'est de devenir un vrai supporter des Yankees.

Il baisse les bras.

— Bon, alors je crois que je vais devoir trouver un autre moyen de te conquérir.

Je le regarde fixement.

— On verra ça.

Il faut que tu goûtes un hot-dog ! lui dis-je alors que nous faisons la queue à la buvette.

— Il n'en est pas question.

— Qu'est-ce que tu as contre les hot-dogs ?

Le match était vraiment génial. Callum l'a regardé de bout en bout avec émerveillement. Je n'arrive pas à croire que depuis tout le temps qu'il a passé ici, son père ne l'a jamais emmené voir un match de baseball ni quoi que ce soit. C'est ce que je préférais quand j'étais enfant.

— C'est dégoûtant.

— Mais non, c'est délicieux !

Il commande un hamburger, et moi deux hot-dogs parce que j'adore manger de la vraie bouffe d'évènement sportif.

— Il suffit d'y goûter, Cal, je le pousse un peu.

— D'accord, dit-il à la fille au comptoir. Je prendrai aussi un putain de hot-dog, puisque madame l'ordonne.

La fille sourit et lui lance un regard un peu trop appuyé. Je la fixe avec une moue désapprobatrice, attendant que son regard croise le mien pour que je puisse lui dire en langage de fille de garder ses distances. Elle finit par le quitter des yeux et a au moins la décence de sembler gênée.

Je sais qu'il est sexy – même s'il ne s'est pas mis sur son trente-et-un – mais retiens-toi un peu, poulette.

— C'était quoi, ce regard ? me demande Callum.

Génial. Il m'a surprise. Oh, et puis zut.

— Je voulais lui faire signe d'arrêter de te regarder.

— Pourquoi donc ?

— Parce que nous sommes en plein rencard, lui dis-je d'un ton péremptoire.

— Effectivement.

— Ça te plairait que je me fasse reluquer par des mecs ? je lui demande.

Il fait non de la tête.

— Je n'en ai rien à faire parce que je sais que je peux faire ça.

Callum se penche vers moi et se saisit de mon visage, entortille ses doigts dans mes cheveux et écrase ses lèvres contre les miennes. Son baiser est puissant, sexy, fort au point de me faire courber tous mes orteils, et je ne veux pas qu'il s'arrête.

Ses yeux sont pleins de passion lorsqu'il les baisse sur moi.

— J'aime tellement quand tu fais ce genre de choses.

— Les autres hommes peuvent bien te reluquer, mais moi, je suis le seul à pouvoir te toucher.

Je lui lance un sourire ironique.

— Pour l'instant.

— Ah bon ?

— Notre relation n'est pas encore établie, je lui rappelle.

En vérité, j'ai déjà franchi la ligne et suis à fond sur lui. En dehors de ses goûts merdiques en matière de base-ball, il est plutôt merveilleux.

— Et pourquoi, selon toi, ne pourrait-on pas franchir les étapes ?

Je hausse les épaules.

— Il y a certaines choses auxquelles je dois encore réfléchir.

Callum se penche sur moi et ses lèvres me caressent l'oreille.

— Peut-être que ce soir, une fois que je t'aurai satisfaite, tu changeras d'avis...

Je me recule et le regarde dans les yeux.

— Peut-être que c'est toi qui changeras d'avis.

Il hausse les sourcils et je n'ai pas besoin de l'entendre prononcer un mot pour comprendre ce qu'il veut dire.

Je vais faire tomber ton armure.

Je suis impatient de voir comment ça va se passer.

Ne tente pas de jouer à ce petit jeu perdu d'avance, Nicole.

Moi, je ne m'y risque jamais.

La fille revient avec notre commande et interrompt notre petit dialogue silencieux.

Nous ramenons le tout à notre place et je gobe presque mon premier hot-dog.

— Tu ne mâches pas ?

— Je préfère l'avaler en gorge profonde, dis-je.

Cette réflexion me vaut un regard outré du type assis de l'autre côté de Callum, mais j'en prends une autre bouchée.

— Je me prépare pour ce soir, monsieur Gros-engin.

La dame derrière moi émet une sorte de reniflement indigné, ce qui me fait sourire. J'adore mettre les gens mal à l'aise, je ne comprendrai jamais pourquoi.

Callum éclate de rire.

— Pourquoi est-ce qu'on ne part pas maintenant ?

Partir avant l'heure ? Certainement pas. On ne sait jamais ce qui peut se passer à la fin de la dernière manche. Parfois, en fin de partie, il peut y avoir des retournements de situation inattendus ou de drôles d'événements qui se produisent. Je reste jusqu'à la fin, applaudis, les félicite pour leur jeu, peu importe qu'ils aient gagné ou perdu, et m'en vais toute contente.

— J'ai encore un hot-dog à manger, et il faut absolument qu'on reste jusqu'à la fin. C'est important de féliciter les garçons d'avoir fait du bon boulot.

— J'espère ne jamais comprendre les méandres de ton esprit, c'est un endroit un peu fantasque.

Je lui souris.

— Oui, c'est vrai. J'avoue que je suis assez particulière.

— En effet, mon cœur, indéniablement.

Callum réussit une nouvelle fois à me faire fondre. J'espère qu'il va bientôt arrêter avec ses conneries.

— Alors, dis-moi, que ressens-tu vis-à-vis de moi maintenant ?

Il me regarde et semble déstabilisé par ma question. Mais

nous avons passé suffisamment de temps ensemble, et je veux savoir s'il me trouve toujours aussi géniale maintenant que je ne suis plus un nouveau jouet pour lui.

— Mon ressenti par rapport à toi ?

— Oui, tes sentiments sont-ils toujours les mêmes ou bien ont-ils un peu changé ? Je t'avais prévenu que je te demanderais d'utiliser ta machine à avancer dans le temps.

Il est surpris puis se souvient d'un seul coup de notre conversation à la pizzeria. Il lève la main pour me caresser la joue.

— Je crois que tu as volé mon cœur, Nicole, et je suis certain de ne pas vouloir le récupérer.

Mon cœur se met à battre à toute vitesse, j'ai la gorge sèche lorsqu'il me transperce du regard. Putain. Je ne voulais pas ressentir ça. Je m'étais à moitié attendue à ce qu'il se lasse vite de moi. Une partie de moi aurait même espéré qu'il se lasse pour que je puisse rejeter mes propres sentiments, devenus trop forts, et pouvoir tout laisser tomber, partir.

Je baisse les yeux pour fuir son regard intense.

— Allons voir mes Yankees chéris te botter le cul, d'accord ?

— Oui, allons-y. Après tout, si c'est ton équipe qui gagne... j'ai droit à un deuxième rendez-vous.

Callum me fait un sourire victorieux.

J'ouvre la bouche.

— Espèce d'enfoiré !

Il se penche pour m'embrasser dans le cou.

— Je te l'ai dit, je ne joue jamais à un jeu sans avoir l'intention de le gagner.

C'est ce qu'on va voir.

CHAPITRE DIX-NEUF

CALLUM

Je dois absolument retourner à Londres.

Pas seulement à cause de mon crétin de frère, mais aussi parce que je dois m'assurer que ma mère va bien. Elle a beau se raconter des histoires sur son âge, elle n'est plus toute jeune. Ma tante s'est occupée d'elle depuis que Milo a décidé de « travailler à la plage ». C'est bien ce que fait ce petit con, mais il faut qu'il soit au bureau, pas à se goberger une pinte de bière à la main.

Je saisis mon téléphone et appelle celle qui a toujours été pour moi d'un indéfectible soutien.

— Callum, dit-elle d'un ton si chaleureux que je perçois son sourire dans sa voix, quand est-ce que tu reviens ?

— Je ne sais pas, maman. J'ai encore plein de choses à faire ici.

Ce n'est pas faux, mais ce n'est pas la seule raison pour laquelle je retarde mon départ. Je suis suffisamment averti pour me douter que l'aveu d'une romance américaine va lui faire piquer une crise. Mon père, c'était le côté sombre de la vie exemplaire qu'elle a menée.

— Ton père était quelqu'un de très organisé, je ne pense pas qu'il te reste encore beaucoup à régler.

— Il ne s'est pas trop organisé quant à son décès, je la contredis.

Il a laissé des instructions pour absolument tout, mais ce n'est pas comme ça que je veux gérer les choses.

— Eh bien, moi je pense que tu devrais rentrer à Londres.

— Oui, bien sûr. Tu sais où est ton fils cadet ?

Elle soupire.

— Milo est dans le coin.

Il n'y a personne qui aime ce type plus que ma mère. Elle lui trouve des excuses, cède à tous ses caprices, et en a fait un putain de monstre.

— Mais oui, maman. Tu sais aussi bien que moi qu'il s'est barré.

— Laisse-le prendre un peu de vacances, Callum, me gronde-t-elle.

— Ah, parce qu'il n'en prend pas assez comme ça ?

Je sors mon costume pour la réunion à laquelle je dois assister dans quelques heures. Je dois retrouver Nicole ainsi que mes avocats pour signer le contrat. J'ai fait des pieds et des mains pour la convaincre d'accepter mes conditions – approfondir la relation que nous sommes en train de commencer.

— Sois tolérant, Cal. Tu te rappelles ce que ça t'a fait de perdre ton père, celui qui t'a aimé et élevé ?

Elle ne peut pas s'empêcher de revenir là-dessus. À chaque occasion, même maintenant qu'il est décédé, il faut qu'elle me serve encore son baratin. Elle reprend :

— Milo ne s'en est jamais remis. En plus, il pense que tout a été si facile pour toi...

C'est reparti pour un tour. J'ai déjà entendu cette histoire un millier de fois, et tout ce que je l'entends dire, c'est que mon frère est d'une nature fragile. Ça n'a jamais été plus facile pour moi. OK mon père biologique était plein aux as et m'a aidé à faire démarrer Dovetail au Royaume-Uni, mais il s'est bien foutu de moi. Rien n'a été facile, on ne m'a rien offert sur un plateau d'argent. Tout ce que j'ai fait, on l'a exigé de moi et je l'ai mérité.

Je ne suis jamais allé pêcher avec mon père en vacances. Rien n'a jamais été drôle pendant ma putain d'enfance, mais d'après Milo, je suis né avec une cuillère en argent dans la bouche, alors que lui a tout juste été bon à manger des graviers. C'est d'un ridicule achevé.

— Nous ne sommes pas d'accord là-dessus, mais maman, j'ai quelque chose à te dire…

Il faut que je lui dise que si ma réunion d'aujourd'hui se passe comme prévu, je vais lui ramener une Américaine à Londres pour un certain temps.

Souhaitez-vous discuter de points qui n'ont pas encore été évoqués ? me demande mon avocat en tirant le contrat de son portfolio.

Je me retourne vers Nicole.

— Oui.

— Ah bon ?

— Oui.

Elle rapproche ses sourcils et je la trouve tout bonnement à croquer.

— Je veux être sûr de deux choses une fois ce contrat signé.

Je glisse sur ma chaise mais redresse les épaules. Je ne sais pas si elle y consentira, mais si c'est le cas, je renoncerai à l'engager. Je lui payerai tout ce qu'elle voudra pour l'empêcher de sortir sa carte minable du « je travaille pour vous ».

— Lesquelles ?

— Je veux avoir la certitude que ce que tu m'as dit l'autre soir tient toujours. Et je veux ce deuxième rencard comme convenu.

Elle ouvre grand la bouche, choquée.

— Callum, tu es sérieux ?

— Tout à fait. Je veux te l'entendre dire. Je signerai quand même les papiers, mais tu me briseras le cœur.

Elle lève les yeux au ciel et je perçois un éclair de malice dans son regard. Elle se tourne vers mon avocat.

— On a couché ensemble, et je lui ai dit qu'une fois ce contrat signé, ce serait la fin de... vous savez, nos batifolages. Ensuite ce petit con m'a corrompue...

— Corrompue ?

Ce n'est même pas vrai. Je reprends :

— Je ne crois pas que c'était mon intention, mon cœur...

— Bien sûr, tu appelles ça comment, toi, refuser...

— On a compris, je la coupe.

Ça ne lui pose vraiment pas problème de parler sans filtre.

— D'accord, j'essaie seulement de faire comprendre à ce gentleman fort présentable qu'il m'a tout à fait corrompue. Mais je t'ai promis de ne pas tout arrêter une fois ce contrat signé par les deux parties, et je tiendrai parole.

— Compris, je lui souris. Deuxième clause.

Nicole se recule, les bras en croix sur sa poitrine.

— Il n'y a qu'un seul point sur lequel nous nous sommes mis d'accord, monsieur Huxley.

— J'en suis conscient, madame Dupree.

— Alors il n'y a qu'une seule clause, et nous en avons déjà discuté.

Elle a tort.

— J'en ai une autre en tête.

— Ah bon ? dit-elle en se mettant à soupirer. J'ai hâte de l'entendre.

J'ai l'impression qu'elle n'est pas trop emballée, mais il faut que mon plan fonctionne. J'ai des affaires à régler à Londres dont je ne peux pas repousser l'échéance, mais j'ai aussi le pressentiment que dès que je serai parti, elle se verrouillera complètement. C'est donc la seule façon de diminuer un peu les risques.

Elle n'est pas au courant, mais à la soirée chez son amie, Heather m'a pris à part et m'a raconté un peu comment était Nicole à l'adolescence. Elle m'a dit qu'elle avait très peur de la solitude et que parfois, elle fuguait de chez elle en pleine nuit pour rentrer dans la chambre d'Heather en passant par la fenêtre, et se couchait par terre. Lorsque Heather se réveillait, Nicole lui expliquait qu'elle avait une peur bleue du silence.

J'ai vu la douleur et la peur au fond d'elle, et je veux seulement la soulager.

Avec un peu de chance, nous pourrions mutuellement nous soulager de nos peines...

— Je veux que tu m'accompagnes à Londres pour notre deuxième rencard.

Elle lâche un petit rire.

— Non.

— Pourquoi pas ?

Je me doutais que ça n'allait pas être facile, rien ne paraît simple avec elle.

— Parce que j'ai un travail ici.

— Tu as une entreprise ici, et maintenant tu travailles pour moi.

Nicole plisse les yeux.

— Je n'ai rien signé du tout, alors techniquement...

Elle prononce ce dernier mot à demi-voix et me lance un regard froid.

Elle est donc en train d'insinuer qu'elle n'a pas de mission. Je tombe des nues sur ce coup.

— Tu aurais le cran de décliner ma proposition de travail.

— Je dis seulement que tu n'es pas mon patron.

— Non, mais je te demande seulement...

— Tu ne me demandes pas, tu essayes de me forcer à accepter, bougonne Nicole.

— Je te demande pardon, dis-je en posant ma main sur ma poitrine. Accepterais-tu de venir à Londres avec moi ?

— Pour quoi faire ?

Pourquoi est-ce qu'il faut que tout tourne toujours au putain de combat ? Je voudrais le lui hurler mais je pense aussi à ses craintes et à combien il a été difficile de la convaincre de me laisser l'apprivoiser un peu. Plutôt que de le lui réclamer comme d'habitude, je décide de lui dire la vérité.

— Parce que je ne veux pas me retrouver loin de toi. Parce que je veux passer autant de temps que possible avec toi. Je veux te montrer ma vie, mon travail, et j'espère que tout cela sera une bonne raison de plus pour toi de vouloir rester à mes côtés.

Ses lèvres tressaillent légèrement, puis je la vois rentrer dans sa carapace.

— Autre chose ?

Ca y est, j'ai réussi à l'avoir à présent.

— Oui, mon cœur, je te veux dans mon lit toutes les nuits.

Elle gigote sur sa chaise.

— Très bien. Je vais y réfléchir.

CHAPITRE VINGT

NICOLE

— Fiche-moi la paix, je suis fatiguée, je marmonne alors que Callum me secoue pour me réveiller.

Son petit rire et sa voix grave me parviennent à l'oreille.

— Réveille-toi, ma chérie. On va bientôt atterrir.

Je n'ai pas pris de vol long courrier depuis une éternité et cela me faisait un peu peur, mais bon sang, ce vol n'avait rien d'ordinaire. Callum nous a réservé deux sièges en première classe, service premium. Nous pouvons allonger nos sièges et disposons d'un oreiller à mémoire de forme, une cabine de verre autour de nos sièges pour plus d'intimité, et de quoi manger.

Oh, la bouffe. Un vrai buffet à volonté. Sérieusement, je crois qu'à partir de maintenant, je vais être on ne peut plus exigeante sur tous les vols que je prendrai dans ma vie.

Retirant mon masque de sommeil, je m'étire.

— S'il le faut...

— Il le faut.

— À quelle heure prend-on le thé avec la reine ? je demande.

Callum se met à rire doucement. Je lui ai posé au moins dix fois cette question et chacune de ses réponses a été on ne peut plus drôle. Je suis impatiente d'entendre ce qu'il va me sortir maintenant.

— Je l'ai appelée et lui ai laissé un message, je te tiendrai au courant si jamais elle nous a réservé une petite place.

Je remarque qu'il lève les yeux, et ce petit sourire qu'il essaie de cacher. Il me trouve mignonne, sûrement.

— Bien. J'espère qu'elle est prête à accueillir la princesse Américaine que je suis.

— Tu es complètement dingue.

— Je suppose que ça signifie que tu me trouves belle, drôle, et que tu es complètement fou de moi.

Callum fait un signe de tête et me prend la main. Il la porte à ses lèvres, me faisant chavirer le cœur.

— Je pense te l'avoir prouvé à de nombreuses reprises, Nicole. Il m'est tout bonnement impossible de te résister.

Comme s'il était le seul à ressentir cela. Je lui souris malgré moi.

— Eh bien, je suis dans un avion en ce moment même, je pense que ça en dit long sur ce que je ressens pour toi.

Il me sourit.

— Tout cela fait partie de mon plan, ma chérie.

Je repense à l'autre soir, me rappelant quelques bribes de sa réponse quand je lui ai demandé pourquoi il m'appelait ma chérie. J'ai vraiment cru que j'étais en train de rêver, jusqu'à ce que je réalise que c'était bel et bien la réalité. Le fait est que dès l'instant où j'ai rencontré Callum, j'ai su qu'il avait quelque chose de spécial. Quelque chose au-delà de son apparence outrageusement splendide, de sa prestance et de son air confiant qui l'enrobent tels un coulis de chocolat chaud sur une boule de glace.

Tout mon univers semble s'être étrangement illuminé, sensation qui m'était complètement étrangère depuis... lui.

C'était comme si j'avais voulu me jeter dans ses bras sans même le connaître.

Et maintenant, je le suis de l'autre côté de l'Atlantique parce que je suis triste à l'idée d'être loin de lui.

Bien sûr, il a dû faire beaucoup de concessions de son côté, mais j'étais prête à le faire de toute façon. Je n'allais pas le laisser tomber aussi facilement.

— Est-ce qu'on a quelque chose de prévu ou bien on improvise ? je lui demande.

Il hausse les épaules.

— J'ai déjà quelques idées.

Je remue les sourcils.

— Des idées coquines, j'espère.

— Toujours.

— Bien, je rétorque en me penchant vers lui pour l'embrasser sur les lèvres. Les plans coquins, c'est ce que je préfère.

— Moi aussi.

Voilà pourquoi je suis tombée amoureuse de cet homme aussi rapidement.

— Ce n'est pas le palais royal, ça ! dis-je alors que nous nous tenons face à Buckingham Palace.

C'est tellement… différent de l'idée que je m'en étais faite.

— Si, vraiment, dit Callum.

— C'est… minuscule !

Il me regarde comme si j'avais perdu la tête.

— Minuscule ? Dans quel putain de monde tu vis pour trouver que *ça* – il pointe le bâtiment du doigt – c'est minuscule ?

— Mec, je ne peux même pas dire que c'est grand ! dis-je dans un soupir de déception.

J'avais rêvé d'un gigantesque château qui, selon moi, allait me faire pâlir d'envie à l'idée de le décorer. Ce n'est pas comme ça que je le voyais. C'est mignon et plutôt pas mal, mais si j'étais passée devant, à côté de la grande grille, j'aurais pensé à un bâtiment quelconque.

— Je ne savais pas que la taille faisait partie du cahier des charges pour la construction d'un palais.

Où est la tourelle ? Et le fossé alors ? Est-ce du haut de ce balcon que Diana faisait signe à la foule ? Il avait l'air tellement plus grand à la télé !

Je renifle d'un air déçu.

Callum lève les yeux au ciel.

— Tu es ridicule.

— Nous le savons tous les deux, oui, mais tu m'aimes bien quand même.

Je le serre dans mes bras au niveau de la taille tandis qu'il laisse échapper un petit rire tendre.

— Oui, je t'aime bien. Vraiment beaucoup, dit Callum en m'embrassant sur le sommet de la tête.

Alors je n'en ai plus rien à faire du Palais ni de rien d'autre.

Toute la journée, il m'a promenée dans Londres, m'a montré plein de choses, m'a présenté les coutumes et l'histoire du pays. Cette ville est extraordinaire. Il y a tellement de magasins, et il est impossible de ne pas être saisi par l'architecture des bâtiments.

— Bien. Maintenant dis-moi où je peux trouver Harry Potter.

— Il faut que tu arrêtes de regarder tous ces films et ces séries, affirme Callum en rigolant, et nous marchons un peu.

— Je t'en supplie, je veux pouvoir dire à Finn que j'ai été admise à Poudlard !

Le fils de Kristin est le plus gros fan d'Harry Potter que je connaisse. Il a lu tous les livres et regardé tous les films des dizaines de fois. Moi, je suis la tatie cool de notre petit groupe, alors je lui ai laissé me raconter tout ce qu'il savait pendant des heures. Je lui ai même raconté quelques anecdotes qu'il ne connaissait pas. Je ne me contente pas de chercher des informations intéressantes juste pour garder mon titre, je l'ai aussi emmené au parc à thème Harry Potter à Orlando, en bonne championne du soudoyage.

Ces gamins, c'est le genre d'enfants que j'aime bien. Puisque je ne prévois pas d'en avoir dans un futur proche, je les gâte comme pas permis et je rigole quand j'entends leurs parents pester contre moi.

Callum me tire à lui.

— Je te jure qu'Harry Potter n'habite pas ici.

— Tu as le chic pour réduire mes rêves à néant.

— Je te laisserai jouer avec ma baguette magique, me promet-il.

— Ah, parce qu'elle est magique en plus ?

— Eh bien, elle grandit.

— Et il y a des trucs qui lui sortent par le bout.

Callum s'arrête et laisse échapper un rire tonitruant.

— Et moi qui pensais que tu ne pouvais pas être plus parfaite pour moi !

Je lui souris.

— Je suis parfaite de manière générale.

— Assurément.

J'ai le bonheur d'aimer un homme qui me trouve super. C'est vraiment la meilleure chose qui me soit jamais arrivée. Tous les types avec qui je suis sortie auparavant ne se souciaient pas beaucoup de me faire rire ou sourire. Mais à leur décharge, je n'ai jamais rien cherché de sérieux avec eux.

Avec Callum, je trouve que tout est beaucoup plus naturel. Avec lui je n'ai pas besoin de faire un effort pour avoir... peu importe ce que c'est.... Nous sommes compatibles, et ces dernières semaines, j'ai fait plus de choses avec lui qu'avec n'importe quel autre homme pendant toutes ces années.

Le fait que je lui ai présenté ma bande de potes en dit long sur l'estime que j'ai pour lui.

Cette petite bande est plus importante que ma famille à mes yeux.

Et tous l'adorent, putain. Sans mentir, Kristin m'a même dit que si on rompait, ils prendraient son parti après la séparation et que je me retrouverais toute seule.

Cette bande de connasses, quelles sacrées amies.

— Tu sais ce que je suis d'autre, également ? je lui demande. Totalement morte. On va encore marcher combien de temps ?

J'ai besoin d'une bonne sieste et d'une partie de jambes en l'air, dans cet ordre de préférence.

— Il faut que tu restes éveillée. Crois-moi, tu regretterais de dormir maintenant.

— C'est avec toi que je veux dormir, lui dis-je en levant la main vers son torse.

— Je te promets de te donner satisfaction mais pour le moment, rester éveillée et active est le seul moyen de t'habituer au décalage horaire.

— Espèce de rabat-joie.

— Tu me remercieras demain.

Même si j'ai dormi dans l'avion, je me rends compte que le décalage horaire fait véritablement effet sur moi. Il n'est que dix-huit heures ici et j'ai l'impression que je ne pourrai pas tenir deux heures de plus, mais Callum refuse de me laisser me reposer ne serait-ce que le temps d'une sieste rapide.

— Ça ne va pas être possible, je crois, lui dis-je. J'ai envie de dormir.

Il s'arrête, pose ses lèvres sur les miennes et me cloue sur place. Il force mes lèvres à s'ouvrir et glisse sa langue dans ma bouche. Est-ce que je suis vraiment si fatiguée ? Je n'en suis plus si sûre, car tout ce dont j'ai envie à présent, c'est de me blottir contre lui. Il glisse ses mains le long de mon dos et me serre fort contre sa poitrine.

Je me fiche que nous soyons en plein milieu d'une rue de Londres ou encore qu'il me soit si agréable de fermer les yeux... Ses lèvres me donnent le petit coup de fouet dont j'ai bien besoin.

Callum se recule trop tôt.

— Il faut qu'on avance un peu pour le mériter encore... dans quelques heures.

— C'est pas juste.

— C'est pas jutse pour moi non plus d'avoir ton corps tenta-teur sous le nez, et de me forcer à retenir mes mains baladeuses. Mais nous devons tous accepter de souffrir.

— Tu vas souffrir plus tard.

— Toi aussi, mon cœur.

Nous commençons à descendre la rue. Je repose ma tête sur son bras, en partie parce que je veux me sentir proche de lui, mais aussi parce que cela me demande beaucoup d'énergie de garder la tête droite.

Nous nous arrêtons ensuite face à un bâtiment, et je m'arrête net. Je reste plantée là, bouche bée.

— Waouh ! je soupire en posant une main sur sa poitrine. C'est plutôt ça qui devrait faire office de palais !

— C'est l'abbaye de Westminster, m'informe Callum.

— Aucun doute, c'est magnifique. Le bâtiment est majestueux et c'est à ça que je m'attendais en imaginant Buckingham Palace.

— Je t'assure que le Palais royal est réellement immense. Il n'y a pas de petites économies quand il s'agit de la famille royale. Il y a énormément de pièces. Le Palais compense son humble hauteur par son volume. Par ailleurs, la famille Royale a plusieurs châteaux à sa disposition, tous d'un style architectural différent.

— Qu'importe. Ils devraient tous au moins avoir des douves, je répète. À quoi ça sert de construire un palais sans fossé, bon sang ? Je n'en vois aucun, nulle part.

— C'est un palais, pas une forteresse, mon cœur. Je suis certain que tous les châteaux forts qu'ils possèdent ont des douves.

— Question de vocabulaire.

— Viens, dit-il en me tirant vers lui.

Tout est si splendide. La pierre, les dorures et les détails d'une finesse inouïe donnent à l'ensemble le sentiment que le bâtiment était fait pour être là. C'est tellement magnifique que ça en devient presque magique.

Callum me fait faire le tour du bâtiment, en m'expliquant les différents évènements dont cet endroit a été le théâtre, et je suis émerveillée. Je ne suis pas sûre pourtant de comprendre vraiment ce qu'il me raconte car je ne peux plus me concentrer sur rien. Je suis submergée d'informations et je veux toutes les retenir.

— C'est magnifique, dis-je en regardant autour de moi.

— Oui, c'est vrai, me répond-il, la voix chargée d'émotion.

Je me retourne pour voir ce qu'il regarde, mais il a les yeux posés sur moi.

— Qu'est-ce qui est magnifique ?

Il fait un geste de la tête.

— Toi.

Il est tellement adorable, putain. Pourquoi faut-il qu'il soit si parfait ? Quel défaut pourrais-je bien lui trouver pour empêcher mes sentiments pour lui de grandir ? Il y a forcément anguille sous roche... il va me baiser, mais pas dans le bon sens du terme, je le sais.

Les hommes comme lui ne sont pas faits pour rester parfaits longtemps. Un homme aussi génial a forcément un défaut majeur – c'est la nature des choses, un point c'est tout. Callum est la réponse lumineuse à toutes mes prières, mais il pourrait également me plonger dans l'obscurité s'il me quittait.

— Arrête donc d'être aussi merveilleux, je lui ordonne.

— Je ne suis pas merveilleux.

— Si, tu l'es. Vraiment.

— Peut-être suis-je exactement l'homme qu'il te faut, dit-il en me caressant la joue.

— Ou alors tu pourrais être celui qui me tirera au trente-sixième dessous.

Il effleure ma lèvre avec son pouce.

— Je ne veux pas te tirer au trente-sixième dessous.

Je regarde intensément ses yeux bleus et lui attrape ferme-ment le poignet.

— Alors ne me mens jamais.

— Je ne te mentirai jamais.

Et je le crois. Du plus profond de mon être, je pense sincè-rement qu'il fera de son mieux pour ne jamais me blesser ni me mentir. Chaque jour que nous passons tous les deux, mon cœur s'attache encore plus au sien, pour ne faire qu'un. Comme les vignes, nos cœurs s'enlacent, s'entremêlent, se renforcent, devenant plus forts ensembles qu'ils ne l'auraient jamais été séparément.

Si je n'étais pas venue ici avec lui, je l'aurais regretté, et je ne veux plus jamais ressentir cela.

Je pose mon autre main sur sa poitrine.

— J'ai vu tout ce que j'avais à voir ici.

— Vraiment ?

J'acquiesce.

— Emmène-moi chez toi. J'ai autre chose en tête pour me maintenir éveillée.

Il sourit et me fait presque sortir de force de l'église.

Oui, je suis certaine d'aller droit en enfer, mais le trajet jusque là-bas promet d'être on ne peut plus fantastique.

CHAPITRE VINGT-ET-UN

CALLUM

Je veux lui faire découvrir le monde. Partout où l'on va et quoi que l'on fasse, son visage s'illumine. J'ai passé l'essentiel de ma vie ici et plus rien ne m'impressionne, mais voir tout cela à travers les yeux de Nicole m'a fait tomber amoureux de Londres encore une fois.

Et amoureux d'elle aussi.

M'en rendre compte m'a noué l'estomac. Tout est allé si vite. C'est complètement stupide de laisser mes sentiments s'emballer si vite, mais je ne suis plus un gamin. Je sais ce qu'est l'amour. Je l'ai déjà ressenti, tenu entre mes bras, j'y ai déjà goûté et je l'ai perdu. Pour elle, ce sentiment est plus fort que tout ce que j'ai pu ressentir jusqu'à maintenant. Si ce n'est pas de l'amour, alors c'est encore mieux et je ne veux pas la laisser s'échapper

— Callum ! m'appelle Nicole en agitant la main.

Bon Dieu, elle est sublime.

Je ne suis qu'un pitoyable idiot.

Ce matin, elle m'a demandé de l'emmener à la Tour de Londres. Elle n'a pas vraiment eu besoin de me supplier, j'avais déjà acheté les billets. Elle n'a pas arrêté de me parler des Tudors et d'Anne Boleyn qui a été décapitée ici.

Si j'avais dû l'écouter parler pendant encore des heures, me dire à quel point l'acteur qui jouait le roi était sexy, je pense que j'aurais rapidement perdu mon sang-froid, du coup j'ai vite accepté.

Nous sommes sur place désormais, et le moindre petit détail la passionne. Les douves, les gardes d'apparat, le fait qu'il y a de vraies habitations ici et même... les décapitations. Elle adore que ce genre d'exécution ait été réel.

— Regarde ! s'exclame-t-elle en apercevant le monument de verre, c'est ici que le roi Henry a ordonné la décapitation de sa femme. C'est génial, non ?

— Génial ? Je dois dire que ta fascination à ce sujet commence à m'inquiéter.

— Ça fait partie de ton patrimoine.

Je lève les yeux au ciel.

— Je ne suis pas de sang royal, alors non, ça ne fait pas trop partie de mon patrimoine. Par ailleurs, la peine capitale est toujours en vigueur chez vous, en Amérique.

Nicole se met à rire sèchement.

— Oui, on refile des médocs aux condamnés pour qu'ils dorment ! Ce n'est pas la même chose. Vous, vous étiez de vrais barbares. Vous les forciez à rester debout dans cette tour à regarder l'endroit où ils allaient passer de vie à trépas. C'était en quelque sorte les préliminaires d'une séance de torture psychologique. Ensuite, vous les faisiez descendre de la tour en les obligeant à regarder la foule.

— Tu sais ça par expérience ?

— Chut, dit-elle en levant la main. J'ai vu ça dans *Les Tudors*. Ensuite vous les faisiez s'agenouiller et...

Elle simule un bruit d'étouffement en faisant semblant de se trancher la gorge avec son doigt.

— Pouf, plus de tête.

J'ai vraiment peur là, maintenant.

— Fort heureusement tu n'étais pas là à cette époque, lui dis-je en faisant un pas vers elle.

Mon envie de la toucher se fait toujours forte, mais quand elle a baissé son glaive, impossible de lui résister. Je passe mes bras derrière son dos pour pouvoir la tenir serrée contre ma poitrine.

— Ah oui ? Pourquoi ça ?

— Eh bien, si tu avais vécu à cette époque, les hommes auraient fait la queue pour te faire la cour. Il m'aurait fallu trouver un moyen de les éliminer pour pouvoir être ton prétendant.

— J'aurais été une fille du petit peuple – encore pire, une étrangère, ajoute-t-elle en hoquetant.

— Ça, jamais. On aurait trouvé le moyen de faire de toi une dame de sang royal. Jamais une personne aussi jolie que toi n'aurait pu être une roturière.

— Oooh, tu m'aimes bien, on dirait.

— Mon affection pour toi dépasse la simple appréciation.

Je voudrais bien lui dire que je l'aime, mais je sais que ça va complètement l'effrayer. Avec elle, je sens qu'il faut impérativement faire preuve de patience.

— Eh bien, c'est moi qui éprouve une affection pour toi qui est supérieure à une simple appréciation.

Elle se penche vers moi et m'embrasse.

Je ne suis pas sûr qu'on parle de la même chose, mais c'est possible. Il n'y a qu'une seule façon de le savoir.

— Je veux que tu fasses connaissance avec ma famille, et plus particulièrement avec ma mère.

— Pourquoi ?

— Et pourquoi pas, nom d'un chien ?

Elle me fait non de la tête en souriant.

— Non, je ne dis pas que je n'en ai pas envie, mais je te demande pourquoi tu estimes que c'est nécessaire. Notre relation est encore récente.

— Oui, et j'ai déjà dû te manipuler pour te faire venir ici. Ne me rappelle pas à quel point tu es difficile à apprivoiser.

— Comme c'est charmant.

Je lui fais un sourire en coin.

— Je t'ai déjà suffisamment charmée pour te faire enlever ta culotte.

Nicole éclate de rire.

— Je ne peux pas le nier, mais... soupire-t-elle. Je serais curieuse de savoir pourquoi tu veux que je fasse connaissance avec ta famille.

Comment puis-je lui expliquer sans avoir l'air d'un imbécile ?

— Tu ne veux pas les rencontrer ?

— Si, bien sûr.

— Pour quelle raison veux-tu les rencontrer, alors ?

J'en profite pour retourner la situation.

— Je vois ce que tu essaies de faire.

Ses yeux s'illuminent et elle se mord la lèvre inférieure.

— Et qu'est-ce que j'essaie de faire au juste ?

— Tu recommences à utiliser ton pouvoir charismatique sur moi.

Ça a toujours fait partie de ma stratégie avec elle. Pas parce que je veux fanfaronner, mais parce que ça me rend heureux d'être à ses côtés. Elle est drôle, incroyablement sexy, intelligente... la personne parfaite pour moi dans tous les sens du terme.

En plus de tout cela, Nicole comprend ce que cela implique de diriger une entreprise.

Lorsque je lui ai dit que j'avais encore un peu de travail à faire l'autre soir, elle a souri, pris sa liseuse et s'est assise sur le canapé à côté de moi. Elle ne m'a pas fait de chantage et ne s'est pas plainte de vouloir passer plus de temps avec moi, ou de ne pas être ma priorité.

J'adore sa façon de parler sans filtre. Parfois, ses paroles peuvent être inappropriées, mais elle s'en fiche, elle reste comme elle est.

Ça ne peut être que très attirant.

— Si j'essayais vraiment de jouer de mes charmes, lui dis-je en ramenant ses cheveux en arrière, je te dirais peut-être que je veux que tu rencontres ma famille parce que mes sentiments pour toi sont bien plus profonds que tu n'es prête à l'entendre. Je te dirais que je veux que tu rencontres ma famille parce que je veux t'avoir à mes côtés longtemps, et que te présenter à ma famille est important pour moi. Mais je n'essaie pas de jouer de mes charmes, alors je te dirai que je veux que tu rencontres ma famille parce que tu es là, et après tout, pourquoi pas.

Elle se met sur la pointe des pieds et me donne un autre petit baiser, rapidement.

— Si tu usais de tes charmes, ce qui – comme tu l'as dit – n'est pas le cas, je trouverais ça adorable.

— Vraiment ?

Nicole hausse les épaules comme si elle était indifférente à tout cela.

— Eh bien, je préfère ça plutôt que quelque chose du genre, me faire rencontrer ta famille pour me faire décapiter ensuite.

— Sérieusement, mon cœur, il y a aussi d'autres choses dans la Tour de Londres.

Son visage s'illumine.

— Tu veux dire que la tête d'Anne Boleyn est exposée ici même ?

— Je n'en ai pas la moindre idée. Je parlais des joyaux de la Couronne.

— Oh, j'adore les diamants !

Ça ne me surprend pas du tout. Je ne connais aucune femme qui n'aime pas les diamants.

— Bien, et si nous allions voir ça ?

Elle acquiesce.

— Et nous verrons bien si sa tête y est ?

Bon Dieu.

— Si ça peut te faire plaisir.

Nicole passe ses bras autour de ma taille alors que nous nous mettons à avancer.

— Tu me rends vraiment heureuse.

Je l'embrasse sur le dessus de la tête.

— J'en suis ravi.

Je sors de la douche et attrape mon portable. J'ai deux appels manqués dont je ne veux pas m'occuper maintenant. En retournant vers la chambre, j'enveloppe mes cheveux dans une serviette et m'arrête lorsque je pose les yeux sur elle.

Nicole est couchée sur le côté, ses cheveux blonds déployés autour d'elle et je dois avouer qu'à chaque fois que je la vois, elle est à couper le souffle.

Je grimpe sur le lit derrière elle et glisse mon bras sous sa tête tandis qu'elle se blottit tout près de moi.

Nicole se retourne et nos regards se croisent.

— Coucou.

— Rendors-toi, lui dis-je.

Elle pose ses mains sur mon torse nu.

— Je trouve ton corps magnifique.

— Vraiment ?

Elle acquiesce.

— Vraiment. Tellement, même que je voudrais pouvoir le toucher un peu plus.

— Rien ne t'en empêche.

Elle fait glisser ses doigts le long de mon cou et dessine une ligne le long de mon torse, lentement – tellement lentement que c'en devient douloureux.

— Je crois que c'est ce que je préfère chez toi, déclare-t-elle en saisissant ma queue.

— Je peux te dire qu'elle t'aime beaucoup, mon cœur.

Vraiment vraiment beaucoup.

Je m'allonge sur le dos et la tire au-dessus de moi.

— Embrasse-moi, je lui ordonne.

Nicole obéit. Ses lèvres se posent sur les miennes, et c'est comme si nous passions d'une flamme espiègle à un feu ardent en l'espace de quelques secondes. C'est tout l'effet qu'elle me fait, elle me rend fou d'un simple baiser. Je veux la prendre, la posséder, pour qu'elle n'oublie jamais qui la touche comme ça.

Je ne veux pas faire ça ce soir seulement, mais tous les jours de ma vie.

Le simple fait d'y penser m'effraie, mais ensuite elle glisse sa langue contre la mienne et je n'y pense plus.

— Pourquoi c'est si agréable avec toi ? me demande-t-elle.

— Parce que c'est écrit.

Elle gémit et nos bouches s'affairent de nouveau l'une contre l'autre. Je saisis ses fesses dans mes mains – c'est l'une des parties de son anatomie que je préfère – et glisse mon sexe contre le sien.

— Bon Dieu ! La sensation devient meilleure à chaque fois.

C'est l'expérience. Chaque fois que je suis avec elle, je trouve quelque chose de nouveau qui lui plaît.

Je fais de nouveau un mouvement arrière pour la forcer à gémir.

— Tu aimes ça ? je lui demande lorsqu'elle gémit encore une fois, et je m'efforce de mémoriser ce son, pour pouvoir la faire crier ainsi de nouveau à l'avenir.

J'adore observer comme elle cambre le dos après que je lui ai léché la zone autour de son oreille.

De petites choses qui, mises bout à bout, vont produire quelque chose de grandiose.

Je nous fais rouler tous les deux pour pouvoir m'appuyer contre elle. Ma bouche descend le long de sa poitrine et je saisis son téton dans ma bouche en le suçant fort. Je lui en titille le bout et elle accroche ses mains dans mes cheveux.

— Oui ! gémit-elle.

— Je veux t'entendre, je lui rétorque.

— Fais-moi hurler.

Je fais de même avec son autre sein, pour pouvoir l'amener au bord de l'orgasme, mais je ne veux pas la faire venir tout de suite. J'ai prévu autre chose.

Je glisse ma main entre nous deux, et lorsque je trouve son clitoris, je le caresse tout en lui suçant le sein. Chaque fois qu'elle émet un râle, je m'arrête.

— Ne me torture pas comme ça, me supplie-t-elle.

Il n'est pas question que je lui cède, bon sang. Je veux la goûter. Je descends le long de son corps parfait, écarte ses longues jambes et savoure le soupir qui lui sort de la gorge.

— Voyons voir si nous pouvons donner envie aux voisins de taper du poing sur les murs, qu'en dis-tu ? dis-je avant de poser ma langue sur son clitoris gonflé.

— Oui, me crie-t-elle alors que je commence ma besogne.

Un homme devrait aimer ça autant que la femme à qui il donne du plaisir. Je sais que c'est mon cas. Même si le plaisir que j'en tire est d'une nature différente, cela me procure une sensation géniale de lui donner plus que ce qu'elle peut encaisser. Nicole courbe l'échine tandis que je fais différents mouvements avec ma langue.

Je me cambre plus vite contre elle, la pénètre avec deux doigts et me retrouve à un cheveu de perdre ce putain de contrôle lorsque je sens qu'elle commence à s'agripper à moi.

Je veux qu'elle vienne autour de ma queue, pas de mes doigts.

Au lieu de l'exciter encore plus, je m'arrête.

— Qu'est-ce que... me demande-t-elle, mais je la retourne sur le ventre.

Rapidement, je lui relève le postérieur et entre d'un coup en elle.

— Putain ! je me mets à rugir.

— C'est tellement bon ! me répond-elle.

Je m'enfonce plus profondément en elle et savoure la sensation de sa chaleur. Je lui colle une fessée et elle se met à crier.

— Oui ! Callum !

Je savais qu'elle aimait le sexe sauvage. Je lui en colle une deuxième et elle se crispe autour de ma queue.

— Putain ! crie-t-elle lorsque le moment est arrivé pour elle de venir.

Ses hanches se ruent en arrière et sa tête vient s'écraser contre l'oreiller. Je la regarde jouir avec émerveillement et continue de la culbuter.

— C'est ça, mon cœur.

Je me retire et la retourne sur le dos pour pouvoir voir son visage. C'est toujours aussi bon de la sentir autour de ma queue lorsque je la pénètre à nouveau.

— Je ne veux pas que ça s'arrête, dit Nicole.

— Oh, ça ne va pas s'arrêter de suite, n'aie crainte.

— Je veux dire, nous deux...

— Ça ne sera pas le cas, je lui promets. Je ne te lâcherai pas de sitôt.

Elle sourit avant de me caresser la joue.

— Est-ce qu'on n'est pas un peu fous ?

Je lui embrasse les lèvres en essayant de voir clair dans mes pensées. Ce matin même, je me suis posé la même question. Suis-je fou de ressentir ça, ou sommes-nous tous les deux conscients de la vraie nature de notre relation parce que nous sommes faits l'un pour l'autre ? Si Nicole s'en allait à présent, je serais perdu sans elle. C'est incroyable, mais c'est vrai.

Mes sentiments pour elle sont peut-être irrationnels mais ils sont sincères.

Je veux l'emmener en Italie, en France, en Grèce, partout où elle voudra.

Je veux lui donner tout ce qui lui fait envie.

Je veux lui montrer que rien ne m'importe plus que nous deux.

Je sais quoi répondre à sa question.

— La seule chose qui serait complètement folle serait d'ignorer nos sentiments respectifs, quels qu'ils soient.

Ses doigts caressent le semblant de barbe que j'ai sur le visage.

— Alors ne faisons pas de folies.

— Non, tu as raison.

Nous ne nous disons plus un mot et l'atmosphère entre nous évolue vers quelque chose de plus doux. La passion ne faiblit pas entre nous. Elle s'est seulement muée en un sentiment plus profond que ni elle ni moi ne sommes prêts à admettre pour le moment : l'amour.

CHAPITRE VINGT-DEUX

NICOLE

— Non, tu n'y comprends rien, Danni. Sa maison, c'est juste dingue ! lui dis-je tandis que je fais le tour des lieux à pas de souris. Il veut me faire rencontrer sa mère aujourd'hui, et c'est complètement fou parce que... les rencontres avec les mères de mes plans cul, ce n'est pas mon truc. Il veut aussi me faire rencontrer son frère, que j'ai vu en photo, et bon sang de merde, il est ultra sexy.

— Alors tu penses qu'en fouillant dans ses affaires, tu vas pouvoir bâtir une relation sérieuse ?

— La ferme.

Callum s'est endormi et puisque je suis éveillée, j'ai décidé de mener ma petite enquête. La nuit dernière a été intense entre nous et je sais que mes amies me prennent pour une cinglée, mais il n'y a qu'un seul moyen de découvrir les cadavres dans le placard : il faut enfoncer toutes les portes.

On peut trouver quelqu'un tout à fait normal jusqu'à ce qu'on découvre une collection de têtes de poupées cachées quelque part.

Si je suis vraiment en train d'éprouver de l'amour pour lui, je ferais mieux d'en avoir tout de suite le cœur net.

Bon sang, je n'arrive même pas à croire que j'ai pensé tout haut le mot tabou qui commence par la lettre A.

— Je me demandais juste, parce que tu n'as pas la réputation d'être très intelligente, et c'est pour ça que tu fais ça... Il est gentil avec toi, il te traite bien, il te fait traverser l'océan, et comment tu le remercies ? En allant fouiller chez lui...

— Tu étais vraiment la dernière personne que je pensais appeler, pour ta gouverne, je rétorque tandis que je me dirige vers la salle de bain.

— Je vais de ce pas remercier Heather et Kristin d'avoir gentiment évité ton appel. Dieu sait que c'est ce que je préfère faire dans la vie, réplique Danielle.

Je me contente d'un grognement.

— Tu es ma complice, essaie de m'aider au moins.

— J'ai l'impression de t'aider et de te pousser au vice en même temps, me répond-elle lorsque je me dirige vers une autre pièce.

— Peu importe. Je suis dans un autre pays, tu ne risques rien.

— Encore mieux, on viole le droit international.

Je lève les yeux au ciel.

— Ça t'arrive de t'amuser dans la vie ? Je suppose que ta vie sexuelle est plan-plan. Tu ne laisses pas Peter te la mettre dans le cul parfois ? Ou alors c'est lui qui aime se faire enculer ? Tu préfères les sangles, peut-être ?

Elle se met à rire d'un air gêné.

— Tu as trouvé quelque chose ?

Mission accomplie. Il suffit de dire quelque chose qui la rende mal à l'aise et c'est gagné.

— Non, et c'est justement pour ça que je suis certaine de passer à côté. Pas de sous-vêtements féminins, pas de médicaments bizarres, putain, je ne trouve même pas de porno ! Quel homme outrageusement sexy n'a pas son stock de DVD porno ? Je pensais vraiment qu'il était du genre à aimer les plans à trois ou peut-être les trucs cent pour cent masculins si tu vois ce que je veux dire, dis-je en baissant la voix.

S'il se réveille, je préférerais qu'il n'entende pas ça.

Danielle se tait.

— Allô ? je lui demande après quelques secondes.

— Je me demande ce qui nous a pris à toutes de vouloir devenir tes amies...

— Quoi ? Moi ?

— Meuf, t'es complètement barrée. Tu es en train de farfouiller dans la baraque d'un type qui a amené tes fesses à Londres – en première classe en plus, il ne se fiche pas de toi. D'ailleurs, c'est quoi ton putain de problème ? Tu veux absolument trouver du porno chez lui ou quoi ?

Je me mets à ricaner.

— Au moins, ça paraîtrait normal. Quel type célibataire n'a pas de porno chez lui, Danni ?

— Je ne sais pas, Nic, mais c'est complètement débile. Tu as un mec sympa rien que pour toi qui ressent des sentiments sincères à ton égard.

J'en suis consciente.

— J'ai aussi.. non... je ne dirai rien. J'ai juste envie de savoir ce qu'il cache.

— T'es vraiment une abrutie, tu sais.

— Et toi, une connasse.

Elle se met à rire.

— Sans blague, mais au moins je suis intelligente. Dis-moi que tu n'en as rien à faire de lui et que c'est pour ça que tu veux trouver une preuve accablante contre lui.

— J'ai envie de raccrocher.

— Alors fais-le. Ça ne changera rien au fait que tu ressens quelque chose pour lui. Si ce n'était pas le cas, tu n'essaierais pas de chercher la moindre connerie pour justifier le fait qu'il soit bon à larguer.

Mes amies ne valent plus rien à mes yeux. Du moins, Danielle. Comment ose-t-elle deviner mes intentions en étant si loin ? Ça n'a rien à voir avec elle ni avec mes sentiments. Il ne faut pas que je me mette des œillères, c'est tout.

— Qu'importe, je me fous de ce que tu me dis.

— D'accord. Bon, ben quand tu auras fini de faire l'idiote, tu me remercieras, profite bien des parties de jambes en l'air, admets que tes sentiments sont plus profonds que toutes les conneries que tu essaies de te faire croire à toi-même, et autorise-toi à lâcher prise.

Elle ne voit pas où je veux en venir. Je ne veux rien admettre. Je veux juste persister à tout nier parce que c'est plus commode. Personne ne sera blessé. Personne ne verra ses sentiments piétinés parce que l'une des deux personnes dans l'histoire n'est qu'un sale menteur. Cela dit, mon cœur n'écoute déjà plus la voix de la raison.

— Je profite bien des parties de jambes en l'air, merci de t'en soucier.

— De toute la tirade que je viens de te sortir, c'est tout ce que tu retiens.

— Tu as parlé du sexe. Après ça, je n'ai plus rien écouté.

Elle se met à renifler un grand coup.

— Tu es un homme. J'en suis convaincue.

Ce n'est pas la première fois que l'une d'entre elles m'accuse de ressembler plus à un mec qu'à une femme.

— Écoute, si Peter te baisait aussi bien que je me fais baiser moi, tu aimerais le sexe autant que moi. Ne sois pas jalouse de ma vie sexuelle démentielle.

— Nicole, répond sèchement Danielle, je t'adore, mais je vais devoir raccrocher, là. Il faut que je dorme un peu avant de devoir me relever pour emmener Ava et Parker à l'école. Je suis vraiment en train de m'endormir sur place. Aussi drôle qu'ait été notre petite conversation, trouve-toi une autre amie insomniaque. Bisous.

Danielle a la réputation de toujours être en retard parce que cette nana ne dort jamais. Peut-être est-elle à moitié vampire ? Pas du genre effrayant, mais plutôt le genre de vampire qui boit du sang animal par acquit de conscience.

Cela dit, en ce moment même, je me fiche de ses problèmes. Je suis trop occupée à chercher s'il ne collectionne pas des trucs bizarres et flippants... comme des poupées, par exemple.

— Tu as ton portable en main, je peux faire la route avec toi.

— Oh, bon sang !

— Monte en voiture, j'ai besoin d'une raison valable de ne pas être dans la même pièce que toi.

— J'espère qu'il te fichera dehors avec un pied au cul.

— Tu es de mauvaise humeur, dis-je en ouvrant un tiroir.

— Non, j'ai mes règles. J'ai mal au ventre, je suis gonflée de partout et...

Je referme le tiroir et reste là, à compter. Tous ces calculs me font battre le cœur à toute vitesse et j'ai la tête qui tourne. Elle continue de parler mais je n'arrive pas à me concentrer sur ce qu'elle dit. J'ai rencontré Callum il y a presque deux mois et je n'ai pas eu mes règles depuis. En réalité, j'ai presque deux semaines de retard.

— Nicole ? me dit Danielle d'une voix inquiète. Allô ?

— Chut, je lui réponds.

— Qu'est-ce que tu as trouvé, putain ?

Je commence à trembler.

— Danielle, je suis en retard.

— En retard pour...

Je lève les yeux et me regarde dans le miroir.

— Non, j'ai du retard. Je veux dire... deux semaines de retard.

— Oh.

Elle reste silencieuse.

— Oui... je n'ai jamais eu de retard de règles avant... sauf une fois.

La fois où j'ai appris que j'étais enceinte.

* * *

— Tout va bien ? me demande Callum.

Je suis restée muette toute la matinée. Depuis que j'ai appris que j'étais potentiellement enceinte, je n'arrive plus à garder la tête froide. Je suis dans un pays étranger, certes en Angleterre, mais à l'étranger tout de même. Je ne pense pas qu'il y ait une pharmacie CVS par ici.

— Je ne crois pas.

Je joue la franchise.

Je ne veux rien dire encore parce que... j'ai un putain de retard de règles pour la deuxième fois de ma vie. Ça pourrait être à cause de mes nerfs, du voyage en avion, du stress ou je ne sais quelle folie.

Avoir fait ça quelques fois sans préservatif, ça peut être sans conséquences... ou ça peut être la putain de fatalité pour laquelle je ne suis pas prête à voir ma vie chamboulée.

— Qu'est-ce qui se passe ?

L'inquiétude dans sa voix me rassure.

— Tu es angoissée à l'idée de rencontrer ma mère ? reprend-il.

Eh bien, maintenant oui.

— J'ai juste beaucoup de choses en tête.

Il faut que je mette les choses au clair. Je ne peux plus attendre. Maintenant que j'ai ça en tête, la pensée grossit comme une boule de neige qui roulerait dans ma tête.

— Je crois que j'ai besoin d'un cachet pour le ventre. Tu saurais où trouver ça ?

— Bien sûr, me répond-il en se relevant, nous allons nous rendre chez l'apothicaire.

Je penche la tête.

— L'apothicaire ? Qu'est-ce qu'il va faire, me transformer en une espèce de mélange chimique ?

— Quoi ? Ah oui, chez vous, vous appelez ça un pharmacien, rétorque-t-il en reniflant.

J'acquiesce. En des circonstances ordinaires je lui lancerais une remarque piquante mais je n'ai rien en tête pour l'instant. J'espère aussi qu'avec un peu de chance, je n'ai rien dans le ventre non plus.

— Je suis désolée.

— Nicole ? me demande-t-il, debout devant moi. Tu es sûre que ça va ?

Je me lève et pose mes deux mains contre sa poitrine.

— Oui, ça ira. On peut y aller maintenant ?

— Bien sûr.

Ensemble, nous allons à pied jusqu'à la pharmacie la plus proche, et Callum reste calme. Il s'interroge sûrement sur les raisons de mon comportement soudainement étrange. J'essaie de me comporter normalement, mais je suis vraiment terrifiée. Ce n'est pas que je ne veuille pas d'enfants, au contraire, mais pas comme ça. Je veux d'abord me marier, faire une cérémonie grandiose et ensuite prévoir la venue d'un enfant. Je pourrais même plutôt adopter d'ailleurs... c'est que je ne suis plus toute jeune.

Bien que mes sentiments pour Callum soient particulièrement forts, je ne suis pas certaine que ça va durer entre nous. Pour être franche, cela me surprend que je n'aie pas déjà fui à toutes jambes.

— Peux-tu me laisser quelques minutes ? je lui demande, car je préfère m'occuper de ça toute seule.

— Si tu préfères, me propose-t-il poliment.

Il semble un peu vexé, alors je me mets sur la pointe des pieds et l'embrasse sur la joue.

— Merci.

— Je ne vais pas mentir, je suis un peu inquiet.

Il faut que je me ressaisisse. Si ça se trouve, je vais juste pisser sur cet espèce de bâton, apprendre que je n'attends pas de bébé et que je viens de foutre en l'air une super matinée où j'aurais pu me préparer tranquillement à rencontrer sa mère et son frère.

— Ne t'inquiète pas. Tout ira bien, je te le promets.

— Je t'attends ici, dit-il en pointant les caisses du doigt.

Génial, maintenant il faut que je trouve le moyen de payer ce machin sans qu'il ne le remarque. Ça promet d'être super facile...

— D'accord.

Je me dirige vers l'arrière de la boutique, là où la plupart des magasins entreposent les articles que les gens évitent d'exhiber au regard de tous. Je m'arrête en face d'un putain de mur de tests de grossesse stockés dans des boîtes en carton qui promettent tous le résultat le plus rapide.

Pourquoi faut-il qu'il y ait des milliers de marques de tests de grossesse ? Ce n'est pas comme si c'était un article ultra-prisé. C'est un petit bâton qui vous annonce votre destinée. Tout l'aspect technologique de ces machins me dérange aussi. Une ligne ou deux. Des mots ou un écran vierge. Vous voulez que votre grossesse soit détectée rapidement ? Ce n'est pas si difficile, putain, alors pourquoi l'achat de ce test devrait-il nous prendre la tête ? Je parcours les étagères des yeux et prends la boîte qui possède la plus jolie combinaison de couleurs. Cela me semble être une bonne décision car plus je m'attarderai là, plus j'aurai de chances d'être démasquée.

Je prends au passage quelques boîtes de médicaments contre les remontées acides et une bouteille à l'allure bizarre, je crois que c'est du Pepto, un anti-nausées, et essaie de dissimuler les tests à l'intérieur de ces trucs.

Comme il fallait s'y attendre, Callum est là.

— Tu as trouvé tout ce que tu cherchais ?

— Oui.

— D'accord.

L'inquiétude se lit clairement sur son visage.

Je suis contente de n'avoir jamais tenté une carrière d'actrice. Je suis vraiment nulle à ce jeu-là.

— Ça ne me prendra que quelques minutes, lui dis-je en souriant et en espérant que mon sourire n'ait pas l'air forcé.

Callum se penche vers moi pour m'embrasser sur le front.

— Tu préfères que je ne voie pas ce que tu as pris ?

Putain de merde, est-ce qu'il m'a vue ? Merde. Oui, nous sommes des adultes, et si je suis enceinte, il va falloir qu'on arrange la situation. Peut-être devrais-je laisser tomber ce petit jeu stupide et lui dire directement ce qui se passe.

Il se racle la gorge.

— Je crois que tu préfères que je ne voie pas ce que tu as dans les mains, alors je suppose que ce doit être la mauvaise période du mois ou quelque chose comme ça ?

Oui, dans un certain sens, c'est un peu ça.

— Oui, c'est-à-dire, on sort ensemble depuis peu...

— Certes, mais je n'ai pas prévu d'en finir avec toi incessamment sous peu. Je sais bien ce que c'est de s'engager dans une relation avec une femme.

— D'accord... alors je suppose que tu comprends que j'ai besoin d'un peu d'intimité, non ?

Il acquiesce.

— Oui, bien sûr.

Je commence à me diriger vers la caissière et me tourne vers lui.

— Je dois aussi faire pipi vite fait, j'en ai pour quelques instants.

— Il n'y a pas de toilettes ici...

Quoi ? Il n'y a pas de toilettes dans le magasin ? C'est quoi, cette connerie ?

— Ah...

— Il y a un Starbucks juste à côté. Je peux aller nous chercher un café pendant que tu paies si tu veux ?

Il est tellement parfait.

— Ce serait super, merci.

Callum m'embrasse sur le front.

— On se retrouve là bas.

Je lui suis reconnaissante de sa proposition car je ne pourrai pas encore tenir des heures. Il faut que je sache si je suis enceinte... avant d'aller rencontrer sa mère.

CHAPITRE VINGT-TROIS

NICOLE

Mon Dieu, faites qu'il n'y ait pas deux lignes. Faites qu'il n'y ait pas deux lignes.

Je fais les cent pas dans les toilettes du café, à essayer de ne pas vomir. Le test ne peut pas être positif. Ce n'est pas possible, ça. Je ne suis pas si bête, je prends tous les jours ma pilule à la même heure. Je ne l'oublie jamais. Je ne prends aucun traitement, et il n'y a pas besoin d'utiliser de préservatif avec ça, si ? Je suis bête. J'utilise toujours une capote. Ce n'est pas pour rien que ça fait partie de mes règles, putain. Mais je me suis comportée comme une putain de pauvre conne excitée et j'ai pratiquement fourré sa queue dans mon vagin. Enfin, c'était l'autre jour, mais je ne peux pas me retrouver enceinte à cause de ça.

J'attrape mon téléphone et envoie un message à Danielle.

Moi : *Je suis en train de faire un test.*

Comme elle ne me répond pas au bout de deux secondes, je lui en renvoie fissa un autre.

. . .

***Moi : Tu sais, pour savoir si je suis en cloque,
putain de merde.***

Toujours pas de réponse.

***Moi : Ah, tu parles d'une amie. Je suis là en train de
flipper et tu ne me réponds même pas.***
    ***Moi : Sérieusement, je viens de pisser sur un
bâton... toute seule... et tu n'es même pas fichue de
répondre à un putain de SMS ?***
    Danielle : Meuf, il est six heures du mat' !
    Moi : Et alors ?
    ***Danielle : Mon Dieu, tu es pire que mes gosses.
Ça donne quoi, le test ?***

J'ai l'estomac tout retourné parce que je sais que je dois voir le
résultat. Ça fait un moment que je suis enfermée là-dedans et
Callum doit se demander ce que je fabrique aussi longtemps.

Moi : J'ai pas encore regardé le résultat.
    Danielle : Bah alors regarde.

Je prends une grande inspiration et saisis la notice, que j'ai déjà
lue sept-mille-six-cent-douze fois, juste pour être sûre que j'utilise correctement le test. Il devrait y avoir une ligne dans la
première case, et si je suis enceinte, la deuxième case laissera
apparaître un plus. Si je ne le suis pas, elle restera vide.
    Je l'ai.
    J'attrape le test et...

Quoi ?

Il y a une ligne dans la première case, alors ça a marché, mais dans la deuxième, il n'y a qu'une ligne, pas un plus, mais un demi-plus. Ça veut dire que je suis à moitié enceinte ?

Danielle : Oh hé ?

Moi : Il est pété, leur test ! Il est défectueux, putain !

Je prends en photo la notice d'utilisation du test et la lui envoie.

Danielle : Ah ! Il n'y a qu'à toi que ça arrive ! Bon, il faut que tu fasses un autre test dans quelques jours. Soit tu es enceinte mais il est trop tôt pour dépister la grossesse, soit ton test est défectueux.

Moi : Putain, tu parles d'une alternative ! Je vous déteste tous.

Je laisse échapper un grognement de colère et encore quelques autres à la place de tous les jurons que j'aimerais bien proférer. Quelle merde. Je n'arrive pas à y croire. De tous les putains de trucs qui auraient pu être défectueux, il fallait que ce soit mon test de grossesse. Je déteste ma vie.

Avant que je ne puisse envoyer un autre message, quelqu'un donne un grand coup sur la porte.

— Une minute ! je crie, en tirant le deuxième test qui se trouve dans la boîte.

— Nicole, est-ce que tout va bien ?

Merde.

— Oui, mon chou. Ça va. C'est juste... mon ventre. Donne-moi encore une minute.

Est-ce que je viens vraiment de l'appeler « mon chou » ?

Bon Dieu, je fais des plans sur la comète. En plus, je n'aime pas ce genre de petits surnoms. J'aime l'appeler Callum, pas bébé, chéri, mon cœur ou mon chou. Il s'appelle Callum, putain. Le Dieu au pénis magique. S'il faut que je lui trouve un surnom, je l'appellerai Méga Bite.

— D'accord. Tu n'es pas malade ?

— Non, ça va.

— Tu en es sûre ?

Je lève les yeux au ciel.

— Oui, j'en suis sûre.

Il n'y a pas moyen que je passe encore cinq minutes là-dedans, et de toute façon je n'ai pas besoin de pisser une nouvelle fois. Je jure que ma vie devrait être adaptée en série comique.

Je glisse le deuxième test dans le sac où je mets toutes les affaires dont je n'ai pas besoin, jette le test défectueux dans la poubelle et ramasse le peu de dignité qu'il me reste avant de sortir des toilettes.

C'est le moment de me comporter comme une adulte – et aussi de lui mentir effrontément sur mon occupation là-dedans.

Je me trouve nez à nez avec lui en ouvrant la porte.

— Oh, salut.

— Coucou, me dit-il en levant un sourcil.

— Désolée, tu sais, des trucs de fille. Mais ça va mieux maintenant.

Il acquiesce.

— Je commençais à m'inquiéter.

— Pas de souci, lui dis-je avec un sourire gentil.

— Si tu le dis...

Callum se masse l'arrière du crâne et je vois l'inquiétude dans son regard. Il est tellement adorable. Il reprend :

— Écoute, j'ai eu un appel du bureau. Il faut que j'y aille rapidement. Je ne serai pas long.

— Oh, j'aimerais tellement aller le voir ! dis-je avec excitation.

Je me suis imaginé son bureau presque à l'image de son appartement. Callum, dans l'idée que je me fais de lui, aime les styles de décoration sombres et lisses. Il serait plus du genre à apprécier les ardoises et l'acier que le bois d'acajou et les tons cuivrés. Je suis impatiente de voir si je ne me suis pas trompée sur son compte.

— Je n'en ai que pour quelques minutes. Puisque ton ventre t'incommode à ce point, mieux vaut te poser tranquillement, je t'emmènerai au bureau plus tard.

Je lui ai pondu une histoire de mal de ventre et ça va me retomber dessus maintenant.

— Je me sens beaucoup mieux. Ça ne me dérange absolument pas.

— Nicole, bon sang, tu es restée là-dedans presque vingt minutes.

Ce n'est pas vrai. Dix minutes maximum. Il m'a fallu quelques minutes pour rassembler assez de courage pour ouvrir le test de grossesse, et après j'ai eu le trac. Je comprends totalement ce que ça fait maintenant. Si ça arrive un jour à Callum, je me montrerai compréhensive. Et après j'ai dû pisser et il y a eu ce putain de test défectueux.

— Tu n'exagères pas un peu ? lui dis-je d'un ton espiègle.

— Je viens d'avoir un appel de ma mère qui annule notre rencontre, et puis un appel du bureau...

— Attends, dis-je, on ne va pas voir ta mère finalement ?

Il me fait non de la tête.

— J'ai bien peur que non.

— Oh, dis-je d'un air un peu vexé.

Pourquoi suis-je déçue ? Je déteste les mères. Toutes. Elles mettent leur grain de sel partout, vous jugent, et elles me rappellent souvent que je ne suis pas assez bien pour leur sacrosaint fiston ou je ne sais quoi d'autre. Ce n'était pas mon souhait de la rencontrer, mais je voulais partager un moment avec lui. Le connaître un peu mieux et peut-être découvrir quelques photos compromettantes que j'aurais pu utiliser contre lui plus tard.

C'est elle qui a voulu me rencontrer en premier lieu, alors ça n'a aucun sens que nous ayons dû tout annuler.

— Pourquoi notre rencontre a-t-elle été annulée ?

Il se passe la main sur le visage.

— Maman a dû se rendre au chevet d'une amie qui n'allait pas bien depuis un moment. Elle veut la voir tant que c'est encore possible. Avec un peu de chance, nous pourrons remettre ça demain.

Oh. Oui, d'accord, ça paraît logique.

— Bien sûr, je comprends.

— Bien. Nous pouvons rentrer chez moi, comme ça tu pourras t'allonger un peu pendant que je signe quelques documents, et ensuite nous pourrons sortir faire quelque chose si tu en as envie.

— Mais je suis tout à fait partante pour sortir maintenant.

— Alors tu n'étais pas souffrante tout ce temps que tu as passé là-dedans ? Je t'ai entendue marmonner et grommeler comme si tu avais mal. J'étais à deux doigts d'enfoncer cette putain de porte.

— Non, c'est juste... ce n'est rien.

— Je serais plus tranquille si tu te reposais un peu pour que l'on puisse sortir ce soir.

Je n'ai pas l'habitude d'être infantilisée comme ça, mais il est vraiment gentil avec moi et je ne lui ai pas dit toute la vérité.

— D'accord, je veux dire, si ça peut te rassurer, même si tout va bien, vraiment.

Je flippe juste un peu de l'intérieur.

Cela dit...

S'il me laisse seule dans l'appartement, je pourrai y faire le deuxième test de grossesse sans l'avoir dans les pattes.

Je dois avouer que ça m'arrangerait bien.

CHAPITRE VINGT-QUATRE

NICOLE

Ça fait presque deux heures.

Je suis bel et bien enceinte et seule, alors chaque minute qui passe est une vraie torture. Je suis tellement chamboulée que je ne peux même pas parler à mes amies.

Tout ce que j'ai pu faire, c'est ressasser la même chose en boucle, à me demander comment ça a pu arriver.

Contrairement au premier test, le deuxième n'a pas affiché le demi plus qui suggérait un résultat incertain. Cette fois, le test était bien positif, avec une grosse croix bien rose.

Je n'arrive plus à réfléchir, à accepter ce qui m'arrive. Fiable à quatre-vingt-dix-neuf pour cent, mon cul. Putain de merde.

Je me lève et recommence à tourner en rond. Il faut que je le lui dise, mais comment ? Est-ce que je me contente d'aller le voir en lui disant : « Hé, Cal, tu sais quoi ? J'attends le fruit de notre amour ! » ? Ou bien j'attends d'aller voir un médecin pour en avoir confirmation ? On pourrait penser qu'à mon âge, je ne devrais pas me prendre la tête et pourtant... je suis là, à me ronger les sangs.

Au lieu de piquer une crise ridicule comme je le fais, je pourrais appeler l'une de mes amies, mais... Je sais déjà que je ne vais pas le faire.

Callum devrait être le premier informé.

Comme ça, nous pourrions réfléchir tous les deux à une solution, parce que là... je suis complètement perdue.

Je saisis mon téléphone et vérifie l'heure... encore une fois.

Encore deux minutes de passées.

Il faut que je fasse quelque chose, n'importe quoi. Je lui envoie un message.

Moi : Coucou, où es-tu ? Je commence à m'ennuyer.

Callum : J'arrive. Ça m'a pris un peu plus de temps que prévu.

Sans blague. Assez longtemps pour que j'apprenne que je suis enceinte et partir en sucette.

Moi : Ok. À tout de suite.

Callum : Tu me manques.

Oh, il est tellement mignon.

Moi : Toi aussi, tu me manques.

Et c'est vrai. Pas seulement parce que j'en ai marre de rester seule ici, mais aussi parce que j'éprouve le désir de me blottir contre lui.

Merde, je suis officiellement éperdue d'amour comme mes amies. J'aurais bien besoin qu'on me colle une gifle.

Je ne peux me résigner à supporter plus longtemps ce silence et cette solitude, alors j'appelle Heather en vidéo.

— Coucou ! me dit-elle avec un grand sourire. Comment ça va ? Alors, ça donne quoi, Londres ?

J'ai envie de tout lui avouer. C'est ma meilleure amie, et nous ne nous cachons rien, mais je sais que Callum a la priorité. Comme si on était vraiment en couple.

— Ça va, dis-je avant de changer de sujet immédiatement. C'est génial, Londres. On a fait le tour de la ville. Ce n'est pas du tout le souvenir que j'en avais gardé pendant mes années à la fac.

Elle se met à rire.

— Moi, je me rappelle très peu de mes années de fac. J'ai bu beaucoup trop de bière.

— C'est tout à fait vrai. Comment va Eli ? Vous êtes à Tampa ou ailleurs ?

Heather a fait le voyage avec son mari parce que la simple idée d'être éloignée de lui la rend folle. C'était la personne la plus indépendante que je connaissais avant, mais quand sa sœur est décédée, quelque chose a changé en elle.

Je ne sais pas si c'est à cause d'Eli, de son chagrin ou parce qu'elle déteste son boulot. C'est difficile pour elle de faire son boulot d'officier de police, surtout parce que son patron est aussi son ex-mari. Mais cela n'a rien d'étonnant. Matt, l'ex d'Heather, et Scott, l'ex de Kristin, pourraient former un club de connards à petites bites. Je ne sais pas qui en serait le meilleur président... ils pourraient se départager en tirant à la courte paille peut-être ? En tous les cas, ils sont tous les deux vraiment minables.

Nous avons fêté leurs divorces respectifs.

— Non, dit Heather d'un air triste, il est parti à Los Angeles pour quelques jours. Moi, je vais bosser parce qu'apparemment, on ne veut pas me laisser démissionner. Brody se met à pleurer quand il doit monter en voiture avec quelqu'un d'autre que moi.

— Quand est-ce que tu prends ton prochain service ?

— Dans une heure à peu près.

— Callum a dû faire un saut au bureau, lui dis-je.

Elle se met à rire.

— Pourquoi tu rigoles ? je reprends.

— Meuf, la tête que tu fais. On dirait qu'on vient de te piquer ton jouet préféré.

— J'aime bien son jouet.

Elle lève les yeux au ciel.

— Oui, on sait que tu aimes bien t'amuser avec toutes sortes de petits bâtons.

— Tu peux dire des bites, Heather. Tu en as parfaitement le droit.

— Je le note. Quand est-ce que tu reviens ?

Voilà la question à un million de dollars. Ça fait un peu plus d'une semaine que je suis là et Callum ne m'a parlé que d'un petit voyage avant de retourner aux États-Unis. Je n'ai aucune idée de ce qu'il a prévu, mais je ne vais pas m'en plaindre.

Depuis mon arrivée ici, ma fibre créative est ultra-stimulée. Je ne sais pas si ce sont les détails de tous ces bâtiments ou autre chose, mais j'ai tellement d'idées.

— On n'en a pas encore discuté, mais je te tiendrai au courant, je lui promets.

— D'accord. Tu sembles vraiment heureuse, Nic.

Je souris.

— Oui, je le sens. Je ne sais pas l'expliquer, il est tellement génial et il se passe tellement de choses entre nous... si vite. C'est un peu effrayant, mais je suis heureuse.

Les yeux de Heather se remplissent d'une expression chaleureuse.

— Je sais que tu me caches quelque chose et tu crois que je ne suis pas au courant.

Oh, merde.

Elle continue.

— Je t'ai laissé ton petit jardin secret parce que je sais que tu en as besoin. Kristin ne m'a rien dit non plus sur ce que tu cachais, tu peux te sortir ça de la tête. Rappelle-toi juste comment je gagne ma vie. Dans tous les cas, ce qui a pu t'arriver, c'est du passé. C'est toi qui m'as le plus poussée à aller vers Eli. Tu nous as encouragées, Kristin et moi, à nous ouvrir à toutes les opportunités qui pouvaient se présenter, et je te demande de faire pareil à présent.

Je m'appuie contre la tête de lit.

— J'ai déjà suivi mes propres conseils, il me semble.

— Comment ça ?

J'ose lui faire un aveu :

— Malgré ma peur... et je suis terrifiée, putain. Il me plaît réellement. Peut-être que lui, je pourrais l'aimer.

— Tu pourrais l'aimer ou tu l'aimes ? dit-elle en haussant les épaules à la vue de mon visage qui se décompose. Franchement, tu es vraiment la plus agaçante des connasses que je connaisse. Tu ne nous laisses pas beaucoup de marge de manœuvre, bienvenue au club.

— Laisse tomber.

J'entends un objet sonner derrière elle.

— Il faut que j'aille travailler. Bisous !

— Je t'aime, ma poule.

— Oui, et tu aimes Callum aussi. À plus !

Cette salope a raccroché avant que je n'aie eu le temps de rétorquer quoi que ce soit.

Callum devrait rentrer d'une minute à l'autre. Je devrais peut-être prendre une douche, la vapeur de l'eau chaude me calmerait, et ça me laisserait le temps d'y voir plus clair. Je me fais des illusions, comme si ça allait marcher.

Debout face au miroir, je pose ma main sur mon ventre.

— Tu es là, je crois, dis-je au bébé. Je suis ta maman, et je suis aussi dans un état lamentable. Ton père et moi ne sommes pas mariés mais tu sais, je suis la personne la moins traditionnelle qui soit. Je suis relativement certaine que je ne vais pas faire une super maman parce que... ma vie, c'est du n'importe quoi. J'ai fait des choses dont je ne suis pas fière et je prie pour que tu ne fasses pas de même. Mais au fond je pense que ce sera le cas puisque tu es issu à cinquante pour cent de moi.

Il vaut mieux se montrer honnête dès le début, non ?

— Bon, alors, quoi qu'il arrive, sache que je ferai tout mon possible pour ne pas te laisser tomber ou merder dans mon rôle de parent. Je ne peux pas faire de promesses, mon petit bébé, mais je tenterai de faire mieux que mes parents. Ils ne sont certainement pas le meilleur des modèles, mais c'est le seul que j'aie.

Je me regarde encore pendant quelques instants avant d'entendre la porte s'ouvrir.

Oh, mon Dieu. Il est rentré.

Bon sang.

Il faut que je reste calme. Mon cœur bat à toute vitesse et mon estomac semble peser lourd comme du plomb. Je ne sais pas comment il va réagir, et j'ai peur.

Callum ne m'a jamais laissé entrevoir d'aspect cruel, mais… c'est une affaire sérieuse, là. C'est d'un bébé dont il est question.

Il faut prendre en compte tous les paramètres. Notre histoire est toute récente et il n'aura peut-être pas envie de m'avoir dans les pattes pour le restant de ces jours, mais avec un enfant – il n'aura pas le choix. Ce sera aussi un choc pour lui parce que ça n'aurait jamais dû se produire. Mais c'est arrivé et même s'il s'emporte et qu'il ne veut pas être contraint de rester avec moi à cause du bébé, je ne ferai pas machine arrière. Je peux me débrouiller toute seule, j'ai une situation financière stable, et je suis assez mature, il me semble. Qu'importe que Callum ait envie ou non de s'impliquer dans la vie du bébé, je saurai me débrouiller.

J'ai contribué à l'éducation – ou plutôt, à la corruption – des enfants de mes amies. Je sais comment changer une couche, et je suis sûre qu'elles seront là pour m'épauler. Quelle que soit sa réaction, cela me sera égal.

Maintenant que j'ai réfléchi à tout ça, il est temps de lui annoncer la nouvelle.

Je me dirige vers la salle à manger, mais il n'est pas là.

— Oh hé ? Callum ? je l'appelle.

— Bonjour, me dit une femme aux longs cheveux bruns et aux yeux marron. Qui êtes-vous ?

C'est peut-être la femme de ménage.

— Vous, qui êtes-vous ?

— Je suis Elizabeth Huxley.

Je n'avais jamais entendu son nom auparavant, mais cela n'empêche pas mon cœur de battre à tout rompre.

— Callum ne m'avait pas dit que nous attendions de la visite.

Mon Dieu, faites que ce soit sa sœur ou sa cousine.

— Je vois. Cela ne me surprend pas, il a toujours tendance à oublier le plus important. Qui êtes-vous ?

J'ai une impression de déjà vu si forte que je ne peux plus respirer. Non. Pas ça. Pas encore, je ne pourrais pas le supporter.

— Je m'appelle Nicole.

Elizabeth me regarde de haut en bas avec un regard dur.

— Eh bien, Nicole, si vous pouviez récupérer vos affaires et sortir de chez moi, je vous en saurais gré.

— Chez vous ?

Par pitié, faites qu'elle ne prononce pas les mots que je redoute.

— Oui, je suis la femme de Callum, et ceci est mon appartement.

Le sol se dérobe sous mes pieds.

Encore une fois.

J'ai refait la même connerie.

CHAPITRE VINGT-CINQ

CALLUM

La circulation est vraiment catastrophique. Il m'a fallu plus d'une heure pour faire un trajet qui, normalement, aurait dû me prendre vingt minutes. J'ai envoyé plusieurs messages à Nicole, mais tous sont restés sans réponse.

Je me gare, prends avec moi la boîte qui se trouve sur le siège passager et me dirige vers mon appartement, en faisant signe au portier en entrant. Je suis impatient d'aller voir comment va Nicole. J'espère qu'elle a pu se reposer un peu et qu'elle sera toute excitée par ma surprise.

La raison pour laquelle je l'ai évincée du bureau, c'est que je ne voulais pas qu'elle y voit certaines choses. Mon assistante a travaillé sans relâche pour planifier ce voyage. Dans quelques heures, nous serons dans un avion pour la Toscane. Nous allons passer toute la semaine prochaine à visiter des domaines viticoles, nous mangerons au restaurant et séjournerons dans les hôtels les plus en vogue que j'ai pu trouver.

Je veux la gâter et m'assurer que je dépasse toutes ses espérances.

Lorsque j'arrive devant la porte, mon téléphone sonne.

— Oui, Milo, je réponds.

— J'ai entendu dire que tu allais partir en Italie pendant une semaine.

— C'est bien ça.

Il se met à rire.

— Qui est-ce qui court après une nana, maintenant ?

Quel idiot.

— C'est moi qui détiens l'entreprise, voilà la différence, frérot.

— Ah, c'est comme ça que tu vois les choses ? Eh bien je ne sais pas bien pourquoi tu m'as appelé il y a peu. En ce moment, je dois m'occuper de...

Je l'entends murmurer à quelqu'un.

— Certaines choses plus importantes.

— Je t'avais demandé de venir au bureau pour te tenir au courant des différents changements actuels chez Dovetail.

Ce n'est pas comme ça que je voulais en informer mon frère. Mon assistante, Margaret, m'avait assuré que Milo avait confirmé sa venue au bureau. Après une heure d'attente, il a fini par nous prévenir qu'il était... indisposé.

C'est la goutte de trop qui a fait déborder le vase.

— Quels changements ?

Voilà la partie la plus drôle.

— Je vais aller vivre en Amérique ces prochains mois.

— Tu quoi ? hurle-t-il dans le combiné. T'es dingue ou quoi ? Comment ça, aller vivre en Amérique ?

— Ce n'est pas si compliqué que ça à comprendre, Milo. La filiale américaine va fusionner avec la société de Londres. Nous ne serons plus qu'une seule et même entreprise, il est plus logique que j'en sois le PDG et que je travaille de là-bas.

— Alors qui va diriger le bureau de Londres ?

Il ne me le pardonnera jamais, mais je dois prendre la meilleure décision pour notre entreprise. Milo est mon frère et j'ai beaucoup d'affection pour ce sale petit con, mais j'en ai marre de tous ses faux-fuyants. J'ai besoin de quelqu'un à qui je peux faire confiance et qui fera de son mieux dans l'intérêt de

Dovetail, or cette personne, ce n'est certainement pas lui. Le plus triste dans tout ça, c'est que Milo a la capacité de gérer ce genre de choses. Il est brillant, mais c'est aussi un sacré flemmard.

— Edward.

— Edward ! Putain, Cal !

— Ne sois pas en colère contre moi à cause de ta propre incapacité à prendre les bonnes décisions. Tu as voulu parcourir ce putain de monde, voilà l'opportunité que tu attendais. Si tu commences à faire chier Edward, il te virera.

J'entends sa lourde respiration à l'autre bout du fil.

— Je n'arrive pas à croire que tu puisses me faire ça. Tu es mon frère, bordel de merde !

— Oui, je suis ton frère, et à ce titre, j'ai toléré toutes tes conneries. Mais je ne te laisserai pas faire dégringoler mon entreprise. J'ai besoin d'une personne de confiance qui, elle, va vraiment venir travailler.

Je me masse l'arrière de la nuque et repose ma tête contre le mur. J'ai horreur de cette situation, plus que je ne pourrais l'exprimer. Ma mère est folle de rage et refuse de me parler, ce qui explique en partie pourquoi elle a annulé notre rendez-vous d'aujourd'hui. Elle va s'en remettre, mais pas mon frère.

— C'est vraiment ce que tu penses de moi ?

— Tu crois que ça me plaît, cette situation, Milo ? Ça ne me fait pas plaisir de promouvoir Edward à ta place. Je voulais que tu sois mon bras droit. Je t'avais demandé d'arrêter d'être aussi égoïste, putain, mais même là, il faut que tout tourne autour de toi ! Tu te fiches des intérêts de Dovetail.

Il émet un rire dédaigneux.

— Parce que tu penses qu'Edward est ton homme de confiance ? Ce type est un incompétent !

— Non, j'avais fondé tous mes espoirs sur toi. Tu es plus intelligent que quiconque dans l'entreprise, mais tu réfléchis avec ta bite, et ça, ça ne me convient pas.

— Bah à moi non plus ! Va te faire foutre, hurle Milo avant de terminer l'appel.

Bon sang. Au moins, de l'autre côté de cette porte, il y a quelqu'un qui m'estime toujours.

J'appuie sur la poignée de porte… et je ne vois pas du tout celle que j'espérais.

— Elizabeth, qu'est-ce que tu fiches ici ? dis-je en fixant la femme que je méprise le plus au monde.

— Bonjour à toi aussi, Cal.

— Dégage, je lui lance en pointant la porte du doigt.

— Voyons, minaude-t-elle en se relevant, est-ce là une façon de t'adresser à ta femme ?

— *Ex*-femme.

— Oh, peu importe. Nous sommes unis pour l'éternité aux yeux du Seigneur.

J'éclate de rire.

— Je dirais plutôt que toi, ta place est en enfer, parmi tous les diables. On a divorcé, et j'ai même encadré toute cette fichue paperasse pour fêter le jour où j'en ai fini avec toi.

Elizabeth Webb était un vrai canon de beauté. Elle représentait tout ce qu'un homme aurait jamais pu désirer. Belle à couper le souffle, intelligente, elle assurait à tous les dîners mondains ou d'affaires. Elle était de plus issue d'une famille fortunée, alors je n'avais pas à m'inquiéter de lui servir de banque. Je pensais qu'elle était mon soleil jusqu'au jour où je me suis rendu compte qu'elle n'était que ténèbres.

Elle est fourbe, manipulatrice, et n'a aucun scrupule à coucher avec les mecs qui l'attirent.

Pendant des années j'ai cru que si je parvenais à la rendre plus heureuse, elle arrêterait tout ça.

Ça n'a pas été le cas.

J'ai divorcé d'elle il y a cinq ans et pourtant, elle trouve toujours le moyen de me pourrir la vie.

— Tu as toujours été un as de la comédie, comme ta nouvelle copine à ce que je vois. C'est dommage qu'elle soit partie si vite.

— Putain ! je m'exclame. Qu'est ce que tu as fait ? Pourquoi il faut que tu sois une salope pareille ?

— Je viens de la tenir informée que nous étions mariés, ce que tu n'as pas fait apparemment.

Qu'est-ce qui ne va pas chez elle ?

— Merde, tu es complètement folle ! On n'est pas mariés. Je ne pense même pas qu'on puisse appeler mariage le temps qu'on a passé ensemble. Où est-elle ?

— Qu'est-ce que j'en sais ?

Elle fait un geste de la tête en levant les yeux au plafond.

Je fais un brusque pas en avant, en essayant de contenir ma fureur qui menace d'éclater.

— Tu m'as pris tout ce qui m'était cher pour le réduire en miettes. Dégage de ma maison et de ma vie, putain, Lizzy, avant que je ne fasse quelque chose que je risque fort de regretter.

Je n'ai plus rien à faire d'Elizabeth. Notre relation a capoté il y a des années. Celle qui m'est chère, c'est Nicole, et cette peau de vache d'ex lui a fait croire qu'on était mariés.

— Ne sois pas ridicule, me dit-elle d'un air mielleux.

— Qu'est-ce que tu lui as dit ?

— Rien qu'elle ne devrait pas déjà savoir. Et puis franchement, Cal, une Américaine ? Je suis sûre que ta maman doit en être tout à fait chagrinée.

J'ouvre la porte en grand.

— Fous le camp d'ici, bordel.

— C'est ce que je vais faire quand je t'aurai expliqué la raison de ma venue.

J'ai le cœur qui bat la chamade et un goût de métal dans la bouche à cause de l'adrénaline. Il faut que je retrouve Nicole. Je dois tout lui expliquer, parce que Dieu seul sait ce que Lizzy a pu lui raconter. Je dois tout remettre en ordre..

— Qu'importe ce que tu as à me dire, je n'en ai rien à foutre.

— Eh bien, tu serais peut-être intéressé de savoir que je veux revendre mes parts de Dovetail.

Cette petite dizaine d'actions et son siège au comité de direction vont me poursuivre pour le restant de mes jours. Mais en ce moment, je n'en ai rien à cirer. Elle ne sait pas que je détiens à présent la filiale américaine, ce qui change tout. Elle m'a toujours pris pour quelqu'un de trop sentimental. Elle disait que je ne réfléchissais pas assez avec mon cerveau et trop avec mon cœur. Peut-être qu'à l'époque, elle avait raison. Mais maintenant je ne suis plus le même homme. J'ai déjà prévu ce que j'allais faire de ces dix actions, et voilà qu'Elizabeth est en train de me narguer.

— Fais ce que tu veux, Elizabeth. J'en ai assez de ton petit jeu. Je dois retrouver mon amie et réparer toute la merde que tu as fichue.

Elle s'avance vers moi et me touche le bras d'un doigt accusateur, ce qui me fait reculer par réflexe.

— J'ai failli oublier, ajoute-t-elle en poussant un soupir. Elle t'a laissé un mot dans la cuisine.

Et enfin, cette salope s'en va.

CHAPITRE VINGT-SIX

NICOLE

Est-il possible de se déshydrater complètement à force de trop pleurer ? Si oui, je crois que je n'en suis pas loin, car je n'arrête pas de pleurer comme une folle. Lorsque les regards sur moi se sont faits trop pesants, je suis allée sangloter dans les toilettes de l'avion pendant au moins dix minutes. Je suis sûre que les gens ont dû me prendre pour une dégénérée, mais je m'en fiche.

Après qu'Elisabeth m'a informée de tout ce que j'ignorais, j'ai jeté dans mon sac tout ce que je pouvais emporter et j'ai pris un taxi pour l'aéroport. En route, j'ai trouvé un vol qui partait trois heures plus tard et j'ai réservé un siège pour rentrer chez moi.

J'ai été surclassée en première classe, parce que j'ai complètement perdu les pédales au comptoir. J'ai expliqué entre deux sanglots que j'étais enceinte et que je venais d'apprendre que le père du bébé était marié à quelqu'un d'autre. Ce n'était pas mon instant de gloire.

Maintenant, je suis plantée en plein milieu de l'aéroport de Tampa, complètement perdue.

Mon téléphone sonne, et le nom de Kristin apparaît en gros sur mon écran.

— Kris, dis-je.

Encore une fois, ce sera à mes amies de devoir assumer les conséquences de mes mauvais choix. Encore une fois, c'est sur Kristin que je vais compter parce que c'est elle qui a le plus grand cœur. Elle ne va pas me faire me sentir encore plus mal que je ne le suis déjà.

— Nic, il faut absolument que tu reviennes.

Pourquoi sa voix semble aussi désemparée que la mienne ?

— Je... je suis à l'aéroport... à Tampa.

— Ah, d'accord. Écoute, j'ai un truc à te dire.

Kristin sanglote et, aussi dévastée et désemparée que je sois, mon petit doigt me dit que quelque chose ne va pas du tout.

— Qu'est-ce qu'il se passe ?

— Il te faudrait combien de temps pour venir chez moi ?

— Je vais prendre un taxi à l'instant. Tout va bien ?

Elle hoquette.

— Non, viens... C'est... c'est Danielle.

J'accélère le pas, sans plus me soucier de moi-même.

— Est-ce qu'elle va bien ?

— Oui, elle va bien, mais c'est Peter... viens, je vais t'expliquer. Ava et Parker sont là avec moi et j'aurais besoin de ton aide.

— J'arrive.

J'ai le cœur qui bat la chamade en me dirigeant vers le retrait des bagages. Je ne sais pas ce qui se passe, mais si elle m'a appelée pour me demander de rentrer d'urgence, c'est que ce doit être quelque chose de grave.

Je me dépêche de récupérer ma valise sur le tapis roulant et prends un taxi.

Sur la route vers chez Kristin, la tristesse enfouie il y a quelques instants commence à ressurgir. La semaine dernière, j'étais en route vers l'aéroport en compagnie de Callum. J'étais si pleine d'espoir et d'excitation, et maintenant je suis complètement brisée.

Je suis tombée amoureuse de Callum, tout ça pour m'apercevoir que je n'avais pas le droit de l'aimer.

À présent, je suis enceinte et il faut que je démêle tout ce sac de nœuds. Il sait que je suis partie. Il a certainement dû lire mon mot.

Quel gros connard.

Pas besoin de s'étaler. J'espère seulement que ces quelques mots suffiront pour faire passer le message.

Sale menteur. J'ai rencontré ta femme. Je suis enceinte et je te déteste.

Nous passons devant son immeuble et je détourne le regard. Je suis si énervée, si blessée. Tellement en colère contre moi-même pour avoir cru qu'il était différent et que notre relation était spéciale.

Je lui avais fait confiance, puis sa femme s'est pointée...

Je ne peux pas... je n'arrive toujours pas à y croire.

— Madame ?

Le chauffeur de taxi attire mon attention, son regard naviguant entre le rétroviseur et la maison devant laquelle nous nous sommes arrêtés.

— Oh, pardon.

Je lui tends l'argent et lorsque je me glisse hors de la voiture, j'aperçois Kristin debout sur le porche.

Il me suffit d'un regard pour voir que quelque chose cloche sérieusement.

— Salut, me dit-elle lorsque je m'approche d'elle, et mon cœur commence à s'emballer.

— Qu'est-ce qu'il y a ?

— C'est si grave, Nic. Danni est complètement hors d'elle. Elle est en route pour l'annoncer aux enfants. Peter s'est fait tirer dessus.

— Oh mon Dieu ! je m'exclame. Est-ce qu'il va bien ?

Elle me fait non de la tête.

— Non, il a été tué.

J'entrouvre les lèvres et m'agrippe la poitrine.

— Non, ce n'est pas possible, dis-je d'un murmure.

Je n'ai jamais particulièrement porté Peter dans mon cœur, mais Danielle l'aimait. Ils ont eu deux beaux enfants et il l'a rendue heureuse.

— Je sais, dit Kristin, les lèvres tremblantes. Noah est à l'intérieur avec les enfants mais... c'est...

Je l'aide à finir sa phrase :

— Horrible.

Ma vie est peut-être en train de partir en sucette, mais celle de mon amie est complètement détruite.

Kristin jette un œil vers la maison puis me regarde à nouveau.

— Ces gamins...

— Ava ne va pas s'en remettre.

Peter représentait tout pour Ava, il était le centre de sa jeune vie. Cette fille aime son père plus que tout au monde.

— C'est bien que tu sois là. Elle a toujours été super proche de toi.

Kristin a raison, Ava est ma petite préférée. Elle me raconte toujours tout. La première fois qu'un garçon lui a tapé dans l'œil, c'est à moi qu'elle l'a dit. Quand elle a voulu apprendre à se raser les jambes, c'est moi qui me suis assise sur le rebord de la baignoire avec elle pour lui montrer comment faire. Bon sang, je lui ai même acheté un soutien-gorge alors que sa mère niait qu'elle avait les nénés qui poussaient.

— Je n'arrive pas à le croire.

Elle acquiesce.

— Pourquoi tu es revenue ?

Ce n'est pas le moment de se plonger dans les explications.

— Je te raconterai plus tard.

— Non, dit-elle en posant ses mains sur ses hanches, son regard scrutant mes yeux cerclés de rouge et mes joues toutes boursouflées. Il y a quelque chose qui ne va pas, raconte-moi tout de suite.

Je lui fais non de la tête, parce que je sais que si je commence à tout raconter, si je reconnais les faits en les énonçant tout haut, je ne pourrai pas mettre un frein au raz-de-marée de douleur qui déferlera sur moi.

— S'il te plaît… laisse-moi m'occuper de Danielle. Elle va avoir besoin de nous, de même qu'Ava. Je n'arriverai pas à leur porter assistance si je lâche tout maintenant.

Kristin plisse les yeux, et d'un coup elle commence à comprendre.

— D'accord, mais tu me promets de tout me raconter plus tard ?

J'acquiesce.

— Je crois que je n'ai pas le choix, de toute façon.

— Pas vraiment, non.

Un instant plus tard, la voiture de Danielle s'arrête sur le trottoir. C'est Heather qui conduit.

Kristin et moi nous dirigeons vers elle, et l'expression du visage de Danielle me déchire le cœur. Je connais ce regard, je souffre du même sentiment de vide à présent. Ce regard lorsqu'on sait que tout ce que l'on croyait savoir est faux. C'est une douleur si profonde qu'on a l'impression que tous nos os vont se réduire en miettes. Je sens la douleur qu'elle porte dans sa poitrine. Ses larmes sont les miennes car toutes les quatre, nous avons une relation très exclusive.

Notre amitié a été mise tant de fois à l'épreuve, et n'a jamais faibli.

Ce sera une autre épreuve que nous traverserons toutes ensemble.

À peine Danielle est-elle sortie de la voiture que nous nous prenons toutes les quatre dans les bras, et nous relâchons toute la tension avec elle.

— Il est parti ! Il est parti et je suis seule. Il est mort. Il ne passera plus jamais le pas de cette porte.

— Je sais, répond Kristin en lui caressant le dos.

— Il est parti, il faut que je l'annonce aux enfants.

— On sera toutes là pour eux, je la rassure.

Les larmes coulent sur le visage de Danielle.

— Arrêtez cette torture. Faites que ce soit un mauvais rêve, je vous en prie, nous supplie-t-elle.

J'aimerais tellement pouvoir faire ça pour elle. Voir mes amies souffrir est une chose plus atroce que la pire des douleurs. Elle ne mérite vraiment pas ça. Danielle a le cœur sur la main, et elle aime Peter depuis l'université. Peu importe les épreuves qu'ils ont traversées, c'est le seul homme qu'elle ait jamais aimé.

Je lui ramène les cheveux en arrière, mes larmes se joignant à celles de mes amies.

— On ne peut pas... mais bon Dieu, on aimerait tellement pouvoir le faire revenir, lui dis-je.

Danielle commence à défaillir, mais nous la maintenons fermement.

— Comment vais-je leur annoncer ? Comment dire aux enfants que leur père s'est fait tirer dessus et qu'il n'a pas survécu ? Ils ne pouvaient pas deviner qu'il ne rentrerait pas ce soir.

Elle se met à sangloter et reprend :

— Ils n'ont pas pu lui dire au revoir comme il se doit. Ni eux, ni aucun d'entre nous. Je lui aurais dit...

Nous nous regardons toutes les unes les autres à travers nos propres larmes. Nous n'avons pas les mots pour la réconforter, nous ne pouvons lui offrir que notre soutien.

— Il savait, lui dit Kristin, il savait que tu l'aimais.

Le regard de Danielle est vide et désespéré.

— Vraiment ? Je ne le lui ai vraiment pas dit comme il se doit, dit-elle en respirant lourdement, puis elle se redresse. Je ne sais pas comment je vais pouvoir supporter ce fardeau.

Heather la prend dans ses bras.

— Tu vas y arriver parce qu'il y a trois personnes ici qui t'aiment et qui te soutiendront. Tu ne te retrouveras jamais seule. Tu auras toujours une armée de petits soldats derrière toi qui s'engagera à tes côtés dans tous tes combats.

Elle me regarde, et même si elle ne sait rien de ce que j'ai à lui dire, j'ai l'impression qu'elle s'adresse aussi à moi.

— On est là pour te rattraper. On ne te laissera jamais tomber.

— Ava...

— Je serai là pour Ava, de même qu'Heather et Kristin, dis-je en lui posant la main sur le bras. Ne t'inquiète pas, on va l'aider.

Heather acquiesce.

— Rappelle-toi que j'ai vécu la même chose. J'ai perdu mes parents et ma sœur. Je sais à quel point c'est dur, mais on fera tout ce qui est en notre pouvoir.

Danielle me prend la main et pendant les heures qui suivent, j'oublie qu'il y a moins de vingt-quatre heures, ma vie était géniale. J'oublie un instant le fait que je ne peux pas respirer sans que ma poitrine ne me déchire de l'intérieur, et je fais tout mon possible pour soulager la douleur de quelqu'un d'autre. C'est ce qu'on est censé faire quand on aime quelqu'un. On ne doit pas lui mentir, ni le blesser, mais l'aider à aller mieux.

CHAPITRE VINGT-SEPT

NICOLE

Danielle est repartie chez elle avec les enfants pour se retrouver en famille. Heather, Kristin et moi sommes assises dans le salon de Kristin.

Ces dernières heures ont été riches d'évènements et je suis épuisée, aussi bien physiquement qu'émotionnellement.

— Ça va, toutes les deux ? demande Heather. Je suis vraiment crevée et tout ce que je voudrais, c'est prendre une bonne douche pour oublier cette journée et aller me coucher.

Kristin et moi nous levons.

— Tu devrais rentrer chez toi. Je ne sais pas comment tu as pu supporter tout ça.

Heather faisait partie de la patrouille de police arrivée en premier sur les lieux du crime. Elle a tout vu et a dû en informer elle-même Danielle. Elle fait semblant d'être forte, mais je pense qu'elle a atteint ses limites.

— J'ai fait ce que chacune d'entre nous aurait fait.

Non, je n'en n'aurais pas été capable. Savoir que ce que j'allais annoncer à notre plus proche amie allait bouleverser sa vie pour toujours. Elle est bien plus forte qu'elle ne le croit.

Je la prends dans mes bras.

— Est-ce qu'Eli est à la maison ?

Elle acquiesce.

— Il m'a envoyé un message pour me dire qu'il était rentré.

— Bien.

Son mari possède un sixième sens la concernant.

— Préviens-nous quand tu es bien rentrée, lui demande Kristin, qui s'inquiète en permanence.

— Oui. Je vous aime, les filles.

— On t'aime aussi, lui dis-je.

Nous nous approchons toutes de la porte, et Heather se retourne d'un geste.

— Comment tu as fait pour rentrer si vite de Londres ?

Je suppose que j'ai eu de la chance d'échapper à son instinct de flic pendant aussi longtemps. Je savais que ça aurait été trop beau que j'y coupe.

— Callum et moi, c'est fini.

Heather hurle presque :

— Quoi ? Non ! Pourquoi ? Pourquoi tu t'es encore comportée comme une idiote ? Il est fait pour toi !

Fait pour moi ? Oh non, sûrement pas.

— Pourquoi ce serait de ma faute, hein ? Pourquoi ce serait moi qui aurais mal agi ? Et lui alors ? Et non, Heather, il n'est pas bien pour moi. Il est marié, putain !

Mes lèvres se mettent à trembler et une larme commence à se former au coin de mon œil. Salaud de Callum. Je me suis remise à pleurer.

— Nicole ? m'interroge Kristin, le regard plein d'inquiétude.

— Oh, et au fait, je suis enceinte.

— Tu es quoi ? me dit Heather, sous le choc. Oh mon Dieu, Nic !

Elle me prend vite dans ses bras tandis que je me mets à pleurer plus fort, et reprend :

— Je suis vraiment désolée, je ne savais pas.

Je ne veux pas être réconfortée. Je suis en colère, blessée, et mon cœur est brisé en mille morceaux. J'ai essayé de toutes mes forces de nier mes sentiments et de faire comme si tout allait bien, mais c'est tout le contraire : tout va mal et moi aussi. Rien ne va dans tout ça.

— Je suis enceinte et... oh, bon sang, la femme de Callum est rentrée plus tôt à la maison, je ne sais d'où.

Kristin se couvre la bouche de la main.

— Bon sang... elle t'a dit quelque chose ?

Ça, pour m'avoir dit quelque chose.

Elizabeth n'a pas mâché ses mots.

Elle m'a dit de foutre le camp de chez elle, et... putain, je le déteste. Il m'a menti.

Kristin m'arrache aux bras de Heather et me prend dans les siens, en me serrant fort tandis que je fais une chose qui ne m'arrive jamais... je craque. Je pleure si fort que ma poitrine me fait mal. Dire toute la vérité a fait tomber le dernier de mes remparts. Elle me caresse le dos et Heather s'approche pour nous serrer toutes les deux.

— Ça va aller, Nic.

— Non, ça ne va pas ! dis-je en commençant à sangloter. Rien ne va là-dedans !

Heather repousse mes cheveux pour me regarder.

— En effet, ça ne va pas. Qu'est-ce qu'il t'a dit quand tu l'as informé que tu étais au courant ?

Je recule et tente d'essuyer ces fichues larmes qui ne veulent pas s'arrêter de couler.

— Rien. Je suis partie ! Qu'est-ce qu'il aurait pu me dire, de toute façon ? Sa femme m'a raconté tout ce que j'avais à savoir.

Kristin se mordille la lèvre avant de me caresser le bras.

— Tu sais, je ne connais pas bien Callum, mais je peux te dire que j'ai vécu l'autre facette de ce genre de situation. Je ne sais pas si j'aurais eu les couilles de me confronter à ce que je m'étais plu à nier.

— Oui, mais moi, si, je rétorque.

À sa place, j'aurais pris un malin plaisir à les pourchasser pour faire de leurs vies un enfer. Si j'avais donné mon cœur à quelqu'un, comme je l'ai donné à Callum, et qu'il l'avait piétiné après notre mariage, c'est clair que j'aurais sorti l'artillerie lourde.

Je ne l'ai pas fait cette fois parce qu'il ne m'appartenait pas. Jamais il n'a été mien.

— C'est vrai, mais je me suis aussi retrouvée dans une situation où les choses n'étaient pas tout à fait ce qu'elles semblaient être.

Elle parle de ce qui les a séparés, elle et Noah, pendant un temps.

— C'était différent, tu es une bonne personne.

— Et ce n'est pas le cas de Callum ?

— Je ne sais pas ce qu'est Callum, sinon un menteur ! Il n'a pas voulu que je vienne avec lui au bureau, et pourquoi donc ? Il n'a pas voulu me faire rencontrer sa mère, ou du moins il m'a dit qu'elle avait dû tout annuler, mais oui bien sûr. Ensuite sa femme se pointe et commence à cracher tout son venin… alors non, je ne crois pas que tout ça soit l'œuvre d'une bonne personne, si ?

Qu'est-ce qu'elle ne comprend pas ? Je sais que Kristin voit toujours le bon côté des choses, que ce soit chez les gens ou dans les situations du quotidien, mais là, il n'y a rien à enjoliver. Il a menti, il m'a trompée, et ce connard s'est fait attraper.

— Bon, alors que t'a dit sa femme ? me demande Heather.

— Elle s'est présentée à moi, puis elle m'a dit de récupérer mes affaires et de dégager.

— Et tu es partie ? Toi ? Tu as laissé quelqu'un te donner des ordres, toi la personne la plus indomptable au monde ?

Heather a l'air complètement décontenancée.

— Oui, parce qu'elle m'a dit qu'ils étaient mariés depuis huit ans et que Callum la trompait pratiquement depuis le début. Ils ont essayé de recoller les morceaux, et tout se passait bien jusqu'au décès du père de Callum et son séjour aux États-Unis.

— Ça n'a aucun sens, ajoute Kristin.

— Qu'est-ce qui n'a aucun sens ?

— Qu'ils essayaient de recoller les morceaux et que c'est à

compter du décès de son père qu'il a recommencé à la tromper. Tu n'avais pas dit qu'il détestait son père ? En plus, Callum a pratiquement dû te traîner par les cheveux pour que tu ailles à Londres avec lui, pourquoi il s'en serait donné la peine ? S'il savait qu'il y avait un risque que sa femme te trouve chez lui, pourquoi faire tout ça ? Pourquoi aurait-il voulu que tu rencontres sa mère ? Ça n'a aucun sens, termine Heather pour elle.

— Peut-être qu'elle n'était pas censée être là ?

— Est-ce qu'il y avait de quelconques indices qu'il te cachait quelque chose ?

Putain, pourquoi faut-il qu'elles aient si vite trouvé quelque chose d'illogique dans cette histoire ?

— Kristin, tu sais mieux que quiconque pourquoi ce serait le pire des scénarios pour moi.

— Oui, je sais. Et le bébé alors ?

Je regarde mon ventre.

— Je serai mère célibataire.

— Est-ce que tu vas lui dire ?

Je le lui ai dit sur le mot que je lui ai laissé.

— Je suis sûre que maintenant il est au courant.

— Ça ne te perturbe pas d'avoir un bébé ? me demande Heather.

C'est ça qui est triste. J'ai une petite étincelle de bonheur dans mon malheur. J'aime Callum. Je sais que ça aurait été dur, mais on aurait réussi à être de bons parents. Je serais peut-être partie habiter à Londres. Peut-être qu'il serait venu vivre en Amérique. Peut-être que ce putain de cheval blanc aurait déployé ses ailes pour porter notre amour tout récent jusqu'au Pays Imaginaire. Tous ces projets ont été réduits à néant dès lors que j'ai entendu le mot *femme*. Autant je le déteste lui, autant je ne pourrai jamais détester ce bébé.

— Je n'aurais jamais cru que ça allait m'arriver, mais... je veux dire... je vais me débrouiller, hein ? Vous allez m'aider, les filles, puisque je serai seule ?.

Heather et Kristin se regardent et Heather reprend :

— Il va falloir que tu rétractes tes griffes et que tu m'écoutes un instant... tu penses pouvoir y arriver ?

— Je n'en suis pas sûre.

Je lui dis la vérité, un terme qui, j'en suis sûre, est complètement étranger au vocabulaire de Callum.

— Essaie, me presse Kristin.

— D'accord.

Heather commence à parler

— On sait que tu es blessée. Je sais aussi que tu as partagé ton histoire avec Kristin et j'en suis heureuse, mais laisse-moi deviner... tu as déjà été en couple auparavant, et il s'est avéré qu'il était marié. Tu as cru que c'était un mec bien, et tu as beau être complètement foldingue, tu ne coucherais jamais sciemment avec un homme marié. Est-ce que j'ai raison ?

— Oui.

La honte me submerge à nouveau. C'était il y a longtemps mais je ressens toujours cette honte. Je me suis trompée pendant des années. J'ai eu l'impression que me punir moi-même était la seule façon de payer pour ce que j'avais fait et de tenter de réparer tout ce que j'avais détruit dans cette famille.

— D'accord. Tu savais qu'il était marié ?

— Non !

— Alors ce n'était pas ta faute ! m'assure Heather.

— Non, ce n'était pas ta faute, me dit Kristin en secouant la tête. Je ne sais pas quelle est la situation de Callum, mais je peux te dire une chose... lorsqu'une femme a des soupçons sur son mari, elle ne débarque pas juste chez lui en espérant le trouver dans une position compromettante. Je n'ai jamais rien voulu voir ni savoir concernant Scott et Jillian. Je pense aussi que tu aurais dû lui parler. Moi aussi, je me suis retrouvée dans une situation compliquée, pleine de malentendus, et si Noah et moi en avions discuté, tout aurait été plus simple. Au lieu de ça, il est parti, en colère, et tout a tourné au vinaigre.

Je me rappelle bien de toute cette histoire puisqu'elle est venue chez moi quand c'est arrivé. Mais ma situation est complètement différente. Il n'y a pas trente-six manières d'interpréter la rencontre avec la femme de l'homme qu'on aime.

— En quoi le fait qu'il soit marié pourrait être un malentendu ?

Heather hausse les épaules.

— Je ne sais pas trop, mais c'est mon métier de « lire » les gens comme des livres, et je n'ai rien remarqué de particulier chez Callum. Et à côté de ça, tu vas avoir un bébé. Il a son mot à dire. Je pense vraiment que tu devrais lui parler.

— Je vais lui parler quand je serai capable d'aligner deux mots sans éclater en sanglots. Je ne laisserai plus jamais un homme me voir pleurer comme ça.

— C'est de bonne guerre, acquiesce-t-elle.

— En plus, intervient Kristin, tu as au moins trois millions de bonnes raisons de l'appeler de toute façon.

Je grommelle en levant les yeux au ciel.

— Putain, je le déteste tellement.

Kristin pousse un soupir.

— Non, tu l'aimes et en ce moment tu souffres, mais tu es une vraie professionnelle et tu vas savoir gérer la situation.

C'est pour cette raison que je ne couche jamais avec les clients. Il n'y a rien de plus gênant que d'avoir affaire à quelqu'un avec qui on a baisé comme des fous, pour se retrouver ensuite à porter le fruit de nos amours.

CHAPITRE VINGT-HUIT

CALLUM

Je me tiens devant chez elle, conscient que cette conversation sera déterminante pour notre avenir. Je l'ai cherchée partout, j'ai essayé de l'appeler, j'ai patienté chez moi, mais elle n'est jamais revenue. Je me suis rendu compte ensuite qu'elle m'avait quitté, quitté pour de bon. Elle a pris un avion pour rentrer chez elle.

Maintenant, je suis planté là à espérer qu'elle voudra bien écouter ce que j'ai à lui dire.

J'ai passé des heures dans l'avion à espérer pouvoir la retrouver, tout en sachant que plus le temps passait, et pire ce serait. Mon ex-femme est une salope et j'aimerais par-dessus tout pouvoir l'enterrer, mais comme on dit, ce sont toujours les meilleurs qui partent en premier. Elizabeth va vivre une éternité, vu sa personnalité.

Je ne sais pas pourquoi elle refuse de lâcher. Il n'y avait pas d'amour entre nous. Elle était trop occupée à essayer de se dégoter de nouveaux amants et à dépenser mon argent pour pouvoir aimer quelqu'un d'autre qu'elle-même.

Assis par terre dans le couloir, je n'ai rien d'autre à faire que de cogiter et d'élaborer un plan. Bien sûr, rien ne me semble assez bien, ou n'est rien qu'un ramassis de conneries. Ça paraît mission impossible de la convaincre de m'écouter, mais il le faudra.

Et puis je repense à son petit message. Lorsque j'ai lu ces mots, mon cœur s'est arrêté.

Elle est enceinte.

— Qu'est-ce que tu fais ici ?

La voix de Nicole est remplie de tristesse et de colère.

Je me lève d'un seul coup.

— Je ne suis pas marié.

Elle me fait non de la tête.

— On me l'a déjà faite, celle-là.

— Je te le jure.

— Ta parole n'a aucune valeur pour moi, Callum.

Je déteste qu'elle me voie comme cela. Ses yeux s'emplissent de larmes et je fais un pas vers elle.

— Ne pleure pas.

— Je ne pleure pas, ce sont ces putains d'hormones ! Toi, arrête de me faire pleurer.

— Je n'ai jamais eu l'intention de te faire pleurer.

— Eh bien, c'est trop tard.

Elle fouille son petit sac à la recherche de ses clés.

— Va-t'en.

— Non.

La culpabilité que je ressens d'être la cause de son désespoir me ronge. Nicole est habituellement si rayonnante et chaleureuse, et c'est comme si je l'avais brisée. En ce moment elle est en colère, blessée et distante. Je dois absolument arranger ça.

Je ne partirai pas. Elle doit savoir la vérité et je ferai tout pour rectifier le tir. Je ne suis qu'un pauvre idiot de ne pas tout lui avoir raconté depuis le début, mais je ne pensais pas à mal.

— Putain, t'es vraiment un connard. Le fait que j'ai ignoré tous tes appels et tes messages ne t'a pas semblé assez clair ? C'est fini entre nous, c'est à cause de toi que je suis dans un état aussi lamentable.

Elle n'est pas dans un état lamentable. Elle est belle.

Je prends un instant pour l'observer et malgré ses yeux

rouges et gonflés, elle est le plus bel être que j'aie jamais vu. Elle a attaché ses cheveux blonds en arrière et elle porte un jogging avec un débardeur. Je ne voudrais rien changer chez elle.

— C'est moi qui suis vraiment lamentable. J'aurais dû te dire pour Lizzie, mais je n'y arrivais pas.

— Arrête, je t'en prie. Si c'est à propos du bébé, je ne vais pas me comporter comme une harpie. Tu pourras le voir quand tu voudras, on s'arrangera.

— Moi, ça ne m'arrange pas du tout, lui dis-je.

Hors de question que je la laisse tomber. Bébé ou pas bébé, je l'aime. Je veux passer ma vie avec elle et je ne vais pas la perdre à cause de ça. Je ne pourrais pas le supporter. Ces trois derniers jours ont été absolument horribles. J'avais des choses à régler à Londres, et j'ai pris un avion pour les États-Unis dès que j'ai pu.

Nicole recule d'un pas.

— Je ne te demande pas ton avis.

— Je t'aime, Nicole.

Elle se met à rire.

— Putain, mais tu plaisantes ou quoi ?

— Non.

— Voilà, je me suis encore laissée avoir, me dit-elle d'un air désabusé. Je pensais que tu étais différent. Je pensais même que si les sentiments que je ressentais pour toi étaient apparus de façon si intense et si rapide, c'était le signe que tu étais la bonne personne. Je pensais que je pouvais de nouveau m'autoriser à aimer.

Nicole enfonce sa clé dans la serrure et je vois que je suis en train de la perdre. Elle reprend :

— Je pensais que ma peine pourrait enfin disparaître parce que notre histoire ressemblait à un conte de fées. Et puis je me suis rendu compte que non seulement ce n'était pas un conte de fées, mais qu'en plus c'était moi la méchante dans l'histoire.

Elle ouvre la porte et entre. Je suis conscient que c'est ma dernière chance. Je bloque la porte avec ma main d'un geste vif avant qu'elle ne me la claque au nez et qu'elle tourne la page de notre relation.

— Tu n'es pas la méchante, et un conte de fées, c'est exactement ce qu'était notre histoire. Je suis divorcé. J'ai quitté Elizabeth il y a six ans après qu'elle... m'a trompé pour la énième fois. Notre divorce a été prononcé de manière ferme et définitive il y a cinq ans.

Je saisis toute la paperasse que j'ai sur moi et la lui tends.

— Lis. Tout y est. Je ne t'ai jamais menti. Je ne t'ai rien dit parce que j'ai laissé cette partie de ma vie derrière moi. Elle était morte à mes yeux. Mon mariage n'a été qu'une pantomime depuis le début. Je ne la considère même pas comme ayant fait partie de ma vie. Ça a été douloureux pour moi d'admettre que j'ai failli à mon devoir d'époux. Si j'avais su...

Nicole m'arrache le papier des mains pour le scruter.

— Merci pour ces explications, dit-elle avant de claquer la porte.

Je suppose que je vais devoir encore la mettre en veilleuse.

CHAPITRE VINGT-NEUF

NICOLE

Le téléphone sonne à nouveau.

Je regarde l'écran et raccroche immédiatement dès que j'aperçois le nom de Callum.

Vingt-quatre heures ont passé depuis sa venue et je refuse encore de répondre au moindre de ses appels, de ses messages et je ne veux lire aucun des mails qu'il m'écrit. Il a fini par appeler ma secrétaire, qui réussit à l'ignorer avec brio.

Je ne veux rien entendre de sa part. Pour moi, il m'a caché quelque chose, et c'est aussi médiocre que s'il m'avait raconté un sale bobard. Il ne m'a rien dit sur elle, ni qu'il avait été marié. Si j'avais été au courant de son existence, j'aurais pu lui faire face quand elle s'est pointée.

Au lieu de ça, je suis restée plantée devant elle et je me suis sentie complètement nulle.

OK, il a divorcé, et c'est une bonne chose, mais il aurait pu me le dire quand je lui ai demandé s'il était marié. Il a décidé de me le cacher.

Je suis assise dans la salle d'attente du médecin, et j'attends mon tour lorsque le téléphone sonne à nouveau. Je ne regarde même pas l'écran avant de mettre l'appareil en silencieux.

J'espère que tu as fini par comprendre, Callum.

Mon gynéco voulait que je vienne le voir immédiatement pour confirmer la grossesse. Comme j'ai déjà fait une fausse couche par le passé et que j'ai atteint l'âge canonique de trente-neuf ans, ils préfèrent être prudents. Les funérailles de Peter auront lieu demain, alors je me suis dit que ce serait mieux de faire mon bilan aujourd'hui. En plus, ça me donne une occasion d'éviter Callum.

Je me comporte comme une salope. Je le sais, mais je souffre.

J'ai aussi extrêmement peur, parce que si je lui laisse tout m'expliquer, je vais finir par céder. Si je cède et qu'autre chose de déplaisant arrive, je ne pourrai pas supporter de le perdre encore une fois.

Ces derniers jours ont été un véritable enfer. Je n'ai jamais autant pleuré.

Je m'étais vraiment construit un rêve dans la tête, et quand l'histoire s'est répétée, ça a été une véritable torture.

— Est-ce que tu ne vas pas finir par lui pardonner ? me demande Kristin, assise sur la chaise à côté de moi.

— Tu es encore là ?

Elle lève les yeux au ciel.

— Tu peux faire comme si je n'étais pas là mais je suis là quand même, pétasse.

Kristin a refusé de me laisser endurer ça toute seule. Elle devrait être aux côtés de Danielle, mais elle a déclaré que j'avais besoin d'une amie plus que quiconque.

— Pour répondre à ta question, je ne suis pas sûre.

— Il ne t'a pas menti.

— Oh, si il m'a menti.

Kristin hausse les épaules.

— Je crois surtout que tu es en train de te blinder pour te protéger.

Je trouve que mes amies se mêlent beaucoup de mes affaires, or je suis bien consciente de ce que je fais. Je me suis mise en mode survie, ce qui équivaut en effet à me blinder.

— On peut se recentrer sur le fait que je suis en cloque ?

— On peut oui, mais tu t'es fait mettre en cloque par un mec qui est venu jusqu'ici en avion pour arranger tout ce merdier avec toi, t'a donné la preuve qu'il n'était pas marié, et t'a expliqué que son ex-femme était apparemment la cousine éloignée de Jillian, venue tout droit de l'enfer. Pourtant, tu refuses toujours de prendre ses appels.

— Bon, tu vas finir par te taire ? je lui demande.

— Je ne crois pas.

— Tu étais ma préférée, lui dis-je.

— Tant pis, je survivrai à cette déception.

J'adore Kristin. Quoi qu'il arrive, elle occupe toujours la première place dans mon cœur. On dirait une maman panda, elle donne juste envie de lui faire un gros câlin.

— Je ne peux pas rester fâchée contre toi. Ça me donne envie de te détester encore plus.

Elle pose sa main sur la mienne.

— Je sais, ça fait partie de mon charme. Pour en revenir à Callum...

Quel charme, vraiment.

— Pourquoi tu insistes autant avec ça ?

— Parce qu'il n'a rien fait de mal et que tu trouves tous les prétextes les plus nuls à chier pour le laisser tomber. Si tu étais restée là-bas et que tu lui avais parlé, tu ne serais pas dans cet état démentiel.

Comme si ces connasses foldingues pouvaient me donner des leçons. Heather est complètement folle, Kristin est tarée, et Danielle est... eh bien, elle peut être ce qu'elle veut. Je suis la seule personne saine d'esprit de la bande.

— Je ne parlerais pas trop vite si j'étais toi.

— Tu sais quoi ? Tu as raison, me dit-elle en poussant un soupir.

— Hein ?

— Tu as raison.

Pourquoi ai-je l'impression que c'est un piège ? Un piège dans lequel je vais tomber et à cause duquel je vais me haïr pour le restant de mes jours ? On dirait une de ces astuces utilisées par les mamans pour obliger un gamin à faire quelque chose qu'il ne voulait pas faire, juste parce qu'il s'est lassé de s'entendre répéter la même chose en boucle. Cette fille essaie de me manipuler mentalement à la manière des Jedi, pour que la situation tourne à son avantage.

— Bien, dis-je d'un air hésitant, je crois...

— Je suis sérieuse. C'est une bonne chose que tu le largues avant de te mettre à l'aimer. Ça fait tellement plus mal une fois que tu as commencé à développer des sentiments, tu vois ?

C'est reparti pour un tour.

Kristin reprend :

— Il vaut mieux cadenasser ton cœur et en balancer la clé, comme ça tu seras mère célibataire au lieu d'être avec un homme qui t'aime sincèrement. Je ferais exactement la même chose à ta place. C'est super intelligent de ta part.

— Bon sang, arrête, je la supplie.

— Ben quoi ? dit-elle en me lançant son regard le plus candide, comme si j'allais croire une seconde son ramassis d'inepties. Je suis d'accord avec toi.

— Alors, si c'était Scott...

— Tu ne peux pas comparer une seconde ce qu'a fait Scott à ce qu'a fait Callum, me coupe Kristin. Scott était mon mari et il m'a trompée. Il m'a menti et m'a fait passer pour une moins que rien, au point de me convaincre que je méritais le traitement qu'il m'avait réservé. Callum t'a peut-être caché des choses mais le fait est qu'il n'est pas marié, et d'après ce que tu m'as raconté, il a fait tout son possible pour faire ressortir le meilleur de toi-même. Oh, et le mec se bat pour te récupérer.

— Moi, je me bats pour avoir un peu la paix et la sérénité, je gémis.

— Quel dommage. Voilà, maintenant tu sais ce que ça fait de t'avoir comme amie.

Est-ce que je suis vraiment aussi chiante que ça ? Putain, j'ai envie de me gifler. En plus, si je n'avais pas forcé mes amies à se sortir les doigts du cul, c'est moi qui m'occuperais de ces histoires de coups de fil, de toutes ces pleurnicheries et compagnie. Au moins, leurs maris, leurs copains ou qu'importe comment elles les appellent maintenant, sont tenus de les écouter.

Que fait ce putain de médecin ? La meilleure façon de la faire taire serait d'être convoquée dans le cabinet.

— Nicole ?

Je suis interpellée par une voix que j'aurais préféré ne plus jamais entendre, et je me retourne vers Kristin, qui a l'air aussi choquée que moi.

— Non.

J'essaie de détourner le regard, imaginant que ce n'est pas moi. Je ne suis pas loin de craquer.

— Nic ? murmure Kristin, ses yeux regardant subrepticement par-dessus mon épaule avant de revenir se poser sur moi.

Je sens mon visage devenir blanc comme un linceul. Ce n'est pas possible.

— C'est lui, je lui réponds d'un même murmure.

— Lui ?

Je lui lance un regard et un éclair de compréhension soudaine lui traverse le regard lorsqu'elle réussit à comprendre de quoi je parle.

Andy s'avance vers moi dans son costume. Il est exactement conforme à mon souvenir à la différence qu'aujourd'hui, il n'est plus du tout attirant. Il n'a pas ces bras musclés qui me font me sentir en sécurité ni le charisme de Callum qui rayonne autour de lui. Ses cheveux sont trop clairsemés, et sa voix ne me fait aucun effet.

— Je suis là pour une présentation commerciale. Mon entreprise fabrique tous les équipements de monitoring du fœtus pour ce groupe...

— Je m'en fiche.

Il acquiesce.

— Je m'en doute. Écoute, je voulais te dire que je suis désolé.

Je lève les yeux sur lui comme s'il avait carrément perdu la tête.

— Désolé pour quoi ?

Ses excuses sont un peu tardives.

— Pour tout. Je me suis vraiment comporté comme un con avec toi et j'en suis navré.

C'est la conversation la plus ridicule que j'ai jamais eue. Je me relève, sans vouloir lui faire une scène mais déterminée à en arriver là si ça peut le faire dégager d'ici.

— Je suis seulement désolée de t'avoir cru. Si tu pouvais juste...

— J'étais perdu. Je sais que ce n'est pas une excuse, mais grâce à toi, j'ai eu le sentiment de m'être retrouvé. J'ai quitté ma femme, d'ailleurs, ou plutôt, je devrais dire que c'est elle qui m'a quitté.

— Bien, dis-je en reniflant bruyamment. Je ne sais pas ce que tu veux de moi, Andy.

— Rien, je me suis assez servi de toi comme ça.

Je laisse échapper une lourde respiration et ferme les yeux. J'ai attendu ce moment pendant si longtemps. Pouvoir lui dire tout le mal qu'il m'a fait, combien il m'a blessée, ce qu'il a brisé en moi, mais maintenant que cet instant est arrivé, je ne veux même pas le regarder.

— Tu m'as fait du mal. Tu m'as blessée à un point que je ne croyais même pas possible.

— Ce n'était pas mon intention.

Comme si j'en avais quelque chose à foutre.

— Qu'est-ce que tu croyais ? Qu'on allait pouvoir vivre ensemble tout en restant marié et qu'on allait tous trouver une façon de s'en accommoder ?

Tout en moi explose, mon cœur, ma poitrine, mon sang-froid pour ne pas l'agonir d'insultes. J'ai passé des années à me détester d'avoir laissé tout cela arriver. J'ai passé tellement des nuits couchée dans mon lit, à me demander comment j'avais pu être aussi stupide.

— Je sais que ce n'est pas la réponse que tu voudrais entendre, mais à l'époque je m'en fichais. J'avais besoin de toi.

— Tu avais besoin d'un suivi psychologique, je lui crache à

la figure. Tu as été égoïste, méchant et irresponsable. Tu aurais pu faire d'autres choix. Et tu sais le pire ?

Il me fait non de la tête et a au moins la décence de paraître gêné.

— Quand j'ai perdu le bébé, j'étais contente. Bon sang, je ne te l'ai jamais dit parce que je n'ai jamais voulu que tu saches qu'il y avait un être issu de nous deux dans mes entrailles.

— Tu étais enceinte ?

Je recouvre instinctivement mon ventre avec ma main.

— Je l'étais. J'ai perdu le bébé parce que tu as détruit tout ce qu'il y avait de bien dans ma vie.

Je crois que ça a été la chose la plus dure à vivre. Bien sûr, j'ai pleuré mais je n'étais pas triste. J'étais plutôt soulagée, je ne voulais aucunement être liée à Andy ou à cette vie que je portais en moi.

Avec ce bébé-ci, c'est complètement différent. Si je perds cet enfant, je ne m'en remettrai jamais. Toute ma vie va s'arrêter parce que je l'aime déjà. C'est l'enfant de Callum, il a été conçu dans l'amour. Il est issu de deux personnes qui ont chacune été brisées par d'autres...

— Ça suffit, c'est bon, tu lui as fait ton *mea culpa*, dit Kristin à Andy en me caressant le dos.

— Prends soin de toi, Nicole.

— Va te faire foutre, Andy.

Il s'en va et j'ai envie de balancer quelque chose.

— Eh bien je crois que l'affaire est close, me dit Kristin derrière moi.

Je me retourne pour la regarder.

— Quoi ?

— Tu ne devrais vraiment pas t'expliquer avec Callum. Non, quand on les compare l'un et l'autre, tu as tout à fait raison. C'est le même genre de connard.

Je commence à ouvrir la bouche pour défendre Callum. Il n'a rien à voir avec Andy. Rien du tout. Mais avant que je puisse rétorquer quoi que ce soit, l'infirmière me rappelle dans le cabinet. Je me retourne mais remarque en me levant le sourire sur le visage narquois de Kristin.

Je suis officiellement enceinte à cent pour cent.

Le test sanguin et l'échographie ont confirmé la grossesse. Mais je reste perplexe face à cette espèce de ballon bizarre censé devenir un enfant.

Kristin reste silencieuse pendant l'échographie. Elle est restée assise là, avec de grosses larmes roulant sur ses joues. Et puis, dès que je levais les yeux comme si j'allais l'étrangler, elle s'arrêtait.

Qui aurait cru qu'un bébé suffirait à la faire taire ?

Une fois arrivées à la voiture, elle retrouve sa voix et se met à parler sans discontinuer. Pendant tout le trajet jusqu'à la maison, je suis dans une sorte de brouillard, incapable de savoir ce que je ressens exactement. Le fait de revoir Andy m'a fichu un sacré coup dans l'aile.

Je ne suis pas sûre que pardonner à Callum soit la meilleure chose pour mon cœur, mais c'est ce que je souhaite au fond de moi. Ma vie est plus belle lorsqu'il est là. Il m'a redonné le sourire, m'a fait rire et m'a appris à refaire confiance aux hommes, ce qu'aucun autre n'avait été capable de faire.

Je l'aime.

Je l'aime et je le déteste en même temps.

— Qu'est-ce qui se passe dans ta tête ? me demande Kristin. Je parle depuis tout à l'heure et tu n'as pas dit un mot.

— Je réfléchis.

Elle se met à rire.

— Ah, c'est pour ça que ça sent le brûlé là-dedans.

— Ta gueule.

— Il va vraiment falloir que tu surveilles ton langage. Tu as neuf mois pour corriger ça, avant l'arrivée du bébé.

Je lève les yeux au ciel.

— Non, je dois juste apprendre au gamin à ne pas dire

merde, putain, et à répéter toutes les conneries qui me sortent de la bouche.

Maintenant elle éclate de rire.

— Ah bon, c'est comme ça qu'il faut faire ? Je ne le savais pas, même avec deux gamins et tout... merci du tuyau.

Je la déteste.

— Peu importe. Je n'y suis pas encore. La seule chose à laquelle je pense, c'est comment je vais gérer tout ça.

— Eh bien, tu vas commencer par manger équilibré, prendre tes vitamines, boire beaucoup d'eau et continuer à laisser grandir l'enfant de Callum... je veux dire, ce petit miracle à l'intérieur de toi.

Je plisse les yeux dans sa direction car je sais qu'elle l'a fait exprès.

— Je te souhaite d'être enceinte, toi aussi.

Elle me regarde fixement.

— Non, moi je prends ma pilule comme une fille sage.

— Moi aussi j'ai pris cette saleté de pilule !

— Eh bien, la mienne fonctionne, et pas la tienne. Noah et moi sommes heureux sans mariage ni enfant.

Je l'imite en disant :

— Sans mariage ni enfant.

— Ça fait plaisir de voir que tu as mis ton costume d'adulte, rétorque Kristin. Écoute, tout va bien se passer, vraiment. Même si tu ne te sors pas la tête du cul pour réaliser que tu as à tes pieds un homme super qui t'aime et qui mérite d'être pardonné pour quelque chose qu'il n'a même pas fait.

Elle lève les yeux au ciel en faisant un signe d'agacement.

— Ça va aller. Tu vas avoir un bébé ! Un bébé ! Ah !

Elle est tellement optimiste que ça en devient grossier parfois.

Nous tournons vers le quartier de Danielle. Nous refusons de la laisser gérer l'organisation de l'enterrement toute seule, et il y a encore beaucoup de choses à faire avant la messe de demain. Je me suis occupée des fleurs, du corbillard et j'ai choisi la pierre tombale. Quant à Heather, elle s'est occupée des coups de fil à donner et de l'organisation de la réception après la cérémonie.

Heureusement que Peter avait laissé des instructions très claires sur ses dernières volontés. J'ai juste facilité les choses.

— Est-ce que tu vas dire à Danni que tu as officiellement un polichinelle dans le tiroir ? me demande Kristin alors que je regarde les voitures passer.

— Peut-être, je ne sais pas. Elle sait que j'ai passé un test, mais je ne lui ai plus rien dit depuis.

— Tu devrais.

Il y a beaucoup de choses que je devrais faire.

— Je ne veux pas lui causer du chagrin. Elle est tellement bouleversée que la dernière chose que je veux, c'est l'obliger à faire semblant d'être heureuse.

Elle me touche la main.

— Personne ne penserait jamais ça. En plus, nous aurions toutes bien besoin d'un peu de joie dans nos vies.

— Peut-être, mais... je veux dire, ce n'est pas comme si c'était une bonne nouvelle.

— Arrête. Ce n'était peut-être pas prévu, mais ce n'est pas non plus une mauvaise nouvelle. Tu vas avoir un bébé et en tant qu'amies, nous sommes heureuses pour toi.

Mais oui, et puis les licornes galopent sur les nuages au paradis, tant qu'on y est.

Lorsque nous nous arrêtons devant chez Danielle, la mâchoire m'en tombe. Callum est assis sur les marches de l'entrée.

— Putain, c'est quoi encore cette connerie ? Est-ce que c'est la journée des maris infidèles qui ont couché avec Nicole ? dis-je en croisant les bras et en refusant de sortir de la voiture.

— Il n'était pas marié, mais je vois ce que tu veux dire.

Je la regarde d'un air bête.

— Vraiment ?

— Je vais m'occuper de lui, répond Kristin en sortant de la voiture.

Je reste assise là, souriante, espérant qu'elle va l'envoyer bouler. Elle pointe plusieurs fois son torse du doigt, et je l'imagine en train de l'insulter et de lui dire combien il s'est trompé sur toute la ligne. Kristin lève les bras en l'air, elle qui est si douce, drôle et pleine d'espoir, tandis que Callum baisse la tête.

Ouais ! Mets-en lui plein la tronche !

Je me sens victorieuse alors que je n'ai rien fait du tout.

Elle continue, ses mains s'agitant en l'air encore une fois avant qu'elle ne fasse un geste brusque en direction de la voiture dans laquelle je suis assise.

— C'est ça ! Dis-lui combien il ne me mérite pas ! dis-je derrière la vitre. Ouais, et tu peux dégager, même !

Ses épaules se relâchent et je ferme la bouche d'un coup parce que... non. Pas ça. Lorsqu'il lui tend la main et qu'elle la prend, j'ai envie de taper du poing contre la vitre.

— Non, non, non !

Il lui donne un baiser sur les jointures des doigts et elle penche la tête sur le côté en relevant sa putain d'épaule telle une gentille petite fille sage.

— Putain ! Résiste-lui, Kris, dis-je en tapant contre la vitre. Oh hé ! Ne te laisse pas avoir !

Bien sûr, personne ne regarde dans ma direction ni ne m'entend.

Elle le prend ensuite dans ses bras.

Cette espèce de traîtresse prend ce salaud dans ses bras. Qu'est-ce qui se passe, merde ? Le regard de Callum croise le mien et il me sourit, comme s'il savait que je serai la prochaine à venir lui parler.

C'est tout. Cet espèce de con a conquis la plus faible d'entre nous.

— Connasse, je lui lance, les dents serrées et je sors de la voiture.

Il est temps que les vraies adultes gèrent ce bordel. Kristin ne se montre pas suffisamment pugnace. Moi, je suis prête à le harponner.

Je claque la porte de la voiture et avance vers lui à grands pas.

— Oh hé !

— Mon cœur.

— Oh, je ne suis pas « ton cœur ». Qu'est-ce que tu veux ?

— Toi, me dit-il d'un air enthousiaste.

— Non. Tu m'as déjà eue, mais tu as laissé passer ta chance.

Je croise les bras sur ma poitrine.

— Nic...

Je me retourne vers Kristin et lui fais la tête.

— Tu devrais avoir honte de toi. Tu m'as dit que tu t'en occuperais. Qu'est-ce qui t'a pris de taper la discute comme ça et de gober toutes ses conneries ? Franchement, tu es nulle.

— Je me suis occupée de lui, seulement, je ne l'ai pas fait à ta manière.

Je lève les yeux au ciel.

— Comment, alors ? C'est quoi ce cirque ? La journée des câlins à ceux qui cocufient leur femme ? Non. Tu étais censée être dure et ultra remontée contre lui.

— Je me suis montrée dure ! se défend-elle. Mais ma poulette, il t'aime tellement, tu n'as pas idée... et puis, soyons honnêtes, tu n'es pas la personne la plus facile à aimer. Tu es même plutôt un sacré boulet.

Je le sais, merci, mais ce n'est pas le sujet.

Je fais de nouveau face à Callum.

— Alors comme ça tu m'aimes ?

— Oui.

— Quel dommage !

— Qu'est-ce qui se passe ? dit Danielle, depuis le pas de la porte ouverte.

— Rien. Je me débarrasse juste d'un nuisible, je l'informe.

Kristin renâcle.

— Ah, parce que c'est lui, le nuisible ? Je ne crois pas, non.

Danielle fait un pas en avant.

— Nicole ? Pourquoi tu cries sur Callum ?

Je lui fais un signe de tête.

— Pour rien. Rentre à l'intérieur.

— Attends, pourquoi tu étais déjà rentrée de Londres quand Peter... oh mon Dieu !

Un éclair de compréhension lui traverse le regard.

— Tu es enceinte, non ?

— Oui, et elle refuse de me parler, intervient Callum.

— Parce que tu es un menteur, et je croyais que tu étais marié !

— Mais ce n'est pas le cas. Je t'en ai donné la preuve, mais tu refuses toujours de me laisser la chance de te montrer à quel point je t'aime. Tu es la seule femme que je veux, et dont j'ai besoin.

Danielle se rapproche de quelques pas.

— Attends, marié ? C'est quoi ce bordel ?

Je regarde mon amie au loin.

— Danielle, tu n'as pas à t'inquiéter de tout ça.

— Pourquoi ? Mon mari est mort, il ne va pas ressusciter. Ma vie est complètement partie en sucette, alors dis-moi au moins pourquoi tu te sens un peu mal.

Kristin se met à rire, une seule fois, et je la fusille d'un regard assassin.

— Il faut que quelqu'un me raconte tout depuis le début, dit Danni en nous faisant à tous un signe de la main.

— Callum a été marié.

— Et alors ? demande-t-elle.

— Il ne me l'a jamais dit, or sa salope d'ex-femme s'est pointée dans son appartement et m'a dit qu'elle était sa femme.

Elle ouvre grand la bouche.

— Ouh là, mec, tu as salement merdé sur ce coup-là.

Callum acquiesce.

— Croyez-moi, je comprends que c'était une grave erreur, mais j'ai tenté d'expliquer à Nicole que j'avais enterré cette partie de ma vie une fois mon divorce effectif.

— Apparemment non puisqu'elle a les clés de ton appartement, je le contredis. Trouduc !

Danielle et Kristin se fixent l'une et l'autre puis regardent Callum.

— Ce n'est pas moi qui lui ai donné un double ! Mon portier, qui ne travaille plus pour moi, lui a donné une putain de clé.

— Arrête d'avoir réponse à tout ! je lui hurle en faisant un pas en avant. Tu m'as fait du mal, et j'ai pleuré comme une tarée pendant tout mon vol retour !

J'avance encore d'un pas.

— J'ai réfléchi... j'ai réfléchi à toutes ces choses. Ma douleur était si profonde que j'ai cru que j'allais en mourir ! Tu comprends ? Je ne suis pas comme ça d'habitude, je suis la personne la plus forte de notre groupe.

Je tape sur sa poitrine. Je me déteste tellement d'être devenue faible à ce point. C'est un état que je me suis refusé de revivre depuis très longtemps.

— Maintenant, tu m'as rendu comme elles, dis-je en pointant mes amies du doigt.

— Hmmm... commence Danielle, mais Kristin la fait taire.

Je suis trop concentrée sur Callum pour comprendre pourquoi elle n'a pas fini de s'exprimer, ce qui m'aurait probablement encore plus fichue en rogne.

— Je ne voulais pas ressentir quoi que ce soit pour toi. Mais d'un coup, tu t'es emparé de mon idiot de cœur pour le déchirer en mille morceaux. Et maintenant tu m'as collé un bébé dans le ventre ! je crie en le repoussant à nouveau. Je te déteste !

Callum me saisit le bras, m'attire fermement contre son torse et écrase sa bouche contre la mienne. Il m'embrasse si fort que je ne peux même plus bouger. Tous les muscles de mon corps se tendent complètement alors qu'il appuie ses lèvres contre les miennes. La colère, la tristesse et la déception gravitent autour de nous, puis il se radoucit un peu. À mon tour, j'embrasse ce trou du cul. Je l'embrasse malgré tout le mal qu'il m'a fait, avec tout l'amour que je ressens pour lui, ces deux forces contradictoires se mêlant au plus profond de moi avec l'intensité d'un cyclone. J'ai envie de le détester, mais malgré toutes mes tentatives, je n'y arrive pas.

En vérité, c'est le seul homme que je veux. Callum est la seule personne qui m'a aimée pour ce que j'étais. Il n'a pas essayé de me changer ou de faire de moi quelqu'un que je n'étais pas. Il est une force tranquille qui contraste avec ma folie.

D'accord, il ne m'a rien dit pour son ex-femme, mais il est là. Il est là, et même si je préférerais qu'il en soit autrement, je le crois.

Il détache ses lèvres des miennes et je reste plantée là comme une statue.

— Je n'ai jamais voulu te faire de mal, dit-il en déposant un léger baiser sur mes lèvres. Je n'ai jamais voulu exploiter tes faiblesses, – il m'embrasse encore – je t'aime et j'aime aussi le bébé que tu portes. Je vais arranger tout ça. Je ne peux pas supporter de passer une journée de plus sans toi. Pardonne-moi, s'il te plaît.

L'une des deux greluches derrière moi laisse échapper un long soupir.

Aussi guimauve que soit son discours, je comprends ce qu'il veut dire. Je suis certes en colère, mais au fond de moi se cache une grande tristesse et de la peur. Toutes les nuits, j'aurais voulu l'avoir auprès de moi. Ses ronflements et la douceur de sa peau m'ont manqués. J'ai eu tellement envie de l'avoir à mes côtés que c'est pour ça que, toutes les nuits, j'ai trempé mon oreiller de larmes.

— Je ne veux pas être blessée, j'avoue. Je ne veux plus ressentir de douleur.

Callum prend mon visage dans ses mains.

— Alors ne recommence pas à me fuir.

CHAPITRE TRENTE

CALLUM

Mon cœur palpite en attendant qu'elle dise quelque chose. Je ne veux et ne peux me résoudre à un échec. Je suis venu ici pour lui apporter mon soutien. J'ai appris à la télévision le décès de Peter et je souhaitais présenter mes condoléances à Danielle. Elle m'a remercié d'être venu avec Nicole. Il semble qu'elle n'était pas au courant que Nicole avait rompu avec moi – même si, avec tous ces événements, je comprends pourquoi. Danielle m'a expliqué que Nicole et Kristin étaient en route, et je lui ai demandé si je pouvais attendre.

Je n'avais aucune idée de comment tout cela allait se dérouler. Il est clair que Nicole a été plus blessée que je ne l'imaginais, mais j'étais déterminé à lui montrer que j'étais l'homme idéal pour elle. Il fallait qu'elle m'entende, qu'elle m'écoute avec son cœur. Il fallait tenter quelque chose. Mais Nicole a souvent tendance à essayer de parler la première.

Alors maintenant j'ai trouvé un moyen de la faire taire un peu – l'embrasser à pleine bouche et la forcer à m'écouter.

Ses yeux reflètent l'hésitation de son cœur, et je lui caresse la joue avec mon pouce pour essayer de l'apaiser un peu.

— Je ne te cacherai plus jamais rien, je lui promets. Si je n'avais pas décidé de tourner définitivement la page de ce divorce, je t'en aurais informée. Je n'envisageais pas que tu l'apprennes comme ça, et j'en suis terriblement désolé. Tout ce que je veux, c'est te rendre à nouveau heureuse. Laisse-moi entrer à nouveau dans ta vie, te rappeler à quel point nous allons si bien ensemble.

Je la sens se radoucir, et j'espère qu'elle verra à quel point je l'aime sincèrement.

Elle bouge sa main sur mon torse.

— Je suis enceinte, Callum.

— Je sais.

— C'est pour ça que tu es venu ? À cause du bébé ?

— Non, dis-je sans hésiter. Je suis là pour toi. Je suis venu parce que c'est inenvisageable pour moi de te perdre. Je me fiche de perdre tout ce que je possède, tout mon entourage, tout ce qui m'est cher, du moment que tu restes à mes côtés. Parce que c'est toi, dis-je en lui effleurant de nouveau la joue. C'est toi la plus importante à mes yeux.

— Oh mon Dieu, Nicole, grommelle Danielle, pardonne-lui, bon sang ! Ce n'est pas tous les jours qu'on a la chance de tomber sur un homme comme lui !

J'aime bien Danielle.

Nicole lève les yeux au ciel et laisse échapper un long soupir.

— OK. Mais si tu me refais un coup pareil, ce sera vraiment la fin.

J'attire ses lèvres près des miennes et l'embrasse avant qu'elle ne puisse changer d'avis.

J'entends ses deux amies applaudir et elle sourit une nouvelle fois tout contre mes lèvres.

— Je les déteste, vraiment.

— Je ne le crois pas.

Elle se retourne vers ses amies.

— Elles vont me le payer, je te le promets.

Danielle lui fait un signe de la main dédaigneux et elles rentrent à l'intérieur avec Kristin.

Nicole presse sa tête contre ma poitrine et inspire profondément.

— Je suis un peu échaudée maintenant.

Je caresse son dos.

— Tu veux bien m'expliquer pourquoi ?

Doucement, elle relève la tête et fait un pas en arrière.

— Je suis déjà tombée amoureuse une fois, avant toi. Une seule fois, j'ai laissé un homme entrer dans mon cœur. Une fois, j'ai cru que je pouvais y arriver, à être comme mes amies.

Je m'avance vers elle, car je ne veux pas qu'elle s'éloigne trop.

— Bref, dit Nicole en glissant ses cheveux derrière ses oreilles, j'étais naïve en quelque sorte. C'était un client et je lui donnais un coup de main pour décorer son bureau ainsi qu'un appartement. Il s'est avéré qu'il était marié et avait des enfants. Il y avait tant de choses que j'ignorais. Je me plaisais à croire que j'étais complète-ment folle et que tout ça, c'était dans ma tête, tu vois ?

Elle baisse légèrement le menton avant de le relever. Elle reprend :

— Je me suis tellement trompée.

Bon Dieu... ce n'est pas étonnant qu'elle ait pris peur et qu'elle se soit enfuie. Ça explique aussi pourquoi elle tenait tant à respecter sa règle à la lettre.

— Je ne t'ai pas menti et je ne cherchais pas juste à vivre une liaison passionnelle.

— Mais essaie de voir les choses de mon point de vue. Tu étais mon client, et je m'impose la règle stricte de ne pas baiser avec mes clients. Je ne voulais laisser à aucun homme la possibi-lité de me faire à nouveau du mal, ce que tu as fait. On est allés à Londres, on a passé un super moment ensemble, mais ensuite ta mère a annulé notre rendez-vous et tu n'as pas voulu m'em-mener voir ton bureau. Je me suis demandée alors si j'étais folle ou bien lucide. Ensuite, une gonzesse se pointe chez toi et me dit qu'elle est ta femme. Qu'est-ce que j'étais censée croire ?

Je me rapproche encore d'un pas parce que je ne veux pas la

laisser me repousser. Elle n'en n'est peut-être pas tout à fait consciente, mais chaque fois qu'elle parle, elle augmente la distance entre nous. Je comprends mieux qu'elle, je crois, qu'elle est en train de se forger une carapace.

— Rien de tout ça n'aurait dû se produire, et tout est de ma faute. Comme toi, je me suis bien fait baiser. Lizzie était la femme de ma vie, je l'aimais et voulais tout faire pour que ça puisse marcher, mais elle était... elle *est* égoïste. Ça fait des années que je ne suis pas sorti avec quelqu'un. Je n'en ressentais pas le besoin jusqu'au jour où je t'ai rencontrée. Je t'aime, Nicole. Je le dis tout à fait sérieusement.

Elle me regarde avec excitation.

— Je t'aime aussi.

— Alors sache que je ne t'ai rien raconté parce que j'ai essayé tant bien que mal de tout oublier et de laisser ça derrière moi. C'est probablement pour la même raison que tu ne m'as rien dit de l'homme qui t'a fait du mal.

— Arrête de rationaliser.

Elle rit légèrement mais cesse de reculer.

— Et toi, arrête d'être aussi têtue et viens là.

Toute la difficulté est là, elle déteste qu'on lui dise ce qu'elle doit faire, mais je vois à quel point elle essaie de lutter contre elle-même.

— Si je m'approche... tu vas devoir m'embrasser, dit-elle, et il va aussi falloir que tu me prouves que tu m'aimes.

Je souris et reste là où je suis, attendant qu'elle fasse le premier pas vers moi.

— Je suis prêt à aller bien plus loin que ça, mais il va d'abord falloir que tu viennes ici.

Puis elle se jette tout droit dans mes bras, exactement là où j'ai prévu de la garder.

CHAPITRE TRENTE-ET-UN

NICOLE

— Ça va ? me demande Callum en me tenant la main sur le chemin du retour.

Je n'arrête pas de pleurer. On dirait une saloperie de robinet qui fuit des larmes. Peter et moi n'étions certainement pas les meilleurs amis du monde, mais voir Danielle souffrir à ce point a été incroyablement difficile. J'ai ressenti cette douleur comme si c'était la mienne. J'ai imaginé : et si ça avait été Callum ?

Et si je le perdais ?

Déjà que la douleur avait été atroce lorsque j'ai cru que tout était fini entre nous, mais si nous avions passé notre vie ensemble, que nous avions eu des enfants et qu'il m'avait été arraché brutalement...

Et voilà que les larmes se remettent à couler.

— C'est juste que... c'est si triste.

Il acquiesce.

— Peter était un homme bon.

— Oui, ça n'a aucun sens. Comment peut-on vivre en paix après ça ? Et comment expliquer ça à ses enfants, comment aller de l'avant ? C'est une question purement rhétorique car je n'arrive pas à imaginer la violence de sa douleur.

Je me remets à sangloter. Je repose ma tête sur son bras et il m'embrasse sur le haut de la tête.

— Elle a perdu l'amour de sa vie.

— Je ne veux jamais avoir à te perdre, lui dis-je.

Je n'avais pas prévu de dire cette phrase, mais trop tard, les mots sont sortis de ma bouche.

— Ça n'arrivera pas.

— Tu ne peux pas me promettre une chose pareille, tu n'es pas invincible, Callum Huxley.

Il me sourit.

— Non, mais je retrouverai toujours mon chemin jusqu'à toi.

— J'apprécie ces propos un peu niais, mais... bon Dieu, quelles saloperies d'hormones ! J'ai davantage pleuré ces trois derniers jours qu'au cours des dix dernières années.

Nous retournons à mon appartement et je vais chercher une bouteille de vin, parce que j'ai plus que jamais besoin de boire un verre. Putain, c'est vrai je ne peux plus boire.

Je hais déjà cette grossesse. J'ai envie de pleurer tout le temps, putain de merde, et maintenant je n'ai même plus le droit de boire un coup.

— Merde ! je hurle.

— Qu'est-ce qu'il y a ?

—Est-ce qu'on peut faire l'amour ?

Callum commence à enlever sa chemise.

— Je suis tout à fait partant.

Je commence à souffler nerveusement en faisant le tour de la cuisine.

— Non, tu ne comprends pas ! Je ne sais pas si on peut se le permettre. Je veux dire... et si ta grosse queue touchait le bébé ?

— Pour autant que j'apprécie le compliment, je suis certain que les femmes enceintes ont des rapports pendant la grossesse. Je ne pense pas qu'il y aurait beaucoup de couples qui supporteraient neuf mois d'abstinence.

Ouah, quel génie ! Super, encore une saute d'humeur. Je me retourne en claquant ma main sur le plan de travail.

— Qu'est-ce qui ne va pas, mon cœur ? me demande Callum en m'enveloppant dans ses bras par derrière.

— Je ne peux pas boire.

— Exact.

Je l'observe par-dessus mon épaule.

— C'est entièrement de ta faute.

— C'est vrai aussi.

Bon, au moins il est prêt à l'admettre. Je me retourne pour lui faire face. Tant de choses se sont bousculées dans ma tête. Maintenant que toute cette histoire avec sa femme est réglée, il y a des points que nous devons aborder sérieusement.

Je ne sais pas bien ce que je dois faire ou penser, mais j'ai appris qu'il était fondamental de communiquer.

— Est-ce qu'on peut parler ?

— Bien sûr, dit Callum, à quoi tu penses ?

— À tellement de choses, mais surtout... on va vraiment avoir un bébé !

Le regard fier qu'il arbore sur son visage me donne envie de le gifler et de l'embrasser en même temps. Ce que je ne vais pas me priver de faire, je crois.

— Qu'est-ce qui te préoccupe ? L'argent ? me demande-t-il, et je me mets à ricaner.

— Non, je ne manque pas d'argent.

— Moi non plus.

— D'accord, alors comment on va s'organiser pour l'élever ? Pour la garde partagée ? Qu'est-ce qu'on fait par rapport à tout ça ?

Il baisse les bras et recule d'un pas.

— J'avais pensé que nous nous en occuperions ensemble.

Je ne sais pas vraiment quoi répondre. Il veut qu'on fasse ça en équipe ? Ou bien il a autre chose en tête ? Allez, fini de faire des suppositions et des accusations. Je veux qu'on parle vraiment.

— Peux-tu être plus explicite ?

— Ça veut dire qu'on va se marier et vivre comme une vraie famille.

J'entrouvre légèrement les lèvres et recule de deux pas. En voyant que je m'éloigne, Callum s'avance un peu.

— J'ai besoin d'un peu d'espace, lui dis-je en levant une main en l'air.

Il s'arrête.

— Je veux que tu sois avec moi pour gérer tout ça.

— Je suis là, devant toi, mais tu n'es pas sérieux. Ce n'est pas parce qu'on va avoir un bébé qu'on doit impérativement passer par la case mariage.

— J'en suis conscient. Je ne veux pas t'épouser parce que tu es enceinte. Je veux t'épouser parce que je t'aime.

— Callum, c'est trop tôt !

— Trop tôt pour qui ?

— Pour moi, espèce de taré ! je m'écrie.

Il veut un mariage ? Avec un bébé en route ? Est-ce qu'il est dingue ? Oui, sans aucun doute. Nous n'avons aucune raison de nous marier. Nous ne serions pas en train d'avoir cette conversation si je n'étais pas enceinte. Non, nous serions au lit et il serait en train de vivre la partie de jambes en l'air la plus intense de sa vie.

Le sexe après une dispute, c'est encore meilleur.

— Pourquoi je serais taré ? Parce que je t'aime et que je ne veux plus passer une seule journée loin de toi ? Parce que j'ai nommé un Directeur Général pour la filiale londonienne de Dovetail pour pouvoir être ici à plein temps, et ce, avant que tu ne me quittes, persuadée que j'étais marié. Peut-être aussi parce que je pense à toi tout le temps et que j'ai envie que tu deviennes ma femme ?

Il sort un écrin noir de sa poche avant de me le tendre.

— J'ai acheté ça il y a trois semaines. Le lendemain du match de baseball, je suis allé dans cette bijouterie à côté de la pizzeria. Je l'ai vue dans la vitrine et j'ai su... j'ai su qu'elle était pour toi.

Mes jambes commencent à trembler et ma gorge devient sèche.

— Callum...

— J'avais prévu cette grande déclaration avant que tu ne partes, tu sais ?

Je fais non de la tête.

— On aurait dû être en Italie en ce moment, à découvrir les vignobles et d'autres endroits. J'avais prévu de t'emmener dans ce superbe restaurant en Toscane qui offre une vue imprenable.

Mes yeux se remplissent de larmes. Je sais ce qu'il s'apprête à faire, et j'apprécie qu'il me laisse le temps d'absorber tout ça pour que je puisse lui donner la réponse attendue.

— Je me serais agenouillé...

Je l'observe alors qu'il exécute l'action qu'il vient de décrire.

— J'aurais pris ta main dans la mienne, comme ceci, et je t'aurais demandé si tu consentais à devenir ma femme. Si tu étais d'accord pour que je prenne soin de toi, d'accord pour que je t'aime et que je t'offre le monde entier.

De grosses larmes roulent sur mes joues, mais ce ne sont pas des larmes de tristesse cette fois.

— C'est ce que tu es en train de faire, n'est-ce-pas ?

Mon esprit est complètement perdu entre le fait d'être complètement folle et ce que me dit mon cœur. J'aime Callum, et je sais que je ne veux personne d'autre que lui. Je sais qu'il me comprend, qu'il m'accepte comme je suis et que c'est avec lui que je suis destinée à vivre.

— Oui. Je te demande si tu veux bien m'épouser, Nicole Dupree, devenir ma femme. Et ceci pour l'unique raison que je t'aime et que je veux passer le restant de mes jours à œuvrer à ton bonheur.

Je souris, tout en sachant que je n'ai aucun doute sur la réponse à lui donner.

— À une condition, je lui impose.

— Dis-moi.

Je prends son visage entre mes mains et souris.

— Qu'à partir de maintenant, tu ne portes plus que la casquette des Yankees.

Callum éclate de rire.

— Je serai leur plus fervent supporter.

J'approche mes lèvres des siennes et acquiesce.

— Oui, je veux t'épouser.

Sa bouche se referme sur la mienne et il m'embrasse fougueusement.

— Tu sais quoi ? dis-je entre deux baisers. Il va falloir qu'on se marie d'ici quelques semaines.

— Ça me va.

Sa voix est remplie de passion lorsqu'il s'empare à nouveau de mes lèvres.

Je n'ai rien contre ça, vraiment, mais je suis sérieuse.

— Je veux dire, il va vraiment falloir qu'on se marie incessamment sous peu.

Il me sourit.

— Demain, ça me conviendrait bien.

— Cal ! dis-je en le repoussant.

— Nicole, je peux même t'épouser ce soir si c'est ce que tu veux.

— Tu en es sûr à ce point ?

— Oui, j'en suis sûr à ce point.

— Alors si je proposais qu'on saute dans un avion pour se marier ce soir, tu serais d'accord ?

Il acquiesce.

— Oui. C'est ce que tu veux ?

— Non, je veux quand même que mes amies et nos familles respectives soient là.

Il resserre ses bras autour de moi et il me serre étroitement contre lui.

— Alors on va faire comme ça.

J'adore vraiment cet homme.

— Bon, eh bien d'accord.

— Il y a autre chose dont tu voudrais me parler ou bien je peux te porter jusqu'au lit maintenant ?

Mes doigts effleurent sa barbe naissante.

— Dis-moi des mots coquins typiquement anglais et tu réussiras à me faire taire.

Callum attrape ma main et me tire vers la chambre. Lorsque

nous y arrivons, il se retourne, les yeux aussi affamés que ceux d'un loup, et ça me plaît.

Callum va se montrer particulièrement chaud ce soir.

Il soulève ma robe et remarque que je n'ai pas porté de culotte de toute la journée.

— Bon sang, grommelle-t-il.

— Eh bien, quel remède tu as contre ça ?

Il saisit mes fesses dans ses mains et me soulève, avant de faire demi-tour et de me poser sur le lit. Je m'attends à ce qu'il grimpe sur moi mais à ma grande surprise, il ne le fait pas. Il se met à genoux, de côté, et sa bouche se pose sur moi un instant plus tard.

— Oh oui, juste là ! je hurle, alors qu'il est juste entre mes jambes.

Sa langue fait encore un mouvement circulaire puis il enfonce un doigt en moi. Les parois de mon sexe se resserrent autour de son doigt, et j'agrippe ses cheveux entre mes mains, en essayant de me retenir à quelque chose, car je sens que mon orgasme arrive très vite. Lorsqu'il resserre les dents autour de mon clitoris, avec juste la bonne pression, j'explose complètement.

Putain, tout ce bordel de grossesse doit être une merveille absolue. Mon plaisir n'a jamais décollé aussi vite.

Le regard de Callum croise le mien et je devine au sourire en coin sur sa figure qu'il est sacrément content de lui.

— Je vais te faire l'amour, mon cœur, dit-il.

Il se déshabille et grimpe sur le lit.

— Tu n'es pas très doué pour me dire des trucs cochons.

— Je te promets de me rattraper plus tard, mais ce soir je veux par-dessus tout exprimer mon amour.

Je comprends où il veut en venir. On a failli se perdre tous les deux, et je vois à quel point il en a souffert.

— On va avoir toute la vie pour s'aimer, Callum.

Il appuie ses lèvres contre les miennes.

— Je veux que tu te souviennes de cette fois-là.

Je glisse ma main le long de sa joue, et la bague que j'ai au doigt reflète la lumière tamisée tout autour de nous.

— Je crois que je n'oublierai jamais cette soirée.

Il prend ma main et la baisse pour observer la bague posée dessus.

— J'en suis tellement heureux... heureux que tu aies accepté de partager toute ta vie avec moi.

Je lui souris.

— Je t'aime.

— Tu as vraiment fait de moi l'homme le plus heureux du monde.

Les larmes scintillent dans mes yeux. Je pleure si facilement de tristesse ou de bonheur. Ces saloperies d'hormones ont vraiment fait de moi une pleurnicheuse.

— Arrête d'être gentil, dis-je en essuyant mon visage, je n'aime pas ça.

— Je suis toujours gentil.

— Oui, c'est ça, arrête.

Il se met à rire puis m'embrasse sur les lèvres.

— Tu préfères que je sois méchant ?

Je lui fais signe que non avant de presser sa bouche contre la mienne.

— Non, j'aime bien quand tu es gentil, mais aussi quand tu te montres coquin.

Callum est l'homme parfait pour moi dans tous les sens du terme. J'aime quand il se montre doux et aimant, mais nous avons aussi tous les deux un côté sauvage. Il est prêt à expérimenter des choses quand j'en ai envie, et il sait que je suis partante pour à peu près tout. En revanche, je ne veux que personne d'autre ne partage notre lit.

Pour la première fois depuis longtemps, je n'ai pas besoin, ni ne veux qu'un autre homme me comble. Il est tout ce dont j'ai besoin.

— Demain, mon cœur. Je serai aussi coquin que tu le souhaites.

— Bon, alors faisons l'amour, et pour la deuxième manche, on n'aura qu'à dire qu'il est passé minuit.

— J'aime bien ta façon de penser, me dit-il en se positionnant devant mon entrée.

— Fais-moi l'amour, Callum.

Il me pénètre, me remplissant de toutes les façons possibles.

— Tu sais à quel point tu es importante pour moi ? demande-t-il entre deux coups de reins.

— Tout autant que tu comptes pour moi.

— C'est impossible.

Je saisis son visage, mes yeux lui disant tout ce que j'ai sur le cœur. Mais je lui dis tout à voix haute pour qu'il ne subsiste pas de malentendu entre nous. Je vais me montrer si vulnérable, mais Callum le mérite, il mérite mon âme.

— Je t'aime de tout mon être, et je te fais cette promesse parce que pour moi, tu représentes mon cœur et mon âme. Je connais un millier de personnes qui ont fait cette même promesse avant moi, mais personne n'a ressenti ce que je ressens en le disant. Alors maintenant tais-toi et fais-moi jouir encore une fois, d'accord ?

— Et si je te faisais jouir deux fois pour la peine ?

Je lui souris.

— J'ai hâte de te voir à l'œuvre.

— Moi aussi, mon chou. Moi aussi.

CHAPITRE TRENTE-DEUX

— Tu n'as vraiment pas envie d'un grand mariage ? me demande ma mère.

— Je n'ai pas le temps, je grommelle. Je ne veux pas porter une robe nuptiale de grossesse, alors il faut se dépêcher. Genre, dans moins d'un mois.

Elle agite la tête d'un air désespéré.

— Je voulais des petits-enfants, mais je ne m'attendais pas à ce que ça arrive hors mariage.

Parce que maintenant elle se préoccupe des traditions ?

— Je dis seulement qu'on a prévu de faire quelque chose de très simple.

— C'est juste que ça ne te ressemble pas du tout. Tu as toujours fait les choses en grand partout. Je m'attendais à la même chose pour ton mariage, vu que tu aimes être au centre de l'attention.

Un jour, j'aimerais que tout ce qui sort de sa bouche ne résonne pas comme une insulte.

— Je suis seulement heureuse de pouvoir le faire avant l'arrivée du bébé.

— Si tu m'en avais informée il y a deux semaines, quand il

t'a fait sa demande, j'aurais pu arranger quelque chose rapidement, me réprimande-t-elle.

— Ça ira.

— Et le club, Nicole ? Je peux réserver quelque chose là-bas.

Je préfèrerais encore avaler une poignée de clous.

— Non.

— Mais c'est là que tu as rencontré Callum.

Je la fixe d'un air méprisant.

— Je sais aussi que si on fait ça au club, tu vas inviter un million de personnes.

— Ton père voudra aussi que ce soit un grand jour. Je sais que tu te fiches des apparences, mais nous avons tous les deux une image à soigner. Et si je te promettais que tout pourrait être organisé en moins d'un mois ?

Mais pourquoi insiste-t-elle autant ?

— Maman, ça va aller. Callum et moi sommes très contents de ne faire qu'une petite fête avec la famille et les filles. En plus, ça me paraît être carrément impossible d'organiser un mariage grandiose à ce stade.

Peut-être que si je l'avais informée quand il m'a fait sa demande il y a deux semaines, les choses auraient été différentes, mais j'ai préféré ne rien lui dire. Je ne voulais pas de son avis, ni lui dire que j'étais enceinte. Je voulais seulement que Callum et elle apprennent à s'apprécier, ce qu'ils ont fait.

Tout était censé bien se passer, nous devions nous marier discrètement la semaine prochaine avant de l'annoncer à tout le monde, mais il a fallu que, comme une conne, j'oublie d'enlever ma bague de fiançailles lors du déjeuner avec ma mère. À partir de là, tout est parti en sucette.

— Il n'est jamais trop tard, dit-elle en sortant son téléphone. Donne-moi quarante-huit heures. Si je n'arrive pas à tout organiser comme il faut d'ici là, tu pourras faire comme tu le sens et organiser un horrible mariage clandestin à ta manière. Tu veux bien me laisser faire ça ?

Elle ne va jamais lâcher l'affaire. Bien que je n'aie pas envie de lui donner satisfaction, au fond j'aimerais bien voir de quoi elle est capable. Et puis, c'est mon mariage, le seul que j'aie jamais prévu de vivre de toute ma vie. J'ai planifié toute son organisation dans ma tête depuis mes douze ans.

Pour le plus beau jour de ma vie, j'ai toujours voulu être entourée de milliers de roses roses, de tulipes et de camélias.

J'ai rêvé de cette robe moulante au niveau du buste et plus large au niveau des hanches. Je veux une robe dos nu parce que je trouve ça à la fois classe et sexy.

Et mes chaussures... Grands dieux, ces chaussures sont absolument parfaites. J'ai une paire de hauts talons Louboutin en dentelle blanche, les plus sexy que j'ai jamais vus.

C'est le genre de chaussures qu'on garde aux pieds quand on tire son coup pendant la nuit de noces, parce qu'on a envie de les voir sur les épaules du mec. Des chaussures divines.

J'ai gardé tout cela en tête pendant très longtemps, aussi loin que je puisse me souvenir, et j'étais légèrement déçue, au fond de moi, de penser que ce jour ne viendrait jamais.

Bien sûr, le mariage est en soi important, mais ce qui est plus important encore, c'est celui qui m'attendra devant l'autel.

— Je te laisse vingt-quatre heures. Si ça ne correspond pas à ce que je veux, on annule tout, c'est compris ?

Son visage s'illumine.

— Ne joue pas au bras de fer avec moi, chérie. Tu vas perdre en beauté.

Est-ce qu'il y a vraiment des perdants à ce jeu-là ?

— D'accord Maman, fais du pire que tu peux.

— Tu pensais vraiment qu'Esther allait se défiler ? me demande Heather. Cette femme est un lion dans un magasin de porcelaine.

— Je crois qu'on dit plutôt « éléphant dans un magasin de porcelaine ».

Elle lève les yeux au ciel.

— Même foutaise.

Je remets les robes sur les portants, essayant de trouver la plus moche possible. Je ne suis pas une gentille mariée, je suis LA mariée. Je veux que tous les regards soient exclusivement rivés sur moi pendant la cérémonie. Je suis assez vaniteuse pour l'admettre. Alors je vais être cette peau de vache d'amie qui va choisir les robes de demoiselles d'honneur les plus hideuses, si possible des sortes de sacs à patates.

Et puis je mets la main sur une sacrée pépite.

— Regarde ! dis-je en la soulevant.

— Tu es sérieuse ? me dit Heather, les yeux ronds comme des billes.

— Kristin ! Danni ! j'appelle les autres. J'ai trouvé la robe parfaite !

Elles s'avancent toutes les deux vers moi et Kristin ouvre grand la bouche.

— Putain, mais c'est quoi ça ?

— Ta future robe ! N'est-elle pas magnifique ?

Danielle n'a pas bougé d'un pouce.

— Elles ont quelque chose de particulier, manque de s'étouffer Kristin.

Je souris en comprenant bien qu'elles la détestent. J'ai l'impression qu'il y a bien peu de choses en ce monde que puisse faire une fille comme moi pour rendre la pareille à ses amies. Quand Danielle s'est mariée, nous étions jeunes et salement fauchées, alors on a eu des robes bizarrement coupées que l'on pourrait porter de nouveau selon elle – quel mensonge.

Et puis Heather a fait un premier mariage à thème. Un putain de mariage à thème. Personne d'autre qu'elle n'avait trouvé ça mignon de s'habiller à la mode Victorienne avec une espèce de bustier qui compressait les nichons jusqu'à la gorge. Personne. Mais on l'a fait quand même. Je suis restée à côté d'elle, l'air d'une parfaite abrutie, et j'ai souri.

Kristin est la seule qui ne nous a pas trop fait souffrir. Elle a choisi un style simple et nous a laissé porter la couleur de notre choix. Comme un arc-en-ciel qui symboliserait l'amour ou un truc dans le genre. Je me sens mal de la faire souffrir comme ça — je plaisante, évidemment que non.

Le tissu de cette robe a une texture qui ressemble à un mélange de toile cirée et de couverture polaire. Ça sera absolument atroce, mais ce n'est pas mon problème, pas le moins du monde.

— Avec un peu de chance, ils pourront en recommander s'ils sont en rupture de stock.

— Oh, oui, avec un peu de chance, me dit Heather avec une expression catastrophée.

Danielle finit par s'exprimer.

— Tu es sérieuse ? Ce n'est pas encore un de ces coups où Nicole fait un truc complètement dingue, on rigole, et on passe à la vraie robe ?

— Non, je suis tout à fait sérieuse, merde.

— Pourquoi tu nous détestes à ce point ? demande Danni.

— Je ne vous déteste pas, mon chou, dis-je en lui saisissant le bras, je veux juste que vous soyez plus moches que moi, c'est tout.

— Oh, putain de merde ! hurle Heather. Tu es une sacrée salope.

— Non, je suis la mariée, et toi, je lui lance en la pointant du doigt, tu es celle qui a le moins le droit de protester dans le groupe.

— Moi ? Mais qu'est-ce que j'ai fait, bon sang ?

— Tu nous as affublées de costumes de petites fermières à ton mariage. Alors tu as juste le droit de te taire, de sourire, et de porter la fripe que je vais choisir.

Danielle et Kristin acquiescent pour manifester leur accord.

— Sérieusement... se met à rire Danielle, j'ai brûlé cette robe dans notre cheminée.

— Mais j'étais jeune !

— Et nous, on avait l'air ridicules ! je lui crie en retour.

— C'était mignon, se défend Heather, les bras croisés sur la poitrine.

Danielle renifle bruyamment.

— C'était plus que stupide.

Nous nous mettons toutes à rire.

— Mon mariage avec Matt l'était aussi, donc c'était particulièrement seyant, je pense.

— Je n'ai rien à répondre à ça, dis-je en haussant les épaules.

— On en revient à notre mariée King-Kongesque, intervient Kristin. J'entends la raison que vous invoquez, madame Suppôt-de-Satan, mais est-ce que la reine de la décoration, accepterait d'exhiber des photos hideuses ? Parce qu'on va sacrément l'être sur les photos, et je t'assure que, même si tu t'amuses énormément à nos dépens là maintenant, les photos ne vont pas faire très joli sur ton mur.

Je réfléchis à ce qu'elle vient de me dire pendant une seconde, mais j'hésite. Je suis vraiment une putain de diablesse parfois. Peut-être que je finirai par le regretter un jour, mais je ne pense vraiment pas que ça arrivera. Je m'imagine bien regarder tout ça dans vingt ans et éclater de rire quand je songerai à combien c'était drôle de leur avoir fait endurer une fraction de l'enfer qu'elles m'ont fait vivre.

— Non, je suis plutôt d'avis que ce sera très drôle en photos, lui dis-je avant de faire signe à la vendeuse.

— Mademoiselle ? Est-il possible de commander ce modèle en ligne si vous n'en avez pas assez en magasin ?

La vengeance est un plat qui se mange froid, mais c'est encore meilleur quand elle est assaisonnée d'infâmes robes de demoiselles d'honneur.

***

— C'est bientôt l'heure d'y aller, me dit mon père en entrant dans la pièce où je me change, tu es prête ?

Je n'avais aucune intention de le laisser me conduire par le bras à l'autel. Aucune. Mais les exigences de ma mère en termes d'étiquette et de statut l'impose. Moi, ça m'aurait parfaitement convenu de me conduire toute seule jusqu'à ce putain d'autel, comme je l'ai fait pendant la majeure partie de ma vie.

L'idée qu'il se comporte envers moi comme un père et qu'il me « confie » à mon futur mari est presque risible. Il n'a jamais vraiment été un père pour moi.

Encore une fois, j'ai tendu les rênes à Esther, et je dois la laisser mener la danse.

— Bien sûr, papa.

— Alors c'est vraiment ce que tu veux.

— Euh...

— Je veux dire par là que les Dupree ne font pas bon ménage avec le mariage. C'est ta dernière chance de te rétracter.

Putain, il n'est quand même pas sérieux.

— Franchement, papa...

— Est-ce que vous avez fait un contrat de mariage, tous les deux ?

— Papa ! je hurle. Franchement, c'est le jour de mon mariage. Cette conversation est déplacée.

Il hausse les épaules comme s'il ne comprenait pas du tout pourquoi je m'énerve comme ça.

— Je veux simplement être sûr que tu assures tes arrières par rapport à ce type.

Je lève les yeux au ciel. Callum a au moins dix fois plus d'argent que moi, possède deux entreprises, et pèse bien plus dans le monde des affaires. Mon père est vraiment ridicule. Si quelqu'un d'extérieur nous écoutait, il aurait l'impression que c'est moi qui ai attrapé Callum dans mes filets plutôt que l'inverse.

Je veux dire... c'est tout à fait le genre de conclusion à laquelle j'arriverais.

— Tu n'en as jamais rien eu à foutre de moi, pourquoi ce soudain élan de sollicitude ?

Il relève brutalement la tête.

— Bon sang, mais de quoi tu parles ? Tu es ma fille.

— En effet, mais ce n'est pas comme si nous avions une vraie relation. Tu t'inquiètes tout à coup de mon mariage et de mes futures finances ?

Mon père pâlit, devient blanc comme un linge.

— Je suis vraiment désolé que tu croies ça, Nicole. Je t'ai

toujours aimée, seulement je ne me suis pas douté que tu l'ignorais.

Ne commence pas à pleurer maintenant. Ne pleure pas.

— Tu as toujours gardé tes distances. On aurait dit que tu te pointais toujours dans les parages juste pour faire chier maman.

Il fait un pas en avant et me prend dans ses bras. Je peux compter sur les doigts d'une seule main le nombre de fois où mon père m'a embrassée comme cela. La première fois, j'avais six ans et il m'a annoncé qu'il nous quittait. Je me suis accrochée à lui comme une moule à son rocher, je refusais de le lâcher malgré ses tentatives de se libérer de cette étreinte. La deuxième fois, c'était à la mort de mon chien. J'étais complètement inconsolable. La dernière fois, c'était au décès de ma grand-mère. Une fois encore, je pleurais à chaudes larmes pendant l'enterrement. Sa mère était la plus gentille femme que j'aie connue. Elle était chaleureuse et aimante. Je n'ai jamais compris comment il pouvait être son fils.

Ce n'est jamais vraiment lui qui a fait le premier pas vers moi.

— Je n'ai jamais su que c'était ton ressenti.

— Comment as-tu pu ne pas comprendre ? dis-je.

Une grosse larme commence à couler, alors j'essaie d'éventer mon visage.

Il pousse un soupir.

— J'ai toujours cru que c'était toi qui étais en colère contre moi pour t'avoir délaissée enfant.

— Évidemment que j'étais en colère, mais je voulais que tu viennes plus souvent me voir, c'est tout. Pour quelqu'un qui a été marié autant de fois, tu es vraiment nul pour comprendre ce qu'attendent les femmes.

Mon père se met à rire et fait un geste de la tête.

— Peut-être que c'est pour cette raison que je finis toujours par les perdre.

— Peut-être.

Quelqu'un qui toque à la porte vient interrompre ce moment étrange.

— C'est presque l'heure, me dit Kristin en souriant, tu es prête ?

— Je suis prête.

— Dernière chance... me répète mon père.

Je lève les yeux au ciel et pose ma main dans le creux de son coude.

— Allons-y avant que je ne change d'avis et entre seule dans l'église.

Il émet un petit rire nerveux.

— Eh bien, tu es très jolie.

— Merci, papa.

— Je suis fier de toi.

Je lui secoue légèrement le bras.

— Je suis vraiment heureuse.

— J'en suis ravi pour toi. Tu ressembles beaucoup à ta mère le jour de notre mariage. Heureuse, pleine d'espoir, et on pourrait presque dire lumineuse.

C'est presque surnaturel, on aurait dit qu'il la complimentait.

— Eh bien, les mariages peuvent avoir cet effet sur elle.

Je tente de blaguer pour faire passer la pilule, car je suis légèrement inquiète qu'il ait pu être possédé par un esprit.

— Oui, elle adore les mariages, c'est sûr, dit-il alors que nous quittons la petite pièce.

Mes nerfs commencent à bouillonner. Je vais épouser Callum aujourd'hui. Je vais devenir la femme de quelqu'un. Cet homme doit être fou pour croire que c'est une bonne idée. Et si jamais il regrettait sa décision ? Si jamais il se rendait compte que ma folie dépassait ce qu'il en sait aujourd'hui ? Et si tout ce qu'il trouve mignon chez moi finissait par devenir d'un ennui mortel et qu'il m'étouffe avec un oreiller ? Ou pire... et si c'est moi qui finissais par l'étouffer ?

Je ne veux pas aller en prison.

Nous arrivons à la porte et je tremble. Mon père pose sa main par-dessus la mienne, ce qui m'aide car je suis pratiquement sûre que mes jambes vont se dérober.

Fuir ou m'évaporer. Fuir ou m'évaporer.

Les portes s'ouvrent tandis que je suis encore plantée là, et toutes les émotions qui m'agitent cessent à l'instant où je l'aperçois.

Il se tient debout, au bout du long tapis bleuté et rose parsemé de milliers de pétales. Il me tourne le dos, mais son profil est tout à fait net.

Nous avançons et je regarde autour de moi, ébahie d'admiration. Les chaises alignées en rangées sont drapées de soie et toute la pièce est éclairée par des bougies.

Ma mère a insisté pour que le mariage ait lieu vers vingt heures. Elle m'a dit qu'il n'y avait rien de plus beau que le rayonnement d'un coucher de soleil sur les photos, ce que je ne sais que trop bien.

Lorsque nous bifurquons vers l'autel, mon cœur se met à battre à toute vitesse. Je n'ai plus rien à faire de la beauté de l'évènement, du coucher de soleil ou des housses de chaise en satin. Je me fiche des gens assis sur les chaises, qui me sourient en levant le regard sur moi. Rien ne m'indiffère plus, car il n'y a que Callum qui compte.

C'est tellement cliché, car j'ai toujours pensé que les gens qui sortaient ce genre de trucs étaient stupides.

Mais je comprends ce qu'ils ressentent maintenant que je suis à leur place.

L'amour est comme un conte de fée que vous portez en vous. Il vit en vous et vous raconte le fil de votre histoire si vous en retrouvez les mots. L'amour est une chose vivante que nous devons chérir quand les temps sont durs.

Je le vois clairement maintenant.

Parce que Callum est mon véritable amour.

— Madame Huxley, ou bien peut-être puis-je vous appeler belle-maman désormais ? je demande à ma nouvelle belle-mère tandis que nous nous tenons côte à côte pour les photos.

— Madame Huxley conviendra.

Elle me déteste intensément. Déteste, oui, c'est le mot. Le genre de haine qui sort tout droit des gouffres de l'enfer. Non seulement je lui ai dérobé son fils chéri, mais je l'ai aussi forcé à déménager en Amérique.

Moi. Tout est entièrement de ma faute.

Ce n'est pas comme si il n'avait pas déjà tout planifié avant tous ces évènements. Non, tout est à cause de moi, le diable en personne. J'ai abandonné l'idée de la faire changer d'avis. Je suis tout à fait consciente que c'est mission impossible. Pour le moment, je vais faire en sorte qu'elle puisse me tolérer – au moins pour lui.

— D'accord. Je voulais seulement voir si nous pouvions prendre quelques photos ensemble.

— Pour quoi faire ?

Pour que je puisse lancer des couteaux dessus ?

— Eh bien, je sais que Callum est réellement attristé de devoir s'éloigner de vous. Je lui avais proposé d'emménager à Londres, j'ajoute par acquit de conscience, mais il a insisté, affirmant que sa place était ici désormais, en tant que patron de Dovetail. Par ailleurs, je pense que ça ferait bien sur son bureau, vous ne croyez pas ? Il pourrait voir à tout instant les deux femmes qui comptent le plus dans sa vie. Il en serait vraiment ravi.

Si je n'avais pas utilisé la carte Callum, je suis sûre à cent pour cent qu'elle m'aurait dit d'aller me faire foutre de la manière la plus polie possible. Elle semble être réellement douée pour cela.

— Si vous croyez que cela ferait plaisir à Callum, alors je pense qu'on pourrait prendre *une* photo.

Waouh, merci.

— Fantastique, lui dis-je comme si elle venait de me tendre un chèque d'un million de dollars.

Je fais signe à notre photographe qui s'empresse de nous rejoindre. Je lui explique que j'aimerais faire quelques photos de sa mère et moi pour Callum, et il nous emmène à un autre endroit du parc où le paysage est très beau.

Elle ne dit pas grand-chose, probablement parce qu'elle est en train de comploter ma mort, mais qu'importe.

J'apprécie qu'elle ait accepté de prendre ces photos, parce qu'au moins je pourrai dire que j'aurai essayé.

— Merci, madame Huxley.

— Je ferais tout pour *mon* enfant. Sacrifier son propre bonheur fait partie des épreuves imposées par la maternité. Entre autres, il y a le fait de se voir obligée de prendre un avion pour revenir à l'endroit synonyme de bien des chagrins, puisque *vous* avez refusé que le mariage ait lieu à Londres, mais je l'ai fait pour mon fils.

J'acquiesce.

— Sachez que c'est ce que je ressens pour lui et notre bébé.

On aurait pu croire qu'elle allait m'apprécier un petit peu en tant que mère de son futur petit-enfant.

— Nous verrons probablement cela avec le temps, ma chère, rétorque-t-elle d'un ton sceptique.

Je suis quelqu'un d'assez cool, du moins je l'espère, et je suis consciente de n'être la belle-fille rêvée d'aucune mère. Mais j'aime Callum. Je me suis mariée à ce petit con, je vais avoir son enfant et je lui ai dit de garder ses trois millions de dollars parce que j'allais embellir toute sa vie gratuitement. Ce qui aurait dû me faire gagner un peu sa confiance. *Aurait dû.*

— Je sais bien que je suis une inconnue pour vous, je commence d'une voix douce. Je sais que je ne suis qu'une Américaine sortie de nulle part qui est tombée enceinte. Je suis venue à Londres et suis repartie sans un mot. Inutile de se voiler la face, il est évident que je ne suis pas votre premier choix.

Elle essaie de m'interrompre, mais je continue.

— Je vous demande seulement de me laisser une chance. J'aime énormément votre fils. Je ne veux que son bonheur et je sais toute l'affection qu'il vous porte. Ça compterait beaucoup pour nous si vous pouviez m'accepter.

Madame Huxley fait un pas en avant et pose sa main sur ma joue.

— Ramenez-le à Londres et vous remonterez dans mon estime.

Elle laisse tomber sa main et je reste plantée là, incrédule.

Ah, les mères. Elles me rendront toujours chèvre.

CHAPITRE TRENTE-TROIS

CALLUM

— Veux-tu bien m'accorder cette danse, mon cœur ? je demande à ma magnifique femme.

— Bien sûr, mon cher mari.

Je l'attire vers moi, à mes côtés, puis me dirige vers le centre de la piste de danse. Nicole a toujours été belle, mais aujourd'hui, elle est splendide.

Rien n'égalera jamais cet instant.

— Je suis navrée que ton frère n'ait pas pu venir, me dit-elle alors que je la tiens dans mes bras.

J'ai essayé de le dissimuler, mais ça me perturbe. Je n'ai pas eu droit au témoin de mariage avec lequel j'avais grandi. J'ai toujours cru que ce serait lui qui se tiendrait à mes côtés pour le grand jour. À sa décharge, il a quand même été là pour mon premier mariage. Mais celui-ci est différent. Nicole est différente.

— J'ai quand même réussi à avoir Eli Walsh et Noah Frazier sur ma liste d'invités. Je pense m'être mieux débrouillé que beaucoup de gens.

— C'est vrai. Je veux dire... tu feras certainement la couverture de je ne sais quel magazine à potins puisqu'ils ont tous les deux répondu présent.

— C'est ce que j'ai toujours voulu dans la vie...

— Tout de même, je suis navrée qu'il n'ait pas pu venir.

J'apprécie sa manière de voir la situation. Nicole n'est habituellement pas très tendre dans ce genre de cas. Je me serais presque attendu à ce qu'elle le traite de sale petit con et de trou du cul, mais elle semble attristée par son absence.

— Milo est ce qu'il est. J'espère qu'un jour, nous trouverons le moyen de nous rapprocher à nouveau.

— Je l'espère aussi.

— Tu sais, ça n'a pas toujours été comme ça entre nous. Il fut un temps où nous étions les meilleurs amis du monde. J'allais lui offrir un poste de direction avec encore plus de responsabilités dans l'entreprise, mais il s'est passé quelque chose et il est devenu très jaloux de presque tout ce que j'avais. J'ai cru que nous pourrions passer au-dessus de ça et recoller les morceaux, mais ce n'est jamais arrivé. Mais après tout je ne peux rien y changer, tout ce que je peux faire, c'est savourer mon bonheur avec toi maintenant.

Je ne comprends pas bien ce qui a provoqué cette rupture entre nous. Je sais qu'il a toujours détesté que je sois son supérieur hiérarchique.

Elle acquiesce.

— On dirait que ta mère... tu sais... ne me fusille pas du regard pour l'instant.

— Elle va devenir plus chaleureuse avec le temps.

Je l'espère, du moins.

Maman est arrivée ici la semaine dernière pour passer un peu de temps avec Nicole avant le grand jour. J'avais espéré que les deux femmes que j'aime puissent bien s'entendre, mais Nicole semble faire peur à maman. Elle m'a demandé plusieurs fois si ça allait bien dans ma tête, mais j'ai mis un terme à ses réflexions en lui expliquant que Nicole était la femme que j'avais choisie.

— Au moins, nos mères respectives semblent s'apprécier, remarque-t-elle en regardant dans leur direction.

— Oui, elles ont l'air de plutôt bien s'entendre.

Nicole se met à rire.

— Je vais être tellement triste quand ton accent va commencer à s'estomper et que tu diras des choses comme « Hé mec, ça roule ma poule ? ».

Je lui fais non de la tête.

— Je ne pense pas que je dirai ça un jour.

— On ne sait jamais, je pourrais mettre ma musique de ghetto à plein volume, avec tout le vocabulaire qui va bien.

— C'est bon à savoir. J'en déduis donc que notre enfant sera initié à tous les genres musicaux ?

Elle triture les petits cheveux à la base de ma nuque avec ses doigts.

— Absolument. D'une part, il aura pour oncle Eli Walsh alors bien sûr, il saura tout ce qu'il y a à savoir sur les boys band. Et puis il y a toi, qui penses que le rock est la seule musique valable, ce qui est totalement faux. Il va falloir que je lui fasse écouter du DMX, du Biggie et du 2Pac. Il est capital que notre enfant soit initié au rap.

Je rigole en l'écoutant parler ainsi.

— Eh bien, c'est une bonne chose que les enfants soient aussi familiarisés avec Kenny G, Prince et Eric Clapton.

— Les enfants ? Au pluriel ?

— Oui, les enfants.

Je veux avoir beaucoup d'enfants. Je veux que notre maison soit remplie de jouets, de rires, et du bruit des petits pieds sur le plancher.

Nicole se met à rire.

— Non, une seule brioche au four sera amplement suffisante, mon chou.

— Une seule quoi ?

— Un seul enfant, cela suffira amplement.

— On en reparlera plus tard.

Son visage affiche une expression si assurée que je comprends qu'il n'est pas question d'en discuter, mais je trouverai moyen de la convaincre.

— Alors, est-ce que cette journée t'a plu ? je lui demande en la faisant tournoyer sur la piste de danse.

— C'est le plus beau jour de ma vie. Et toi ?

— Je n'ai jamais été plus heureux de ma vie, et tout ça, c'est grâce à toi.

Elle sourit et pose sa tête contre mon torse.

— Je t'aime, Cal.

— Je t'aime, Nic.

Elle me regarde droit dans les yeux en m'entendant l'appeler par son surnom, et elle se met à glousser.

— Tu sais, j'étais d'accord pour te laisser me la mettre dans le cul, mais maintenant...

— J'ai prévu de le faire quand même. Puisque tu es ma femme, ça me semblait opportun, justement.

— Vraiment ?

J'acquiesce.

— Tu as promis de te donner toute entière à moi.

— Effectivement. Mais rappelle-toi, chéri, que tu m'as fait la même promesse.

Bon sang, qu'est-ce que ça veut dire ?

La pièce s'emplit du bruit des invités qui font tinter leur fourchette contre leur verre, ce qui m'empêche de lui poser la question. Nicole sourit et lève les yeux sur moi.

— Ça veut dire qu'ils attendent qu'on s'embrasse.

— Qu'on s'embrasse ?

— Oui, alors pose tes lèvres sur les miennes, m'ordonne-t-elle.

Loin de moi l'idée de laisser passer une occasion de l'embrasser. Je n'ai pas besoin que les autres me le demandent, mais je pourrais bien m'accoutumer à cette tradition américaine. Si la seule chose que j'ai à faire, c'est de taper sur un verre, je peux tout à fait m'en accommoder.

J'attire Nicole contre moi et la renverse en arrière. Elle passe ses bras autour de mon cou tandis que je la laisse se blottir contre moi. Puis je plante un baiser profond sur ses lèvres. C'est un de ces moments bons à garder en vidéo, et j'espère bien que quelqu'un aura eu la présence d'esprit de capturer cet instant.

ÉPILOGUE
NICOLE

~Huit mois plus tard~

— Je te déteste ! Je te déteste tellement ! J'espère que tes couilles vont se détacher, je hurle tandis que je suis prise d'une autre contraction.

Cette sale gosse refuse de sortir. Je sais que je suis géniale, que ça doit être bien confortable là-dedans, tout ça, mais elle a deux semaines de retard. Cela fait deux très longues semaines que je suis dans un état lamentable, que je crève de chaud tout le temps et que je ne peux pas rester hors des toilettes plus de cinq minutes. Et comme si ça ne suffisait pas, je n'ai pas vu ma vulve depuis des mois et à cet instant, un médecin y a le bras enfoncé jusqu'au coude.

J'ai envie de mourir.

— Tu te débrouilles merveilleusement bien, me dit Callum en repoussant mes cheveux tout collés de sueur de mon visage.

— Va te faire foutre.

Je me fiche de me débrouiller merveilleusement bien. J'avais un putain de planning de prévu. J'allais avoir ce bébé à quarante semaines, pousser pendant quelques heures sans suer comme un gros porc, et je serais opérationnelle pour des photos à poster sur les réseaux sociaux juste après l'accouchement.

Ce putain de travail dure depuis plus de seize heures, un bébé de la taille d'un bambin essaie de sortir de moi, parce qu'il aurait bien voulu rester là-dedans, et je suis à peu près sûre de m'être éclaté un vaisseau sanguin dans l'œil à force de pousser si fort.

— Prenez une grande inspiration, Nicole, une autre contraction arrive, m'avertit le médecin.

Je suis tellement heureuse qu'il veuille que je respire. Quels cons, ces hommes. Tous les mêmes.

Je me retourne vers Callum.

— Je ne peux plus continuer. Je jette l'éponge. Je n'en peux plus, elle n'a qu'à rester là-dedans.

À vingt semaines de grossesse, nous avons fait l'échographie règlementaire et avons appris que nous allions avoir une petite fille. Je jure que j'étais déjà en train de commander des trucs en ligne avant même que nous n'ayons quitté le parking. C'est mon rêve qui se réalise. Sa chambre est absolument époustouflante. Nous l'avons faite rose pâle avec des sous-tons gris et dorés. Callum m'a permis de dépenser sans compter pour la décoration de sa chambre.

Ce n'est pas que je n'aurais pas fait de folies de toute manière, mais chaque fois qu'un colis arrivait, il se mettait à sourire, ce qui me faisait commander encore plus de colis parce que je ne voulais pas priver mon mari de cet intense bonheur.

Là maintenant, je ferais n'importe quoi pour l'empêcher de m'achever.

Il fait non de la tête.

— Je crois qu'elle n'a pas envie de sortir.

— Parce qu'elle est en colère à cause de toi !

Ce sont eux qui ont fait ça, qui ont déclenché le travail.

— Cette enfant veut rester bien au chaud là-dedans, alors pourquoi on la force à débarrasser le plancher ?

— C'est toi qui voulais qu'elle sorte, me rappelle-t-il.

J'aimerais tellement que les gens puissent se changer en pierre d'un simple regard. Les statues, ça ne parle pas, au moins.

— C'était avant que je sache que c'était *ça* qui m'attendait !

— Pour combien de temps en a-t-elle, encore ? demande-t-il au médecin.

— Si vous réussissez à pousser très fort pour accompagner cette contraction, on va pouvoir faire sortir la tête du bébé.

— Oh, c'est tellement dégoûtant ! je gémis.

— Vous voulez venir voir ? demande-t-il à Callum.

— Non, il ne veut pas venir voir !

J'agrippe mon mari par le bras pour l'empêcher d'aller voir par là.

Il n'y a pas de miroirs ni d'appareils d'enregistrement. Mon vagin est une vraie scène de guerre, il est hors de question qu'il le voie dans cet état.

Pas moyen, putain de merde.

Aucun.

Il va devoir impérativement se tenir éloigné de cet endroit de mon corps.

J'aimerais tellement qu'il soit là juste pour le plaisir, pas quand cet espèce de machin au gros cul essaie de sortir de là en écartant mes entrailles.

— Pourquoi pas ?

— Je t'ai dit pourquoi !

Il pousse un soupir.

— Nicole, je t'ai déjà dit que ça m'était égal, et je te promets que je t'aimerai toujours, peu importe ce que je vois.

Oui, il dit ça sur le coup, mais qu'est-ce qu'il en sera si je me chie dessus, parce qu'apparemment, ça arrive pendant le travail. Aucun mec ne serait capable d'oublier ça. Je préfère largement jouer la sécurité plutôt que de faire face aux conséquences. Je pensais qu'il aurait été suffisamment malin pour ne pas insister. Il s'est même battu pour venir en salle d'accouchement, à la base je voulais que ce soit Kristin ou Danielle qui y assiste.

Alors évidemment, vu que Danielle travaille chez Dovetail, elle m'a dit qu'elle préférait ne pas emmerder Callum en lui piquant sa place ici et risquer de perdre son travail. Comme s'il allait oser la virer. C'est une énorme poule mouillée.

Kristin a essayé de me convaincre que j'allais le regretter avant de finalement oser m'avouer qu'elle ne voulait pas être la cible de mes accès de colère.

Encore une sacrée poule mouillée, elle aussi.

Heather n'était pas sur ma liste. Je l'adore, mais elle est un peu brute de décoffrage et je n'ai pas besoin de ça. Je voulais du réconfort et de la compassion pour m'aider à traverser cet enfer.

Me voilà donc contrainte de supporter mon mari.

— Si tu vas voir ce qu'il y a là-dessous, tu vas le regretter toute ta vie. Essaie un peu de t'opposer à ma volonté, Callum Huxley.

Il lève les yeux au ciel et retourne en zone de sécurité, c'est-à-dire la partie haute de mon corps.

— Oh ! Putain ! je hurle à la survenue de la contraction suivante. Merci de m'avoir prévenue, Docteur !

Je lui lance le même regard que j'ai lancé à Callum il n'y a pas un instant.

— Il va falloir encore pousser un peu, Nicole.

Oui, et après il va falloir que je me jette dans un bain glacé, car je jure que mon vagin est en feu.

— Faites-le sortir ! j'ordonne.

J'en ai fini avec ça, avec tout ce lot d'emmerdes – la grossesse, les hormones, mon corps qui gonfle, et la douleur. Je jette l'éponge.

Je suis le genre d'abrutie qui a parié qu'elle pourrait très bien s'en sortir sans anti-douleurs. Encore une fois, grâce à mon caractère borné, je l'ai bien eu dans le cul. Devinez qui a lancé ce pari ? Heather – désormais surnommée Grosse Salope.

Elle a essayé de me faire comprendre qu'il était impensable que ma petite gueule guindée puisse supporter le travail sans analgésiques. Ce n'est pas comme si elle avait déjà eu un bébé, mais qu'importe, j'ai tout de même fait cette saloperie de pari.

Au bout de la dixième heure, j'ai fini par supplier qu'on me fasse une péridurale mais mon col était déjà bien trop dilaté et les soignants pensaient que ça pourrait entraver la progression. Ils ne se doutaient pas que le col allait faire une pause dans la dilatation de toute manière, parce que Dieu peut parfois faire preuve d'un certain sadisme.

— En voilà une autre qui arrive, me dit le docteur Sans-Cœur. La tête est sortie, je veux que vous poussiez de toutes vos forces cette fois.

Je le fixe d'un air incrédule.

— C'est ce que je fais depuis tout à l'heure.

Callum repousse mes cheveux.

— Oui, mon cœur. Mais il va falloir que tu recommences, d'accord ?

Je voudrais lui dire que non, mais je sais qu'il va encore trouver un truc débile à dire et je n'ai pas vraiment le choix. À ma connaissance, aucune femme n'a jamais pu rendre son tablier en plein milieu de l'accouchement. Cela dit, si quelqu'un pouvait faire ça, ce serait bien moi.

— Je suis si fatiguée, dis-je en haletant.

— Je sais, mais elle est presque arrivée. Notre petite fille arrive.

— D'accord.

— Tout va bien. Je suis là.

J'accueille à bras ouverts la force qu'il me transmet car je n'en ai plus aucune. Je suis complètement lessivée.

— Pousse, Nicole.

Je ne sais pas d'où nous vient la volonté quand on n'en a plus aucune, mais elle trouve bien sa source quelque part. Aussi épuisée, abattue, lessivée, et même aussi brisée que je puisse être, je sais que ma fille a besoin de moi. Il faut que je puisse trouver le peu de force qu'il me reste pour pouvoir lui fournir ce dont elle a besoin.

Alors, j'agrippe la main de Callum et pousse aussi fort que je peux. Je me souviens vaguement que les femmes comptent parfois pour retenir leur souffle dans ces circonstances, mais je ne me concentre pas là-dessus. Je pense seulement au bébé. Je pense à Callum et à combien il est heureux de tout cela. Je pense à nos amis et à nos familles dans la salle d'attente. Je pense à l'amour que nous partageons, Callum et moi, et ça me redonne l'énergie de pousser.

J'entends crier une infirmière :

— Le bébé est sorti !

Je repose brusquement ma tête sur l'oreiller et Callum m'embrasse sur le front.

— Tu as réussi, ma chérie. Tu as réussi.

— Où est-elle ? je demande, sans plus aucune énergie en moi.

L'infirmière me l'amène et la pose sur ma poitrine.

— Voilà votre fils.

Cela me réveille d'un coup.

— Quoi ?

— C'est un garçon.

Je fais non de la tête d'un air de déni.

— Non. Non, ce n'est pas possible. C'est une fille que j'attendais. Où est la petite fille ?

Callum fait un grand sourire plein de fierté.

— Un garçon ?

— Non, j'avais une petite fille au four qui allait adorer le rose. Je...

L'infirmière lui soulève la jambe, et c'est certain, c'est un putain de pénis qu'on a là.

Callum saisit l'arrière de la tête du bébé avec sa grande main.

— Coucou, mon bonhomme.

Je regarde devant moi, m'attendant à voir la petite fille parce que... c'est ce qu'ils m'avaient dit. C'est une fille que j'attendais, bon sang.

— Nous avons un garçon ? je demande à nouveau.

— Nous avons un fils.

— Merde. Je crois que ça ne va pas le faire de l'appeler Olivia.

Je baisse le regard vers ma poitrine pour lui toucher le visage.

Il est parfait. Il a un petit nez retroussé des plus mignons et une tête ronde, pas comme certains des gamins de mes amies qui sont sortis de là avec une tête cônique. Il ouvre légèrement les yeux et les referme tout de suite.

— Non, je ne crois pas, confirme Callum.

— Bonjour bébé, dis-je à notre fils, je suis ta maman. Tu sais, la greluche qui a passé son temps à t'appeler Livvy ces derniers mois, j'en suis vraiment désolée.

Callum se met à rire doucement.

— Nous n'avons pas choisi de prénom de garçon.

Non, parce qu'on a cru qu'il lui manquait une partie du corps. Je baisse à nouveau les yeux sur lui et souris.

— Qu'est-ce que tu penses de Colin ?

— Colin ?

J'acquiesce.

— Oui, c'est un prénom proche du tien, et c'est anglais.

Il semble y réfléchir attentivement tandis que je me racle la gorge.

— Seize heures de travail, Callum. Seize.

Il se met à rire et me dépose un baiser sur les lèvres avant d'embrasser à nouveau le bébé sur la tête.

— Colin Huxley. Bienvenue au monde.

Merci d'avoir lu Je t'attendais. J'espère que l'histoire de Nicole et Callum vous a plu. Ne vous inquiétez pas, la série n'est pas terminée ! Cliquez ici pour lire l'histoire de Danielle dans Si Seulement.

Pour être informés de toutes mes publications, inscrivez-vous à ma lettre d'information ici : https://geni.us/CMFrenchNL

Pour rester informé des futures publications françaises des romans de Corinne Michael,

inscrivez-vous ici :

https://geni.us/CMFrenchNL

Appel à tous les Bloggeurs et Bookstagramers français !

Vous seriez intéressé(e)s pour recevoir des SP de mes publications françaises ? Vous voudriez nous aider à promouvoir?

https://forms.gle/gPmcmZRf3cUePH3f9

Suivez-moi sur Facebook: https://geni.us/CMFBFrench

Suivez-moi sur Instagram: https://geni.us/CMInsta

À PROPOS DE L'AUTEUR

Corinne Michaels est une autrice de romans d'amour à succès selon le *New York Times*, *USA Today*, et *Wall Street Journal*. Ses histoires mêlent émotions, humour et amour éternel. Elle aime imaginer des situations invivables pour ses personnages et leur montrer ensuite le chemin de l'apaisement, de la guérison et de la sérénité.

Corinne était une femme de militaire et profite aujourd'hui d'un mariage heureux avec l'homme de ses rêves. Elle a commencé à écrire pendant une séparation de plusieurs mois, pendant une mission de son mari. L'écriture et la lecture lui offraient de précieux moments d'évasion. Corinne vit aujourd'hui en Virginie avec son mari, et elle est la maman sensible, spirituelle, sarcastique et drôle de deux magnifiques enfants.